發條精靈戰記

天鏡的[illegible]北之星

Alderamin on the Sky

3

宇野朴人
Illustration さんば挿

Kadokawa Fantastic Novels

序章

一年一度，笛聲和鼓聲會熱鬧地響遍大阿拉法特拉的群山。

在那時期到來之前，席納克族的人民會分為兩組，達成各自的使命。年輕人們為了前往「神殿」參拜而組隊下山；留在村裡的老人和小孩們則會籌措特別之日的美食佳餚，等待他們回來。

只要參拜完畢的年輕人們和精靈（赫赫席克）一起回村，那天晚上眾人期待已久的謝靈祭就會開幕。他們奏樂吟曲，全部族總動員暢飲高歌熱鬧不已。平常總是靠分量只能和小容器邊緣齊平的玉米粉來度過一天的他們，只有這幾天會允許打開倉庫大吃大喝的行為。

席納克族的人民為祭典主角的精靈們準備了特別座，並且對並排坐在上首座位的他們獻上懷有感謝心意的靈祀舞。這舞蹈會由舞者們日以繼夜地接力跳上三天三夜。

至於當事者的精靈們雖然可以自由行動，但他們果然總是會安靜莊嚴地待在上首座位，接受來自人們的真心誠意——這應該是因為他們能正確理解「感謝」這種概念才會如此吧？秉持著悠哉外來稀客立場的阿納萊·卡恩如此評論。

然而，能從頭到尾享受這種祭典的行為是所謂的大人特權，孩子們在日落之後的酒宴裡並無處容身。時間差不多後就會被趕回家的他們只能一邊羨慕從外側傳進來的歡樂聲響，並心不甘情不願地躺上床。

「真是的～有夠奸詐。」

不滿的發言從噘起的嘴裡傳出——加入阿納萊的調查團造訪大阿拉法特拉山脈的年幼異鄉人，當時八歲的伊庫塔．桑克雷也不例外。

在沒有燈光的漆黑房間中，伊庫塔蓋著毯子一個人躺在堅硬的床上。和精靈的契約時期是根據雙親的教育方針來決定，他目前還沒有獲得搭檔的精靈。而且就算已經有了搭檔，對方現在大概也會遵照席納克的規矩待在觀賞靈祀舞的席位上吧。

伊庫塔實在不想睡，嘴角整個往下扭曲——阿納萊老爺子也有問題，既然要在這個時間點端出「小孩子本來就該早點睡覺」的大道理，那麼打從一開始就不該讓伊庫塔一起來參加這個實地考察行動。

一般來說，大阿拉法特拉山脈並不是可以讓八歲小孩挑戰的地方。當伊庫塔踏上讓他心想：「終於到頂點了！」的場所，並在那裡仰望被雲霧籠罩的真正山頂時，他甚至已經無法區分自己到底是覺得感動還是感到絕望。

雖說幸好在高度來到五分之二左右時就抵達目的地的聚落，然而萬一被要求必須攻頂，伊庫塔大概已經重新理解阿納萊提倡的科學是「令人畏懼的虐待兒童精神」吧——不，真的，他還以為自己會死，這不是在開玩笑。

「明明是那樣，這待遇到底算什麼？」

伊庫塔喃喃抱怨。即使參與這種過於嚴酷的登山旅途也沒有訴苦的原因，是由於他抱著「自己是以調查團一員的身分加入隊伍」這種小孩子擁有的自豪之心……基於這種理由，博士承認的史上最年少「阿納萊的弟子」對於目前狀況極為不滿。

「——好，決定了，我要逃走。」

伊庫塔打定主意，從床上撐起上半身。雖說即使逃出這房間也不代表有地方可去，不過只要躲在黑暗裡趁隙偷吃，心情也多少會變得愉快點吧。要是運氣夠好能找到機會，還要去試著嚐一口每個大人全都試圖藏起的「酒」這種東西。既然大家都以開心到那樣的態度享受，那玩意想必相當好喝——

他從床上伸出手尋找鞋子，這時突然有冰冷的風從另外一頭吹進房間內。傳進耳裡的外面喧囂聲只有一瞬間變大，立刻又恢復原本音量。

「——是誰？」

明白這是房門被打開後又關上的伊庫塔對著黑暗發問，他並不認為是調查團的夥伴們回來了。即使在沉默中，他也可以感受到對方凝視自己的強烈視線。

大氣傳來明顯又緩慢的晃動，神祕的對手似乎放輕腳步逐漸靠近伊庫塔。當他正帶著警戒打算站起來時，身體卻被人從正後方緊緊抱住。

「哇！」

嚇一跳的伊庫塔反射性地揮動手臂，打落了掛在窗前的單片屏風。下一瞬間，月光照進原本一片漆黑的房間裡。即使只有這樣，但看在習慣黑暗的眼裡已經成為足夠的光源……

「我來夜襲了！伊庫塔！」

在微亮的暗色中，浮現出抱緊伊庫塔讓他無法動彈的少女的燦爛笑臉。

「……原來是妳。我嚇了一跳呢，娜娜。」

伊庫塔從解除緊張的喉嚨裡發出放鬆的嘆息，同時喊出對方的名字。

受到強烈日曬的褐色皮膚，往左右綁成兩條短短辮子的黑髮，會讓人聯想到有旺盛好奇心的松鼠般的圓滾滾大眼。年齡雖然比伊庫塔大兩歲，但是目前能從短版套頭式上衣的縫隙間窺見的體格並沒有太大差別。

名字是娜娜克。由於席納克族的人民一般來說並沒有姓，因此這時候的她還只是普通的娜娜克。簡稱為娜娜是親近的表現——在外來者中唯一被允許使用這稱呼的少年正因為眼前的狀況而感到困惑。

「……所以，夜襲是什麼？」

「什麼，你不懂嗎？好~我教你！」

娜娜克放開從背後摟住伊庫塔的雙臂，接著伸手抓住他的肩膀兩側，讓伊庫塔的身體轉過來面向自己。兩人以近距離面對面的姿勢，在床上一屁股坐下。

「所謂夜襲就是——在謝靈祭的晚上，由女生主動去找自己覺得有前途的男生，拜訪對方睡床的行為！」

「哦～這我倒是不知道。」

「哼哼！伊庫塔你雖然懂很多知識，但是卻不知道重要的事情呢！」

娜娜克以得意的表情挺起胸膛，而對方——伊庫塔則推測這應該是席納克族的獨特習俗吧。身為科學信徒的好奇心讓少年決定要問清楚詳情。

「那……拜訪睡床之後要做什麼？」

「……咦？」

「應該不會這樣就結束吧？明明特地前來拜訪，接下來卻什麼都不做嗎？」

面對以符合小孩性情的天真態度來追究核心的伊庫塔，娜娜克帶著更純潔的想法開始思考。

「果然……是要一起睡覺吧？」

「咦～好無聊，睡覺的話不就什麼都不能做了嗎？」

「說……說得也對……那，要不要來聊天呢？」

「當然是可以……不過娜娜，換句話說妳是不是也不知道接下來要做什麼？」

伊庫塔單刀直入地指出重點，一時語塞的娜娜克用力把臉轉開。

「這……這也沒辦法呀！因為爸爸媽媽還有爺爺婆婆們都不肯把接下來的事情告訴我！不管每一個人都說什麼『妳要知道還太早了』之類的話，裝模作樣地賣關子！」

「哦～……不肯告訴小孩嗎……總覺得有種祕密的味道。特地選一年一度的謝靈祭晚上的這個部分，一定也有什麼意義吧。」

「沒錯沒錯！也不讓我喝那個叫做酒的東西，大人真的很喜歡祕密！」

「嗯嗯，的確是那樣……好～既然如此就去外面讓那些傢伙大吃一驚──」

燃起反抗大人精神的伊庫塔正打算從床上起身，娜娜克卻慌慌張張地拉住他的後領。脖子被勒住的伊庫塔哀叫一聲以臉朝上的姿勢往後倒下。

「等……等一下，伊庫塔！……那個……像那種事情，等到了明天早上也還可以做吧！」

「……我說，娜娜。妳到底想做什麼啊？」

「我要是知道答案何必這麼辛苦！……不過啊，我認為以夜襲前來對方寢室的行動，意思是不是要男生和女生兩個人獨處呢？」

「嗯……原來如此，這樣的確說得通。」

「沒……沒錯吧？所以呀……只要一下子就好，要不要就這樣我們兩個單獨聊聊天？除了之前講過的那些，還有沒有其他由你母親告訴你的亞波尼克古老故事？」

「如果妳喜歡，還有很多那類的故事。那，呃……」

「啊！等一下！你等等！」

娜娜克伸手制止正打算開始敘述的伊庫塔。接著她稍微猶豫了一下，才再度繞到少年背後坐了下來，用自己全身緊緊抱住了伊庫塔的身體。

不明白被迫擺出這種受限姿勢到底有什麼意義的伊庫塔開口抗議：

「我說，娜娜。這樣很難講話耶。」

「這……這樣不是很好嗎，可以聽得很清楚。」

「算了，妳覺得好就好……這個姿勢有什麼意義嗎？」

「別在意。因為不知道夜襲到底要做什麼，我只是做了自己想做的事情。」

聽到這主張的伊庫塔苦笑後點點頭，開始敘述從記憶的抽屜中挑選出的故事。順從著少女要求再講下一個故事的希望，以這種形式開始的夜話一直持續到天空泛白的時間為止——成為年幼時無可取代的經歷之一，深深刻劃在兩人的記憶中。

……又有誰曾經預料到，像這樣的溫暖過去會和惡夢般的現在串連起來呢？

在和昔日同樣的阿拉法特拉山上，曾經共享年幼時期的少年少女正彼此相對。和過去的不同處——大概是除了地點和人以外的所有一切吧。現在的少年身為軍人，而少女則是以部族族長的身分待在此處。歷經以血洗血的戰爭後，彼此分別以勝利者和落敗者的立場存在於此。

在昏暗的帳篷內，雅特麗鄭重地解開了反綁住娜娜克．韃爾雙手的繩索。伊庫塔坐在她的正面，隔著彼此只要伸出手就可以接觸到的距離凝視對方。

「……你們是怎麼樣？為什麼解開繩索？」

明白自己身為俘虜的娜娜克因為這超乎預想的發展而感到困惑。回答的人是伊庫塔。

「因為就算對繼續用繩索綁著的對象謝罪多少次，也只能算是換了個形式的脅迫。」

這次又有出乎預料的發言從對方口中被提出，娜娜克皺起眉頭。

「謝罪……？在戰爭中獲勝的你們，要針對什麼向敗北的我方道歉？」

「針對我方對你們做出的殘酷行徑。」

伊庫塔毫不遲疑地回答。對落敗者講出這種話的無恥以及偽善讓娜娜克怒不可遏。

「鬼扯什麼……！在席納克族的戰士中，找不到任何一個沒先做好赴死決心就參戰的傢伙！就算戰勝方自以為了不起地表示歉意，這種行為也只是對戰士的冒瀆！」

帶著殺氣的視線狠狠刺中伊庫塔。連保持隨時能夠介入的姿勢在旁待機的雅特麗，也對娜娜克的憤怒感同身受。這是所有戰士共有的尊嚴，然而……

「是啊，如果是針對戰爭本身的殘酷，還有被當成戰爭手段而做出的殘酷行徑，那麼我也不打算在這裡道歉。」

伊庫塔明確地搖頭，排除了這份誤解。

「首先，關於『是否要下定決心實行和席納克族的戰爭』這種根本性的選擇。這是有資格參加戰略等級會議的高階軍官們的判斷，在現場的我們即使想負責也無從插手。至於這場戰爭本身的是非也同樣可以這樣說。」

「…………？」

「其次，是包括我在內的低階軍官在現場自行做出的戰術等級選擇。雖然主要是在追求如何以高效率殺傷你們的方法——不過針對這部分，我不打算道歉。至於理由，是因為這是在軍事上的正道。雖然並非自願，但既然我也是以軍人身分待在這裡，那麼對於我本人認真去對應戰爭的行為，我並沒有意思提出辯解。」

只是我也不打算引以為傲啦……伊庫塔不屑地插了這句話後，才進一步繼續主題。

「然而，講到在我們低階軍官監督下的現場所發生的士兵失控行徑——也就是對非戰鬥人員的無謂暴行和虐殺。針對這些殘酷行為，我必須謝罪。因為這是在超出軍事範疇的狀況下發生的事件，如果換個說法，就是因為我們沒有盡到應盡責任所導致的後果。」

伊庫塔講到這邊，以眼神對雅特麗示意。炎髮少女嘆了口氣拔出右腰上的短劍，連同先前夾在右邊腋下的平坦板子一起交給伊庫塔。

「我的臉皮沒有厚到要在這裡請求妳的原諒，畢竟死者也不會因為我道歉就復活。」

他一邊說，邊把拿到的板子放到地上。已經被充分使用在調理和施工等用途的那東西表面上，刻劃著無數的傷痕和凹陷。

「『過意不去』、『對不起』或『深表歉意』——這些簡短的固定用詞，不可能具備足以抵銷人類罪過的力量吧。那麼謝罪這行為到底是什麼呢？又具備了什麼意義？……我在小時候，也經歷過思考這些問題的時期。」

伊庫塔以手掌朝上的動作，把自己的左手放到鋪在地面的板子上。

「曾經發生過這樣的故事——很久很久以前，在別說風槍，甚至連十字弓都還沒被製作出來的時代，阿拉法特拉群山上住著一個獵人。他使用弓箭的技術高明到可以從山頂解決隔壁山中的鹿，山上的每一個人都敬佩他的優秀，山上的所有動物都對他害怕畏懼……不過，因為自身技巧而驕傲自大的他，卻在某一天不小心射中了通過自己和獵物之間的村裡女孩。」

聽著少年敘述的娜娜克胸中突然閃過奇妙的痛楚，然而她卻沒能立刻發現那其實是懷念。

「面對受到重傷倒下的女孩，獵人打從心底反省自己的驕傲。他付出大筆財產購齊慰問品，並講出能想到的所有致歉發言，但女孩的父親卻拒絕了一切並且這樣說道：『就算準備再多，慰問品也只不過是物品；即使說得再多，發言也僅限於口頭。關鍵的心意在哪裡呢？』……接著，他將一把小刀借給獵人。」

流暢說著故事的伊庫塔小指底部，不知道為什麼緊緊綁著麻繩。血液循環遭到阻斷的指尖失去血色顯得蒼白。

……娜娜克察覺到這狀況正符合規矩，不由得全身僵硬。

「獵人看著拿到手的小刀，自己找出了答案——犯下錯誤的人，首先該做的動作是發誓自己再也不會做出同樣的蠢事。站上這點已經明確獲得保證的立場後，彌補的道路才總算會開啟……獵人在這時察覺出對方是在要求他用小刀做什麼。只要使用這個，的確可以讓他再也不會犯下相同的過失。」

隱約散發出光芒的刀刃被抵上小指的第一關節，握住短劍的右手開始施加力量。

「……唔——！」

伊庫塔將所有體重都壓在刀刃上，一口氣對著自己的小指切了下去。

「…………————……~~~~嗚————！」

並沒有一刀兩斷。刀刃碰到骨頭後停止，皮膚也還殘留，因此直到完全切斷為止，他必須重複進行兩次相同的行為。即使因為事前有所準備所以沒有流很多血，然而兼具麻醉效果的麻繩捆綁並不會幫忙把切斷造成的疼痛完全消去。從手指通往大腦的神經化為純粹的痛覺激流。

等到激痛的高峰過去，好不容易又能呼吸後，伊庫塔再度開始敘述：

「……獵人砍斷的部分是右手的無名指和小指，把為了用弓不可缺少的三根手指留了下來。女孩的父親提問——『這是無法割捨的表現嗎？』獵人搖搖頭回答——『要是切下這三根手指，的確再也不會發生誤射的情況。然而，那樣一來也會同時失去補償的方法。以獵人身分犯下的錯，只能以身為一個正確獵人的行動來償還。在此捨去弓箭，等於是在逃避罪過。因此我將獵人不需要的兩根指頭視為傲慢的象徵並切斷，讓只剩下三根指頭的右手留下來成為永遠的訓誡』。據說這份決心打動了女孩的父親，讓他終於承認獵人贖罪的意志。

自此以後，為了表示歉意而『切斷手指』的行為，似乎就成了席納克族之間的固有傳統——這是妳告訴過我的故事吧，娜娜。」

「……！等……等一下，你是……！」

伊庫塔沒有等娜娜克的記憶完全恢復，就把短劍的劍刃抵上自己小指的第二關節。這次也沒有猶豫。他施加體重一口氣往下切，還進一步像是在拉動鋸子般地讓劍刃前後移動。為了忍耐痛楚而咬緊的臼齒嘎吱摩擦，已經到達幾乎要磨碎彼此的地步。

「呼……嗚……！……我必須感謝這故事中的獵人。要是他當初砍下了大拇指，我現在會面臨必須砍斷脖子的狀況。因為身為指揮官的我犯下的錯誤，無論是思考還是下令，全都是從脖子以上開始——」

伊庫塔花了約比第一次長兩倍的時間來切斷到第二關節為止的小指，結束之後，他改為把短劍的劍刃對準只剩下三分之一長度的小指最底端。兼具麻醉效果的麻繩已經失去止血的功用，傷口流出的鮮血從木板上滿溢而出。雅特麗在一旁以愁苦的表情觀看事態發展。

明明沒有任何人命令他這樣做，即使在半途放棄也不會有哪個人予以責備，伊庫塔卻依然沒有停手。在歷經奮戰苦鬥之後，他以幾乎是扯裂的形式把最後剩下的肌肉和骨頭切斷。短劍從他的右手中落下，幾乎同時，雅特麗也衝過來開始為傷口止血。

娜娜克來回看著落在板上的三截肉塊，以及永遠失去這些的少年臉孔，以顫抖的聲音開口發問：

「……你的……名字是……？」

「我是帝國陸軍准尉伊庫塔．索羅克……發生很多事情所以我的姓和以前不同。」

少年甚至帶著微笑報上名號——大顆的淚珠從娜娜克的眼中往下滾落。

「……你……是伊庫塔……？真的是……那個……？」

「嗯……好久不見了，娜娜。這種時候雖然不適合講這種話，但妳真的變漂亮了。」

聽到這句話的瞬間，娜娜克把視線從少年身上移開，低下頭拚命地壓抑自己內心幾乎快要崩壞的某種情感。伊庫塔雖然對她的想法能夠感同身受，卻沒有轉開目光。

「……雅特麗，可以不必繼續止血了。把那個還給她吧。」

「嗯。」

做完處理的雅特麗起身，從軍服內側拿出一個被布包住的小小四方形物體。

「在此鄭重歸還。」

娜娜克以困惑的表情收下雅特麗遞出的東西，戰戰兢兢地打開布包。然而，在她目睹裡面出現一塊長方形漆黑石板的那瞬間，她屏住了呼吸。

「這個……該不會是……」

「是妳的搭檔，風精靈希夏的魂石。在那次交手後，很幸運地有成功回收。」

聽到這句話的剎那，娜娜克用額頭抵住魂石發出呻吟聲。失去的半身回來了——這確切的實際感受讓她的全身顫抖。

「娜娜，以分成三段切下來的小指為交換，希望妳能接受三件我方一廂情願的提議。」

現在的她沒有餘裕回答，伊庫塔以明知這點的卑劣心態直接切入本題。

「第一項是剛才也說過的事情，請收下我方針對犯下的過失所提出的歉意。而第二項——是希望席納克族能提供協助，一起迎擊從北方逼近的阿爾德拉神軍。」

「…………咦！」

身為族長的責任感讓傷心的娜娜克強迫自己抬起頭。為了對她的行動表示敬意，伊庫塔也開始擺出身為帝國陸軍准尉的態度來進行交涉。

「拉．賽亞．阿爾德拉民在這個時間點派出了兵力……我想妳能夠明白這件事代表的意義吧？那些傢伙試圖趁著北域鎮台與席納克族這兩個勢力經過長期爭鬥而筋疲力竭的時候，一口氣全面坐收漁翁之利。不過正確來說連阿爾德拉神軍也只不過是被擺布的棋子之一，最根源的策劃者是齊歐卡共和國。和教導你們使用游擊戰術的傢伙們來自於齊歐卡是同樣的道理。」

「什……什麼……！你的意思是阿爾德拉本國那些傢伙越過神之階梯試圖進攻帝國……？」

「在親眼見識到之前我本身也無法想像會這樣，只能說是彼此都欠缺先見之明……不過妳也明白狀況吧？那些傢伙是要來凌虐我們。他們打算在『拯救精靈』的大義名分之下，把席納克族和北域鎮台一起踐踏摧毀。」

在斬釘截鐵的斷定中，伊庫塔不著痕跡地加入了自己的預測。阿爾德拉神軍會如何對待席納克族——這要由對方的戰略決定。倘若這名少年站在和目前相反的位置上，應該會先和席納克族訂下關於今後立場的約定，並催促他們繼續對北域鎮台發動抗戰吧。因為這樣能增加戰友並同時造成雙方勢力更加疲勞，是最有效率的做法。

然而，對方採用這個最佳策略的可能性在五成以下——這是伊庫塔的推論。阿爾德拉本部國是根深柢固的宗教性原教旨主義國家，根據其性質，即使只不過是戰略上的因時制宜，也很難相信他們會對身為異教徒的席納克族表現出寬容。

……只是話說回來，既然他們和在技術立國的理念下逐漸跨越阿爾德拉教戒律的齊歐卡共和國聯手，那麼這個前提也有可能被推翻。正因為如此，伊庫塔才必須把自己和娜娜克‧韃爾之間的個人關係視為大好機會，在此先下手為強。

「如果你們願意協助我方迎擊阿爾德拉神軍，我可以保障席納克族事後在帝國內的立場。不管怎麼樣大阿拉法特拉山脈應該都會被阿爾德拉神軍接收，就由我方來提供其他適合居住的土地吧。畢竟帝國國土大得如此沒有意義，肯定能找到符合條件的場所。」

「……這是來自你個人的提案？或者是……」

「當然是北域鎮台的全體一致意見，也已經獲得司令長官薩費達中將的承諾。只要我還活者，絕對不會讓這個約定遭到推翻。更何況為了辦到這點，還另外有權威加持。」

除了身為「帝國騎士」的身分，現在的伊庫塔還擁有和夏米優殿下之間的聯繫。只要巧妙運用這些條件，就算形成必須和國家交涉的狀況，應該也能夠導出充分的讓步吧……只不過這一切，都建立在必須先活著度過眼前危機的前提之下。

「沒有時間讓妳仔細考慮，當場下判斷吧，席納克的族長。」

伊庫塔催促娜娜克回答。被迫做出重大選擇的她稍微煩惱一陣子後，開口反問：

「……還有一項是什麼？」

「嗯？」

「你不是把小指分成三等分切斷嗎？但我到現在還只有聽到兩項『一廂情願的提議』。」

「噢……」

真是個敏銳的確認。伊庫塔以沒受傷的右手搔了搔後腦，同時露出苦笑。

「這應該是最重要的事項吧——如果可以，我希望以後也能繼續稱呼妳為娜娜。」

娜娜克的時間完全停止，連旁觀交涉的雅特麗也露出不以為然的表情壓住額頭。

「……你……該不會……只為了這個，就把只要兩次就能解決的事情增加為三次吧……？」

「第一次和第二次是身為軍人必須做的了斷，至於第三次則是以朋友身分提出的謝罪……老實說，就算這是規矩，我還是不想把這種血腥的東西送給女性啦。」

少年低頭望向被切下的自己身體一部分，如此說道。娜娜克口中發出嘆息。

「……要是你成了一個更過分的人，我就不必煩惱任何事情了……」

「是嗎？正因為妳成長為美好的女性，我才能毫不猶豫地切下小指。」

這樣講完後出現的苦笑和記憶中的表情重合，成為鼓動娜娜克做出決定的最後助力。

「……我明白了。那麼我娜娜克・韃爾就代表席納克族，收下你們一廂情願的三項提議。」

「……我說，你知道切斷的手指再也不會長出來嗎？」

在標高約達三千公尺的山脈上，藍得簡直讓人感覺淒涼寒冷的青空下。才剛走出帳篷，炎髮少女立刻來到伊庫塔身旁，一邊往前走一邊以明顯表現出怒氣的聲音如此說道。

「咦……！怎……怎麼會這樣！妳為什麼不先告訴我！」

「……哎呀哎呀，很抱歉我不夠體貼。因為我還以為在『阿納萊的盒子』裡說不定放著能讓人體連接起來的便利黏著劑呢。」

聽到少年都到了這種時候還在耍白痴，雅特麗轉開視線像是已經受夠了。發現自己實在開玩笑開過頭，伊庫塔也改口講出真正想法。

「不，對不起，我自己也覺得很過意不去。在齊歐卡遇難那次也是一樣，每次跟妳借用短劍時都沒能拿去切什麼正經東西。」

「老實說，比起砍下同伴的手指，被拿去支解青蛙還好得多……不過，這並不是問題。重點應該是為什麼你有必要做到那種程度才對吧？」

雅特麗以痛心的態度望向缺了一根手指的左手，伊庫塔帶著苦笑搖搖頭。

「這也是逼不得已。娜娜雖然是個聰明的女孩，但是目前實在沒有時間光靠理論來說服她。因為我們是想要求到昨天為止還在彼此廝殺的對手提供協助，所以為了讓如此一廂情願的提議能夠被接受，能直接打動席納克族美學意識的表演乃是不可或缺。」

「我的意思是這些負擔全部由你扛起的狀況很奇怪。失控的友軍並不是由你負責指揮的部隊，由直接的現場指揮官來負起責任才合情合理吧？」

「妳說得完全沒錯……不過，剛剛由『我』來負責表示歉意的行為具備意義。或者該說，和娜娜的交涉既然只有透過我才能成立，自然會演變成那樣的形式。」

即使在理論上可以接受少年的說明，但雅特麗依然表現出難以接納的表情。因為她無法忍耐讓

同伴出面犧牲，自己卻躲在一旁毫髮無傷的狀況。

既然是無可避免的傷，那麼該由她本身來承受——這就是雅特麗這名騎士的自尊。伊庫塔對雅特麗這種個性心知肚明，然而即使如此，他還是明確地搖搖頭。

「我的小指和妳的小指相比，價值完全不同。即使我對白刃近身戰是一竅不通，但也知道劍是從小指開始握起。在目前的狀況下，妳的戰力遭到削減會是嚴重的事態。然而相對之下，只要脖子以上還留著，就算我失去小指也不會產生什麼大問題。」

「……就算是那樣，之後也會造成不便吧？」

「關於這點，其實只要中指和食指還留著，在床上就不會碰上什麼困擾喔。」

聽到對方以和平常無異的態度講出的玩笑，雅特麗哼了一聲後不再說話。兩人正好在這時也到達總部帳篷，卻發現那裡已經開始拔營，周圍只留下了幾個認識的軍官。

「啊——阿伊！結果如何？」「交涉有順利完成嗎？」

視線才剛對上，托爾威和馬修就衝了過來。伊庫塔若無其事地藏起左手，不發一語地露出微笑。從這態度察覺出成功的兩人一起鬆了口氣。

「……雖說前途充滿不安，但是能借用席納克族的人手是很大的助力。」

「對方說兩天後會有五百人，五天後會讓八百人前來……當然在此要歸功於身為族長的娜娜具備人望，不過也得感謝薩扎路夫上尉才行。多虧當初在村裡放火時沒有殺掉村民，而是把他們聚集到某幾個地方安置，現在才能省略為了聚集人力四處奔走的麻煩。」

「那還真是謝了，打了這種仗居然還有事情能獲得他人感謝，實在讓我吃了一驚。」

該說是一提到某人，某人就會出現嗎？叼著一根細細的手捲菸絲的薩扎路夫上尉靠近眾人，在他後方，哈洛也隔著幾步距離跟上。

除了哈洛以外的騎士團所有成員都排成橫一列，一齊對長官敬禮。

「喂喂，你們也變得挺有軍人樣了嘛，跟在基地裡那時可說是判若兩人。」

「如果真是這樣，我想這也是上尉您指導有方的結果吧。」

「哈，真是愛說笑……即使我沒有教導任何事情，你們也自己活下來了不是嗎？明明這樣，卻到了現在才害我抽中了這種亂七八糟的下下籤。」

薩扎路夫上尉先從口中吐出大量混合了自嘲和放棄的白煙，接著才繼續說道：

「好啦，換個話題……先前才率先一溜煙拔腿跑掉的鎮台司令長官，我等敬愛的薩費達中將閣下給你們幾個留下了美妙的禮物。」

「如果是通往地獄的單程票，我們還在煩惱該怎麼處理之前拿到的分。」

聽到雅特麗這種諷刺香料過於刺激的表現方式，上尉抱著肚子笑了一陣。

「……贈送的本人或許想當成前往黃泉的土產，不過這次在實用性方面算是堪用的種類——那麼，首先是伊庫塔准尉，雅特麗希諾准尉。」

「在！」「是是是……」

「決定戰時晉升。你們兩個從現在起是中尉了，恭喜啊。」

啪啪啪……薩扎路夫上尉沒什麼誠意地拍了幾下手。這理所當然的發展讓伊庫塔和雅特麗連嘆氣都懶得嘆，倒是差點忍不住打起呵欠。

「接下來是馬修准尉、托爾威准尉、哈洛准尉，你們也一樣，從現在起正式成為少尉。」

「噢……」「啊……是！」「真是突然呢～」

三人各有不同，但只有情緒低落是共通點的反應讓薩扎路夫上尉嘆了口氣。

「什麼嘛～應該要更高興一點吧！你們可是同梯中晉升最快的人，回去以後可以炫耀耶。」

「是啦，回去以後我們會炫耀啦，等真的能回去以後。」

就像是回想起先前拋到腦後的絕望，馬修的音調愈說愈低。伊庫塔和雅特麗都把思緒飄向讓他的情緒如此低落的狀況——那場在一小時前才剛結束的軍事會議。

「——哪個人！沒有哪個人可以提案嗎！」

即使薩費達中將發出歇斯底里的叫聲，列席於帳篷裡的大批幕僚們也都老老實實地縮著身體，沒有回應任何意見。明明在這段時間中，敵方大軍也正從北方步步逼近。

阿爾德拉神軍接近的這個惡耗，讓因為和席納克族的漫長鬥爭終於結束而完全鬆懈的北域鎮台成員們打心底受到震撼。從軍官到士兵都受到相等的衝擊，在目前這個時間點，他們化為烏合之眾的反應或許是無可奈何的狀況。

「不要都不說話快講點建議！你們這些傢伙到底有沒有弄懂？敵人已經近在眼前！只要通過山麓的喀喀爾卡沙岡大森林，就會到達大阿拉法特拉的山腳邊！」

更何況，連原本應該要統合混亂士兵們的司令長官都帶頭成了眼前這副模樣。

「要直接全軍撤退，還是要乾脆豁出去迎擊！哪一邊的成功機會較高，你們這些傢伙至少應該能夠判斷這點小事吧！」

雖然薩費達中將口沫橫飛地怒吼，然而他的意見卻微妙地沒有弄清楚焦點。無論是全軍撤退還是以全力迎擊——哪一邊都沒有成功的可能。除了中將本身，在場所有人都對這點心知肚明。正因為如此，眾人才會保持沉默。

根據托爾威的目測和計算，到阿爾德拉神軍踏入大阿拉法特拉山脈並開始攻擊帝國軍為止，最短的日數是五天多一點。相對之下，帝國方面進行全軍撤退需要的日數即使再怎麼精簡計算，也會得出二十天以上的試算結果。只要拿兩個數字來比較就可以明白，如果只是單純掉頭就逃，肯定會在途中遭受追擊。

那麼如果要討論主動出面迎擊是否有勝算，這也是處於嚴重劣勢的賭博。光是現在能夠確認到的部分，阿爾德拉神軍動員前來的士兵數就已經在一萬兩千人以上。相比之下已經在和席納克族的內戰中再三消耗的帝國這邊，當初的士兵人數雖然有一萬八千人，現在卻是不足八千名的慘狀。

單看數字也有一點五倍的差距，更不用說帝國兵已經因為連續戰鬥而筋疲力竭。當然裝備方面的消耗也很嚴重，只要把這部分也評估進去，彼此的戰力差距應該會擴大到慘不忍睹的地步吧。

如果是有思考到這邊的人，自然能預測出到底該怎麼辦……實際上，在幕僚當中也有少數幾個人得出這個結論。然而，他們也依舊選擇沉默。因為只要說出口，就會直接導向讓自身主動扛起最悲慘命運的結果。

「……上尉，再這樣下去事態不會有進展。」

「妳別說話。要是想活著回去，絕對不可以自己跳出來把話講明。」

聽到雅特麗的低語，薩扎路夫上尉輕輕搖頭。在狹窄的總部帳篷中，椅子屬於身為幕僚的高等軍官們，上尉以下的下級軍官則是站著旁聽軍事會議的發展。

「關於這一點，我雖然也很想同意上尉您的看法……不過要是繼續這樣放著不管，說不定會發展成在會議好不容易結束並前往外面後，卻發現我軍已經被敵人包圍的事態。」

伊庫塔說著嘆了口氣。在兩名部下的夾攻下，薩扎路夫上尉用力搔了搔頭。

「……饒了我吧。不管是我還是你們，至今為止可以算是工作過頭了不是嗎？哪裡還有必須再進一步去抽出下下籤的理由？」

「我等是軍人，這點恐怕就已經是足夠的理由吧。」

雅特麗的眼神極為正直。上尉雖然轉開臉試圖逃避這份壓力，但另外一邊也有伊庫塔那對漆黑的雙眼在等待他。他終於無路可逃。

「……這只是遲早的問題，不是嗎？上尉。如果繼續這樣不做出任何對策，演變成讓越過山脈的阿爾德拉神軍湧入北域的結果後，屆時我們也只能參加迎擊……無論狀況到底會多麼絕望。」

「…………」

「我認為既然還留著以自己的手來闢出一條活路的機會，那麼與其交給別人並演變成那種狀況，選擇在此抽出下下籤的做法應該還算是好上幾分吧。重點就是要在何時偷懶的問題啊。」

「……嘴上說起來簡單，但對手可是一萬兩千人啊，你有能夠應付他們的具體對策嗎？」

「有，是雅特麗和我剛剛想出來的對策。」

兩名軍官分別從各自的立場逼迫長官做出決斷。薩扎路夫上尉像是終於死心般地抬頭望向上方，為了下定決心，保持這個姿勢耗費了十秒多的時間。

「那邊的幾個傢伙！從剛才開始就一直嘀嘀咕咕，沒有什麼意見嗎！」

進退兩難的薩費達中將因為遷怒，甚至把矛頭指向連名字都不知道的低階軍官。薩扎路夫上尉自嘲這時機真是剛好後，才把沉重的右手直直舉起。

「……在下要提出建議。目前情況應該要留下留置部隊負責殿後，試著阻止敵人前進。」

帳篷中一口氣吵鬧起來。至今為止堅守沉默的幕僚們帶著「這傢伙真的說了啊」的表情，大夢初醒般地紛紛開始發言：

「嗯……沒錯，應該只有這個辦法吧。」

「如此一來，要由誰來負責擔任現場指揮官呢……」

「這是難以決定之處，雖然也要根據部隊的規模……」

雖然吱吱喳喳地傳出聲音，但似乎沒有人願意主動扛起這個任務。薩扎路夫上尉一方面因為視線都集中在提議的自己身上而感到厭惡，不過還是繼續說明：

「……阿爾德拉神軍的兵力是一萬兩千。我方進行全軍撤退的目的，是要回到我等的根據地北域來重整態勢並迎擊對方，因此必須讓相對應的兵力逃走才行。在來自中央的援軍調集到一定數量並前來為止，保守估算也要一個月以上。那麼講到在這段期間內足以持續進行防衛戰的兵力……當然要把殘留在各基地裡的兵力也計算進去後，我想這邊恐怕必須讓六千人左右回去吧……」

由於薩扎路夫上尉並沒有指揮過大軍的經驗，對於這方面的數字並沒有自信。然而，幕僚中沒有任何人提出異議的反應成為這是妥當意見的證據。

「如此一來，能分配給留置部隊的兵力，就是從不到八千人中扣除六千人，等於是兩千以下。其次的問題是該如何運用這支部隊……」

關於接下來的計畫，上尉本身還沒有想法。這時雅特麗出面扛下補起這缺口的任務。

「上尉，能讓我代為說明嗎？」

「啊……噢……交給妳了——抱歉，接下來由副官負責說明。」

由於區區准尉在戰略等級的軍事會議中不可能具備發言權，因此薩扎路夫上尉以「這只是讓她代替自己說明意見」的名目把表現機會讓給雅特麗。即使暴露在幕僚們的訝異視線下，雅特麗也一邊感謝上尉的安排，同時以毫不怯場的態度開始發言：

「首先，留置部隊的大部分兵力，當然該用於山脈上的防衛戰鬥吧。面對從北側登上山脈的阿爾德拉神軍，採用在進軍路線的山路上建築起堡壘予以迎擊的形式——換句話說，是改編席納克族對我軍實行的戰術。

只是，和席納克族建立起周全防守線的山脈南側相比，可以推論出沒有預料到會有敵人來襲的北側防守應該很薄弱。雖然必須儘快進行野戰工事來彌補不足之處，然而敵人快的話將在五日後到達，這樣一來工事無論如何都不可能趕上。」

講到這邊，雅特麗歇了口氣。已經預測出接下來發展的薩扎路夫上尉喃喃地講了一句：「別鬧了吧。」

「也因此，在進行爭取全軍撤退時間的防禦戰鬥前，必須先進行為防禦戰鬥爭取準備時間的持久戰。能應用在這部分上的人數，要從總兵力的不到兩千人中扣除在山脈上進行工事的人員……以整數來計算就是一個營六百人。人數少於此難以達成任務，而人數多於此則會造成在山脈上進行野戰工事的人手不足，在安排上會有困難吧。」

薩費達中將理解雅特麗的言外之意，吊起眼角開口問道：

「那麼妳的意思是……要求僅僅一個營的六百人，在後方完成野戰工事的期間，去阻止敵方的一萬兩千大軍前進嗎？」

「不是要求，而是要去做到，因為已經別無他法。」

「……既然講出這種大話，應該有能爭取時間的具體方案吧？」

「要利用火。」

雅特麗果決地斷言。同時接過旁邊的伊庫塔若無其事地遞給她的地圖，攤開來讓周圍的人們也能看到。

「正如先前司令長官所言，大阿拉法特拉山脈的北側山麓是喀喀爾卡沙岡大森林。由於這片樹海是東西長南北寬，除非阿爾德拉神軍繞了一大段遠路，否則無論如何都必須穿過這片森林。因此我等要在這裡放火，利用設置火牆來讓敵軍不可能通行。」

「什……要燒掉森林……！」

這大膽的提案讓幕僚們大吃一驚，連薩扎路夫上尉也愣愣地張大嘴巴。

「只是把燒擊兵平常就會執行的火線防禦以大規模形式來設置而已。喀喀爾卡沙岡大森林並不是為了大型部隊進軍而開拓過的森林，似乎能成為防火道的寬闊道路只有一條。而且那裡是除了雨季以外都欠缺濕氣的乾燥林，可以說是使用火攻的絕佳環境吧。」

「這樣等於在引起山林火災啊！人手只有六百人怎麼可能辦到那種——」

「啊，關於人手的問題由我來說明。不足的部分會要求席納克族提供協助。」

伊庫塔這樣補充後，幕僚們的懷疑視線一口氣集中到他身上。

「讓席納克族提供協助……？你說什麼蠢話，這才是一朝一夕之間不可能辦到的事吧！」

「不，也並不一定是那樣，因為俘虜之中包括族長娜娜克．韃爾。只要把阿爾德拉神軍認定為共通的敵人，並保障席納克族事後在帝國內的立場，身為族長，她也不得不接受這提議吧。只要遊說一結束，我就會讓她從後方村落聚集人手，同時指示族人不可以妨礙帝國軍對阿爾德拉神軍的防衛戰鬥。」

如果處於不知何時會被席納克族的殘黨從背後捅刀的狀態，防衛戰鬥根本是紙上談兵。即使是基於這層意義，成功說服娜娜克・韃爾也是在實行作戰上的前提條件。

「就算能順利說服席納克族，你能夠保證把整個森林燒掉的火線防禦不會發生問題嗎？根本無法想像火勢會演變成什麼程度！」

「說……說得沒錯！受風向影響，也有可能落入我等本身受到火勢追擊的結果，而且萬一途中下雨，那時一切不就回到原點了嗎？」

面對一個個只會怒吼指責的長官們，伊庫塔打心底厭煩地哼了一聲。

「……不會演變成各位擔心的狀況。第一，這一帶還是乾季，雖然差不多已經進入尾聲，但即使如此，也還有半個月會和雨水無緣吧。在目前的時間點遭受不合季節的大雨襲擊的可能性極低。」

「唔……那麼風向的問題又如何！山上的風可是難以捉摸！」

「即使多少波及到他處，也還在設想範圍內。反而該說萬一風勢太弱使得火勢無法擴散才會是問題……算了，無論哪邊應該都只是無謂的擔憂吧。原因就是在這個時期，大阿拉法特拉山脈北側總是有來自西南的風朝著東北持續往下吹。」

「你說什麼……？為什麼可以斷言這種事情？」

「您有聽過落山風嗎？這是一種如同名稱所示，先爬上山頂後再往下吹往山脈另一面的風。所以只要山的一邊吹著強風，就會造成另一側也有風往下吹的結果……而在卡托瓦納南部到中央的地區都迎向雨季的目前這時期，存在著從西南海面往大陸持續吹來的風，這點想必各位也都切實感受過吧。」

在繼續說明的少年身旁，聯想到答案的薩扎路夫上尉拍了拍手說道：

「……對了，是季風嗎！」

「正確答案。為大陸帶來雨季的風，只要再過一個月應該會把這恩惠也帶來北域的季風……不，雖然沒有降雨，但風本身已經吹到。季風會沿著大阿拉法特拉山脈往上爬，再化為落山風朝著東北方往下吹。在這個現象的推波助瀾之下，我們點起的火和煙應該也會平均地往敵軍方向持續擴散。」

如何呢？伊庫塔以視線詢問。幕僚們的反對聲浪停止後，他不發一語地戳了戳身旁長官的後背。察覺到伊庫塔的意圖，薩扎路夫上尉以消沉的語氣開口：

「……由於提案者應負起責任，因此希望能把這個作戰的實行部隊指揮官交由我暹帕・薩扎路夫來擔任。請問您意下如何呢？司令長官閣下……」

「……抱歉給上尉您添了麻煩。」

就連伊庫塔也快要講不出玩笑……再那樣繼續丟著遲遲無法進展的軍事會議不管，就等於坐以待斃。這點毫無疑問。只是為了避免這個事態，必須抽起最糟糕的下下籤只能說是遺憾到極點。

「……嗯？喂喂，這真不像是你的風格。別擺出那種表情，雖然慫恿我的人是你們，但決定上當還是我自身的判斷啊。」

薩扎路夫上尉帶著苦笑把手放到伊庫塔頭上，至少他的臉上並沒有後悔的神色。

「靠少少一個營六百人來擋下一萬兩千名敵軍！要是真的能辦到，不是很了不起嗎？說起來我也真是，居然白活這一把年紀還想試著當個英雄。」

自嘲地這樣說完後，上尉突然換上認真表情，把視線移到其他人。

「換個話題——馬修少尉，哈洛瑪少尉。你們兩個如果有意願，可以連同部隊一起退往後方。」

「啥……？」

哈洛似乎事先已經收到通知，這時表現出詫異反應的人只有馬修一個。薩扎路夫上尉以沉穩的表情對著困惑的他繼續說明：

「你們兩個真的很努力，在其他高等軍官候補生和現役軍官接二連三倒下的狀況中，確實達成了存活下來的任務。明明這是你們出生至今第一次參加的戰爭。」

「不……可是……留置部隊的編組不是已經決定了嗎……？」

「正確來說是尚在編組中。現在的我似乎擁有從其他部隊拉人進來取代你們這種程度的權限，反正是一些事情做得沒有你們多的傢伙，沒有必要介意。」

面對突然出現的退路，馬修只是茫然呆站。這時雅特麗也開口介入對話：

「馬修，我是不是也可以表示一些意見呢——在如此靠近的距離看你表現至今，讓我對你相當刮目相看。你即使面對再三逆境也沒有失去冷靜，依然率領士兵讓他們奮勇作戰。無論是看在誰的眼裡都是傑出的指揮官表現，我想你可以為此感到自豪。」

馬修以發愣的表情望向雅特麗。在他至今為止的人生中，從來不曾受到雅特麗如此毫無保留的讚美。

「哈洛也是一樣。在高山病蔓延的前線，從一開始就一直表現出萬全的工作表現。要是沒有哈洛的部隊，我們的部隊毫無疑問會出現數量驚人的犧牲者吧。」

「……這是我的光榮。」

「兩位一定會成為優秀的將領——正因為如此，要在這裡學會撤退的時機。」

以稱讚來開場的道別發言，深深刺進了兩人的胸口。伊庫塔接著說道：

「雅特麗已經幫我把想說的話全都說完了……只是，托爾威，只有對你得趁現在先道歉。因為裝備膛線風槍的風槍兵部隊無可替代，所以無論如何都無法讓你回去。你就死心當作是自己運氣不好，接下來也繼續配合吧。」

伊庫塔雖然帶著苦澀情緒這樣告知，托爾威反而以自豪的表情點了點頭。然而另一方面，給予托爾威的「無可替代」評價卻擊垮了沒有獲得這評價的少年。

「總之，基於以上原因，要和兩位暫時道別。雖然不知道會是多久以後的事情，不過如果可能，希望下次見面時能在中央喝個酒——嗚喔！」

伊庫塔正想要把話題做出結尾，卻被衝過來的馬修抓住領子往上提。托爾威和哈洛雖然立即想要介入，雅特麗卻搖著頭制止他們。

「……你完全把自己當保護者了。說什麼接下來很危險所以先回去？你們這些傢伙到底以為自己是誰啊……！」

「痛痛痛……這個嘛……你也知道，基本上我和雅特麗都成了中尉啊……」

「噢，的確，在這裡你們兩個是長官，我可以承認這點──不過，如果是這樣，長官會對部下說『因為很危險所以回去』嗎？會用『趁這次學會撤退時機』這種理由讓部下逃走嗎？開什麼玩笑！不可能吧！」

依然以雙手抓住伊庫塔領子的馬修直接用力晃動對方，伊庫塔則是隨他擺布。

「讓我確認一件事！在至今為止的戰鬥中，我其實是拖油瓶嗎！」

「……不，你是可靠的同伴。」

伊庫塔以黑色雙眼直直望向對方，如此斷言。雅特麗也毫不猶豫地點頭表示同意。

「既然這樣！──在這時該對同伴說的話，並不是『你先逃走』吧！」

這句話幾乎是怒吼。其中不帶著任何粉飾或測試的意涵，正因如此才能深深打動聽眾的心。

一人繼續保持懸在半空的狀態，另一人則是擺出直立不動的姿勢，伊庫塔和雅特麗陷入同樣的煩惱。

「……接下來必須面對驚險的戰事，馬修。」

「嗯。」

「應該無法像過去那樣吧，我想一定也會失去很多部下。」

「嗯。」

「你本身也會暴露在危險中。只要走錯一步就會死，運氣不好還是死。」

「嗯。」

「即使所有事態都奇蹟般地順利進行，或許依然會無可奈何地落入所有人都死亡的結果。」

「我知道！」

馬修胸懷無法退讓的堅持，強行抑制住所有的猶豫，同時強烈想到……承認階級的高低吧。至於能力上的差異，在目前這時間點縱使不甘心也只能接受。

即使如此，以戰友的身分來說，彼此處於對等。只有這份尊嚴，是絕對不能放手的信念。

「你們打算去針對這一切做點什麼吧？有我在會礙手礙腳嗎？」

這瞬間，伊庫塔和雅特麗同時感到很羞愧。對象包括幾分鐘前那個無法體認到馬修決心的自己，還有踐踏他想法的所有欠考慮發言。所以，現在該說的話只有唯一一句。

「——我要撤回前言，真是抱歉，吾友馬修。」

「我也同樣要為剛才的失禮謝罪——接下來的戰鬥中，請把你的力量借給我們。」

聽清楚這些話的同時，馬修也放開了勒住伊庫塔領口的雙手。

「你們從一開始這樣說不就得了，真是。」

面對不高興地喃喃這樣說道並把不悅臉孔轉開的馬修，伊庫塔再次表示歉意。另一方面，雅特麗把視線放到了哈洛身上。

「哈洛，剛才那再怎麼說也是馬修的答案。雖然參考他的想法是妳的自由，不過要記得別受到影響，必須檢視自身並得出結論。我主張現在是撤退時機的想法，直到現在也沒有改變。」

雅特麗以嚴厲的語調進行確認。然而和她的預料相反，哈洛立刻做出回答：

「我也要留下。既然會演變成嚴酷的狀況，就更應該讓我幫忙。」

「哈洛……」

「老實說，如果馬修先生會被強制撤往後方，我原本也想要和他一起行動。因為萬一被指責『因為礙手礙腳所以不需要』，我也無法反駁。」

哈洛以手指玩著水藍色頭髮，同時似乎有些害羞地微笑。

「可是，如果並不是那樣……如果有我可以幫上忙的地方，請讓我也和馬修先生一樣堅持到底。『騎士團』是我重要的棲身之處，只要一點點就好，請讓我也可以幫忙守護它。」

語畢，哈洛深深地低下頭。雅特麗隨即把她扶起。

「該低頭的人是我，哈洛。很抱歉做出瞧不起你們決心的行徑。」

「接下來我也要依靠大家的力量，基於同屬『騎士團』夥伴的立場。」

伊庫塔走過來把手放到哈洛的肩上。她一邊用軍服的袖子擦拭眼角，同時點了點頭。

「……啊～年輕真好，如果是五年前，我也會混在那裡面吧。」

旁觀事態發展的薩扎路夫上尉懷念地回憶起過去。在這種年長者的溫暖視線前方，伊庫塔以突然想到的態度把左手舉到與目同齊的高度。

「哈洛，我立刻有一件事情得靠妳幫忙。其實我剛才切到手……」

「啊……是！請讓我看看傷口，我立刻會進行消毒和止血……咦……哇啊啊啊啊！怎……怎麼沒有！伊庫塔先生，你的手指怎麼不見了！」

「啥？」「妳說手指不見了……？」

連馬修和托爾威也瞪大雙眼衝了過來。事先聽說過「說服手段」說明的薩扎路夫上尉保持沉默，伊庫塔則是帶著曖昧笑容回答：

「哎呀～因為之前使用刀子時手滑了一下……」

「到底要怎麼手滑才能切斷小指呢！被切下來的部分在哪裡！」

「我把它切成三段送給女孩子當禮物了。」

「那是什麼咒術嗎！」

薩扎路夫上尉帶著苦笑望向鬧哄哄的五人，並點起新的菸草。他心想——真希望能想點什麼辦法讓這群吵鬧的傢伙全部都活著回去。

第一章

Alderamin on the Sky

火焰之壁

電光石火。這場即使在帝國軍事史中，也找不出同等規模的火線防禦作戰正是以這句話作為起始的暗語。

在雅特麗率領的燒擊兵部隊抵達大阿拉法特拉北側山麓的喀喀爾卡沙岡大森林時，距離敵軍來襲的緩衝時間還有三天又十一小時。為了建構出足以阻擋一萬兩千人兵力的屏障，他們所剩的時間僅僅只有這些。

「現在就開始按照事前說明，以班為單位前往被分配到的位置進行延燒作業！沒有必要事事都來向我請求指示，只有作業發生問題時要立刻派人馬前來報告！」

「「「「「Sir, yes sir!」」」」」

「很好的回應，既然聽懂了就散開！」

炎髮的長官發出命令，於是士兵們一口氣往東西兩方散開。心情上雅特麗也想和他們一起往外衝，不過只有這次已經決定她也必須待在目前建設中的大本營負責全體指揮。原因是對於延燒作業具備最豐富實地經驗的人是她。

送走部下後，雅特麗轉過身大致眺望大本營的狀況。這裡也已經成了熾熱的戰場。大部分士兵都同樣打開從後方送來的菜籽大袋，把袋中的內容物一一餵給數百個火精靈，再讓他們把體內抽出的油吐回皮袋裡。接下來為了把油當成燃料推動延燒工事，從裝滿的袋子開始依序被放上馬運往前線。

雅特麗籌劃的工事步驟和分配極為單純。她把喀喀爾卡沙岡大森林的南側分成總共八十六個區塊，讓負責延燒工事的班前往各個區塊，後方的大本營則持續生產和補給燃料。雅特麗本身一方面負責指揮油的生產和補給，另一方面也留在大本營中待機以對應在現場發生的各式各樣狀況。萬一發生她必須親自驅馬趕往現場的事態，則由薩扎路夫上尉接手大本營。

在大本營和施工現場分別配置到的火精靈比例約是九比一。正如這個數字所示，大部分的火精靈被指派為從菜籽裡榨油的必要人員。在前線活躍的反而是每次放火時都要送風讓火勢廣為燃燒的風精靈們。

「好，開始延燒送風！」

回應馬修的指示，部下的風精靈從身體的風穴送出新鮮的空氣。事前潑撒的油也成了助力，獲得氧氣供給的火焰立刻熊熊燃燒，轉眼之間就開始以火舌侵襲喀喀爾卡沙岡這片和枝葉繁茂無緣的乾燥森林。

「正如阿伊所說，風吹向東北方……不過，還有點太弱。」

和馬修在不同區塊進行工事的托爾威一想到接下來必須讓火勢擴散的範圍有多寬廣，就不得不期待起老天爺的幫忙……只要吹起適當的風，即使放著不管火勢也會蔓延；然而萬一風沒能吹起，就只好靠雙腳移動來彌補。即使不討論來不及完成工事的事態，一考慮到事後的狀況，還是讓人想盡可能保留原本就已經因為長期戰事而疲勞的士兵們體力。

「呼……呼……」

在另外一個區塊，可以看到伊庫塔本人混在部下中揮動斧頭的罕見光景。能以指揮官這立場為由混水摸魚的階段早已過去，現在是他本身也必須成為勞動力投入工事的緊要關頭。

「呼……呼……嗚！好痛……！」

左手竄過彷彿火燒般的激烈痛感，讓伊庫塔差點鬆手放開斧頭。原因根本不需要特地確認，包在小指傷口上的繃帶因為出血而染成一片鮮紅。

雖說基本上已經請哈洛縫過，但光是那樣並不可能讓才剛製造出的傷口完全癒合。伊庫塔停了幾秒等待疼痛緩和，正想要再度開始施工時，不忍坐視他勉強自己的蘇雅士官長開口阻止：

「連長！已經夠了……！接下來請交給我們，您去休息吧！」

「妳的心意讓我非常高興，蘇雅……不過，現在可是搞錯狀況跑去偷懶就會死掉的局面。」

伊庫塔帶著苦笑搖搖頭，用沾上自己鮮血的斧頭擊向眼前的樹木……當然，傷患勉強參加並不會對施工有利，反而有可能拖累進度。這點他本人也十分了解。

不過，他的態度也會被周圍的士兵們看在眼裡。總是一派悠哉的指揮官流著血繼續工作的模樣，讓「現狀究竟多麼緊迫」這點化為具體形式持續展現在眾人面前。目睹這個光景後，沒有人會想要偷懶。除了因為長官在工作時部下當然不能躲在旁邊休息，更重要的是因為伊庫塔的模樣以超越言語的說服力來傳達出「現在如果偷懶就會死」的事實。

當然，這種實地示範也有導致不良後果的疑慮。發現「原來戰況糟糕到這種地步嗎？」而感到絕望的士兵們說不定會棄守崗位逃走。「為了避免造成士兵動搖，指揮官應該隨時表現出從容態度」是軍官最初被教導的用兵理論。

然而另一方面，伊庫塔擁有以最小限度的犧牲在過去戰事中存活至今的實績。從部下的角度來看，他毫無疑問是個可靠的指揮官。這樣的伊庫塔不顧傷勢默默揮動斧頭的模樣，比起動搖，更能促進士兵產生「這時必須好好奮鬥」的幹勁。

「嘿咻……！」

決定性的一擊砍入樹幹，無法支撐自身重量的樹木發出嘎吱聲響開始倒下。一棵樹木以幾近垂直的角度倒向旁邊的林道。這是經過計算的結果，在周圍工作的士兵們也全都把附近的樹木朝著道路砍倒。

伊庫塔回頭望去，只見士兵們砍倒的樹木已經蓋住了長度將近一百公尺的道路。他喘了口氣抹去額頭上的汗水。

「……好，要用來幫助延燒，這樣就夠了。再往前的部分可以不必砍倒。只要先砍出一道深度足夠的切痕，讓樹木燒毀時可以朝著道路這邊倒下即可。最後的收尾工作會由火幫我們做好。」

聽到伊庫塔的指示，雙手因為血水泡破掉而染得通紅的士兵們露出放鬆表情。不過因為少年的左手呈現更嚴重的狀況，所以沒有任何人開口抱怨。

喀喀爾卡沙岡大森林中有可能成為進軍路線的林道共有五條，現在伊庫塔他們所在的位置是其中最靠近中央的一條，路寬平均是四十公尺以上，比其他林道更寬廣。想要讓大量兵力迅速通過森林的阿爾德拉神軍前往這條道路的可能性極高。正因為如此，這裡被視為有必要優先施工。

此外，即使能順利引起森林火災，樹木已經被砍掉的空間本身說不定會成為火焰的捷徑。因此他們才要藉由這種砍倒沿路樹木的做法，來填滿之後應該會產生的火焰空隙。

「……延燒作業一旦結束，就必須立刻在這條道路上築起阻絕設施。」

伊庫塔這樣喃喃說完後，幫他的左手重新綁好繃帶的蘇雅士官長抬起頭。

「果然光是放火並無法阻止對方嗎……？」

「不，應該可以讓這裡變得無法通行……不過，我們的任務並不是阻擋敵人通過森林，而是要讓他們無法從這裡繼續往前。為了達到目的，根據情況有時候必須把關上的蓋子再度打開。」

聽到比自己年輕的長官講出這種意味深長的發言，蘇雅一邊繼續包紮傷口，同時偷偷抬眼觀察伊庫塔。她甚至無法想像，那對漆黑的雙眼到底凝視著什麼樣子的未來。

另一方面，由娜娜克・韃爾率領的兩百名席納克族援軍正前往更偏向東方的林道。

考慮到彼此感情的摩擦，和帝國士兵會合後再一起施工的計畫只不過是畫在紙上的大餅，因此很快就被排除。「由接受伊庫塔要求的娜娜克負責指揮的獨立部隊」就是他們現在的立場，目前只有從後方送來的油料補給是彼此的接點。

「不要拖拖拉拉，快點！要是沒有儘快開始施工，阿爾德拉本國那些傢伙就會直接通過森林！」

「啊……是……！」

娜娜克雖然率領席納克族的人手展開作業，但同胞們看著她的視線裡卻帶有困惑神色。這也是理所當然的反應。畢竟先是化為泥沼的戰爭剛確定敗北，阿爾德拉神軍就從北方來襲，緊接著原本率先反抗帝國的族長卻出面呼籲大家要和帝國軍聯手。變化得如此迅速激烈的事態遠超過他們的理解力。

然而，這份動搖卻不至於瓦解他們的團結。縱使娜娜克現在已是敗軍之將，但她依然繼續保有對部族的領導力。並沒有人指責命令族人和帝國軍共鬥的她是「背叛者」，席納克的人民至今仍舊繼續遵守年輕族長的命令。

關於在和帝國的戰爭中落敗一事，有意責備娜娜克的人並不多。因為和帝國展開鬥爭是席納克族全體的意思，她只不過是立於行動的最前端。

每一個人都很明白，敗北是所有人的責任。如果要說有唯一的例外，那就是娜娜克本身吧。她認為無法引導部族得到勝利的自己很可恥，正因為如此，她只能認定想辦法讓多一些同胞活下去的行動才是留給自己的最後職責。

「從完成準備的地方開始砍樹！我們開始施工的時間已經比較慢，沒有時間休息！」

娜娜克以嚴厲的語氣下令，另一方面也親自參加工事。她一邊運用嬌小身體的每一部分來揮動斧頭，同時腦中突然閃過——失去小指的手，一定連握住斧頭都很困難吧。

＊

伊庫塔等人開始施工後過了三天又十四小時。率領一萬兩千大軍的拉·賽亞·阿爾德拉民神聖軍並沒有違背托爾威的預測，帶著萬全準備到達喀喀爾卡沙岡大森林的北側邊緣。

身穿藍黑色軍服的「神兵」們胸中懷抱著聖戰的大義，以幾乎要填滿整個大地的氣勢並肩而立，異口同聲地喊著讚頌主神Alderamin威光的話語。一萬兩千人的合唱在阿拉法特拉的群山中迴響，一開始就試圖以神的威權來籠罩席納克的領域。

在這個壓倒性的陣容中，有個壯年男子表現出不遜於萬軍之將這立場的魄力。他有著縱向橫向都顯得高大壯碩的體格；剃得光滑乾淨，甚至能夠映照出天空的頭頂；還有緊密閉合的嘴巴。

雖然要把他視為身經百戰的軍人並沒有不足之處，不過他也同時擁有虔誠神官的氣質。這位一身同時具備兩種相異風格的將軍，正是率領阿爾德拉神軍的上將，亞庫嘉爾帕·薩·杜梅夏。

「嘎——真嗆人！讓人覺得自己像是被吊在煙燻房裡的燻肉！哇哈哈哈！」

然而他一旦開口，構成第一印象的一半要素——身為虔誠神官的印象就會被推翻。副官在旁邊嘆了口氣——這位將軍身為侍奉神明之人，基本上發言實在太粗魯了。

不管怎麼樣，亞庫嘉爾帕上將的感想確實指出了重點。從森林中流出的煙霧，讓周圍的景象呈現混濁的灰色。一旦吸入就會給肺部帶來針扎般刺激的空氣讓士兵們不斷咳嗽。

當將軍正連同士兵們不斷抱怨「好嗆啊好嗆啊」的心聲表露無疑時，完成偵查工作的先遣隊騎兵們回來了。從這些分別前往東西方進軍路線看過情況的先遣隊中，一名臉孔已被煙灰染黑的軍官代表眾人率先報告：

「報告上將！已確認能通過喀喀爾卡沙岡大森林的五條林道全部都遭到倒木和火災的封鎖！推論目前不可能通行！」

「我想也是！……話說回來，對方居然把整個森林都燒了！真是瘋狂行徑！不愧是走投無路的傢伙會做出來的事情！嘎哈哈哈！」

亞庫嘉爾帕上將哈哈大笑，副官米修里中校從旁邊婉轉地插嘴：

「如果在這裡受到長時間阻擋，會影響到追擊敵方主力的行動。您打算如何呢？」

「這還用問，快去把那礙事的火給滅了。」

「既然您如此下令……不過，具體來說該怎麼做？」

「嗯，在場所有人都用小便去澆的話沒辦法滅火嗎？」

「這真是獨創的點子，但是不可能成功。」

副官斬釘截鐵地否定。亞庫嘉爾帕上將以手環胸開始思考。

「……要不然我也一起參加好了。」

「我想就算上將您的腹部全部都是膀胱，頂多也只能淋濕腳下的土地吧。」

「嘎——有夠麻煩！這樣下去不是辦法！喂，米修里，把那個毛頭小子叫來！」

米修里中校沒有立刻回應這個指示，而是露出愁苦表情。

「……現在是連戰事都還沒有正式開打的狀況，已經要倚靠那個人了嗎？」

「你在計較什麼？我只是想讓白吃白喝的傢伙做點事而已。不管是客座軍官還是什麼，既然隸屬於部隊的編制內，那傢伙也只不過是我的部下。利用這機會使喚他又有哪裡不對？」

這番話讓米修里中校無法反駁，他只能吩咐騎兵去召喚那個問題人物。之後他們兩人還來不及換個話題，就看到一名滿頭白髮的年輕軍官策馬奔向此處。他身上穿的軍服並不是藍黑色，而是完全不同的深綠色服裝。

「Ｙａｈ，上將，您召喚我嗎！能獲得指名真是光榮！」

米修里中校以苦澀的表情瞪著這名從馬上以澄澈聲音開口發言的軍官。

「少校，首先你必須下馬。在我軍，這是對長官的最低限度禮儀。」

「這真是失禮了！因為我推測很快又得策馬前進，才會一不小心就偷懶了。」

男子毫無反省地這樣回答並跳下馬背後，重新轉身面向兩名長官。這無懼的態度讓亞庫嘉爾帕上將哼了一聲。

「不到兩分鐘就來了嗎？你今天似乎也是精力充沛啊，毛頭小子。」

「Ｓｙａｈ，只有這點算是我的長處——我想您是要我提出解決這狀況的策略吧？」

「如果你提不出來，就得一起加入用小便滅火的作戰。」

「Ｈａｈ……這真是獨創的點子，然而很遺憾我現在並沒有尿意……」

「是嗎？只要同樣是液體，其實也沒有必要執著在尿上面……」

亞庫嘉爾帕上將從副官手上接過風槍後，以別有意味的態度來回看著裝在風槍前端的刺刀和會話對象的脖子。白髮男子雙手一拍，就像是想到了什麼好點子。

「即使切斷我的脖子，或是把我全身當成抹布來扭，能擠出來的液體分量也沒有多少。換個角度思考吧。在鎮火時應該拿來使用的東西，並不見得一定要是水。」

「嗯？那麼你要用什麼來對付眼前的大火？」

「Ｍｕｍ，這個嘛，俗話說——以牙還牙，以眼還眼。總之，我方也放火吧。」

聽到男子若無其事地這樣說，亞庫嘉爾帕上將瞪大雙眼。

另一方面，同一時間在隔著火牆的另一端。一名黑髮少年正在大本營裡眺望著森林被熊熊烈火燃燒並逐漸崩毀的模樣。

「呼……總算趕上了……雖說是自己動的手，不過還真是豪爽地放了火呢，庫斯。」

「那件事還不要緊，不過伊庫塔，你左手的傷口又裂開了。」

待在腰包裡的搭檔精靈對主人表達擔心之意，伊庫塔卻露出厭惡的表情。

「不要，我不想看……現在就已經痛得讓我想哭，看到傷口會感覺更痛……」

「可是，丟著不管會化膿。」

不得已，伊庫塔只好開始在口袋中翻找替換用的繃帶，他的手指卻空虛地沒撈到任何東西。之前應該塞了一大堆繃帶，不過仔細回想，更換的次數已經不只四、五次了。

「——啊，果然。我就在想差不多該用完了。」

在巧妙時機出現的人，是腋下挾著醫護箱的哈洛。她不由分說地站到少年身邊，接著解開髒掉的繃帶檢查傷口，並使用搭檔水精靈米爾製造出的乾淨清水洗去傷口表面的髒污。

「傷口又裂開了……我不是說過盡量不可以去動到嗎？」

「抱歉，抱歉。不過如果僅限傷口，從今天開始可以讓它稍微休息。因為自不量力的樵夫模仿任務已經結束……痛！」

暴露在外部空氣中的傷口傳出一陣特別劇烈的痛感，讓伊庫塔忍不住叫出聲。聽到慘叫的哈洛抬起眼窺探他的表情。

「……請不要勉強自己。在人體中，手指是聚集最多神經的部位之一，而伊庫塔先生你是從底部把手指整個切斷……」

「……嗚！還……還好啦，和切斷手指當天的晚上比起來，現在已經好很多了。」

伊庫塔回想起在帳篷中無論如何都無法入睡只能東翻西滾的那天晚上，即使到了現在背脊仍舊一陣發冷。另一方面，哈洛一邊感同身受地想像折騰伊庫塔的痛苦，同時從醫護箱中拿出巴掌大的麻袋遞給他。

「……如果真的痛到受不了，請一次嚼一點這個，應該能緩和疼痛。」

收下麻袋並解開束著袋口的繩子後，伊庫塔發現裡面塞滿了偏黑色的乾草。一看到這東西，下一秒少年就像是得救般地綻放出笑容。

「這是古柯葉吧，真感謝。可以把這麼多的量都用在我一個人身上嗎？」

「是沒關係，不過請控制單次的使用量喔。因為要是攝取太多會有危險。」

伊庫塔輕輕點頭回應忠告，接著立刻用指尖捏起乾草放進嘴裡。在臼齒間咬了幾下後，成分開始融入口水中，嘴裡從接觸到的部分開始像是發麻般地逐漸失去感覺。

「真懷念啊……有一段時期，我曾經和阿納萊老爺子研究過要如何有效利用這東西。剛開始是認真思考該如何應用到醫療方面，不過我帶著半開玩笑的心態拿糖水去煮葉子後，就做出了惡魔般好喝的果汁。由於中毒性實在過高，食譜立刻遭到封印。那味道只要推出，毫無疑問能風靡一世，不知道哪天是否有機會重見天日呢……」

感覺到痛楚緩和的伊庫塔懷念地瞇起眼睛，這時哈洛開口插話：

「伊庫塔先生。真的很難過時，請一定要找個人聊聊喔。不光是傷口方面……」

「啊哈哈，雖然很感謝，但妳想太多了，哈洛。妳覺得我像是那種會強忍的類型嗎？」

「……我剛才聽雅特麗小姐說了，你以前有段時期似乎和席納克的族長交情很好。」

哈洛沒有被伊庫塔輕浮的態度騙過，直搗核心。伊庫塔一時語塞。

「從這場戰爭開始到現在為止，伊庫塔先生應該沒有完全不需要忍耐任何事情的時間吧？」

「……妳講得太誇張了啦，既然戰況泥沼化到這種地步，無論是誰都被迫忍耐吧？」

「或許是那樣沒錯。不過，伊庫塔先生必須承擔的分量似乎比其他人還多很多。」

纏好新的繃帶後，哈洛再次以痛心的表情望著失去一根該有手指的少年左手。伊庫塔無法承受她的視線，把左手繞往背後。

「抱歉打斷你們的談話，有報告。敵方出現動靜。」

這時突然出現對著兩人搭話的毅然說話聲，原來是雅特麗和薩扎路夫上尉從山脈那邊走了過來。伊庫塔和哈洛利用向上尉敬禮的動作轉身面對兩人。

「你們兩個都辛苦了，伊庫塔中尉左手的情況如何？」

「新的小指還沒長出來，應該是因為沒有吃到什麼正常食物的關係吧？」

由於阻止敵方進軍的火線工事已經完成，讓時間上恢復起碼能夠講講這種廢話的餘裕。上尉一方面對伊庫塔那不知收斂的嘴巴感到滿足，並把視線投向山脈那邊。

「不過，這感覺真奇妙——居然由後方的同伴負責告訴我們前方敵人的狀況。雖說從高處能把位於森林另一端的敵方陣營看得一清二楚的結果確實合理……」

「請把這部分當作是地利優勢吧。因為我方士兵的絕對數量不足，處於要編組偵查部隊也有困難的狀況。」

「即使派出斥候，前方也是自己製造出的火牆嘛——那麼接下來就轉回正題吧。」

雅特麗在此結束閒聊，進入本題。

「這是來自後方的報告，敵人似乎對森林放火了。」

只有哈洛一個人對這報告表現出驚訝反應，同樣第一次聽到這消息的伊庫塔則是皺起眉頭。

「……迎面火法嗎？對方也使出了相當果斷的對策呢。」

黑色雙眼裡點起警戒的光芒。迎面火法——這是碰上以噴水或撲打等這類通常手段無法達到鎮火效果的快速延燒或廣範圍火災時，可以使用的對應方法。具體做法是要先行繞到推測位於延燒路徑上的區域，在該區域基於嚴格控管下點火，讓一定範圍中能成為燃料的物質全燒盡後再滅火。像這類已經燒光的區域本身會發揮防火帶的功能，讓從這裡再往前的地區不會受到延燒波及。以結果來看火勢蔓延的最終範圍會變小，控制火勢的時間也能提前，不過……

「這是只要走錯一步就有可能讓火災更加擴大的做法，不會被輕率使用……阿爾德拉神軍中是不是有對應過森林火災的軍官呢？」

「而且下決斷的速度異常快速。明明對方到達後還不到兩天，真沒想到他們會突然使出具體的策略。」

「的確是這樣。『進軍途中發現整個森林都在燃燒』的狀況對他們來說應該是出乎預料，老實說我原本預測他們會再不知所措一陣子。而在對方軍官們湊在一起議論對策的期間，爭取時間的任務應該也會變得比較輕鬆才對……」

發現自己的預測如此迅速地落空，伊庫塔邊嘟囔邊搔著後腦。雅特麗也用手抵著下巴露出思索表情。

「……我覺得有些奇妙。雖然並不是瞧不起敵人，不過基本上阿爾德拉神軍的母國拉・賽亞・

阿爾德拉民本身，是一個最近百年以上都和大型戰爭無緣的中立國家吧？這種國家的軍隊，能在剛碰上未知的狀況沒多久後就使出如此有效的對策嗎？

「實際上如何呢？或許想出迎面火法這點子的人並不是那個國家的軍人。」

薩扎路夫上尉突然插嘴說了一句，伊庫塔和雅特麗同時抬起頭。

「……上尉，這話是什麼意思？」

「你們也有在課堂上學過吧？為了維持長期和戰爭無關的拉‧賽亞‧阿爾德拉民的軍事水準，帝國和共和國各自派出了負責指導的軍人。因為以政治上的均衡來看，中立國太弱對兩國來說都不是好事。」

「所謂的客座軍官嗎……原來也有這段背景。」

「從帝國前往那邊的我方人員在目前的狀況下，肯定覺得坐立難安吧？然而，共和國派遣過去的傢伙又怎麼樣呢？如果認定一切開端的席納克族叛亂就是齊歐卡促成的事件……」

薩扎路夫上尉別有含意地沒把話講清楚。雅特麗把手搭在額頭上，像是在搜尋記憶。

「……還在中央基地的時候，我曾經聽哪個人說過。從兩年前被派遣前往拉‧賽亞‧阿爾德拉民的齊歐卡軍官是個年輕到異於常例的青年，然而頭髮卻是如同老人般一頭雪白。不問日夜都比任何人更辛勤工作，更有甚者，據說沒有人看過他躺下休息的模樣。」

「那還真了不起，簡直像是神為了和我的存在取得平衡而創造出的人物。」

「嗯，聽到傳言時我也是這樣想。那名軍官因此而被賦予的異名，應該是——」

＊

「好！點火！」

聽到班長命令的阿爾德拉神軍燒擊兵的某人，以笨拙的動作把火種丟進眼前的草叢裡。同袍們執行同樣工作的左右方立刻冒出火舌，但或許是步驟有什麼問題，只有他負責的範圍甚至連煙都沒有出現。

「那裡的傢伙！沒有燒起來啊！你在幹什麼！」

「啊……是……！」

受到長官斥責的士兵拿著裝有油料的皮袋慌慌張張地踏進草叢中。

「可惡，是不是撒得還不夠多……？」

他一邊嘟囔，同時把油潑向周圍的樹木。就在這時——他突然感覺到從原本過於專心工作而疏忽的腳邊，傳來彷彿舔向自己的熱氣。

「……好燙……？」

嚇了一跳的士兵把視線往下移動，只見在軍服的膝蓋以下部分，出現一團像是在嘲笑他的躍動火焰。是一開始丟進草叢的火種在不知不覺之間延燒到他的身上。

「哇……哇哇！」

雖然士兵慌慌張張地想要滅火，但光是用手拍打並無法阻止火勢。不斷往上攀升的火舌讓士兵連提醒他冷靜的精靈叫聲也聽不見，最後引起了恐慌。

「救……救救我！火……火燒起來了！」

看到下半身被火焰包圍的他從草叢中衝出來的樣子，同袍們都嚇破了膽。附近並沒有能用來滅火的大量水源。因為害怕火焰會波及自己，每個人都對跑過來求救的士兵避之唯恐不及。

「誰……誰快點想點辦法啊！哪個人救救我！」

在得不到援手的情況下，士兵的恐慌更為嚴重。然而，在他的喊叫聲即將變成淒厲哀號前，他背後響起馬蹄踩踏地面的聲音——下一瞬間，士兵被人撈起後領，整個身體也跟著被往上提。

「嗚啊……！」「Yah，不必擔心！別掙扎別掙扎！」

騎馬者就這樣以一隻右手提著士兵的狀態往前疾馳。就像是趁著士兵因為脖子被勒住而變安分的好機會策馬前奔，以猛烈的速度通過發呆的觀眾。

「Hay！」

在疾走的途中，騎馬者突然放開抓住士兵後領的右手。士兵的身體隨著重力往下掉，準確落進事先挖好的地上洞穴中。在洞穴周圍拿著鏟子待機的士兵們愣愣地瞪大雙眼。

「好了你們幾個，用土蓋住他！Wepssy！快一點快一點！」

在稍微往前一點的位置停下馬的騎士如此下令後，士兵們紛紛回神開始工作。他們用鏟子挖起土壤，以試圖從被火燒到的下半身開始掩埋的動作撒向同伴。雖然當事者在洞裡發出慘叫，但無人理會他的反應。

「好！火滅了……！」

士兵的脖子以下整個都埋進土裡後，鐽子的動作總算停止。正當士兵覺得自己已經成了要被埋葬的死者時，把他運來此處的男子此刻來到士兵的身邊，從馬上用那對白銀眼眸望向他。

「Hah，有趕上真是太好了。醫護兵！快點幫他治療燒傷吧。」

聽到這句話，士兵終於察覺自己得救了。被大量潮濕土壤覆蓋的下半身因為氧氣供給遭到截斷，使得原本應該會延燒至全身的火焰已經完全消失。在沒有大量水源可用的狀態下，這是最佳的滅火措置。

「真……真是非常謝──」

還來不及傳達感謝的話語，拯救他的男子已經調轉馬頭離去。士兵只能茫然地目送以驚人速度遠離的背影，而周圍以單手拿著鐽子的同伴則對著他搭話：

「省省吧省省吧，那個人大概根本沒空一一聽別人道謝。據說他必須前往包括這裡的合計七個現場，同時監督延燒作業的進行。」

「咦……？」

「你算是被他救了兩次。當然其中一次是被他直接送來這裡，還有預測到會出現你這種犯下粗心錯誤的傢伙並下令挖掘洞穴的安排，也是出自於那個齊歐卡人。」

這時士兵總算注意到剛剛那軍官的軍服並不是阿爾德拉神軍的制服。他以困惑的視線望向周遭後，一名同袍帶著苦笑回應：

「什麼啊，你是第一次親眼看到他本人嗎？就算是那樣，至少也有聽過傳言吧？關於那個白天在地上策馬奔馳，夜晚在桌上振筆直書，從共和國遠道來此，在自己房間裡沒有設置床鋪的男子──」

在因為迎面火法的工事而忙得暈頭轉向的狀況下，阿爾德拉神軍在大山脈的山麓迎接第二次的夜晚。

「──我要進去了，約翰。我送茶水來。」

先這樣打過招呼才踏入帳篷的女性副官看到的光景，是桌上堆滿了被光精靈周照燈隱約照亮的資料，還有桌前專心奮筆疾書的長官身影。

「Ｓｙｏｏｌ！謝謝妳，米雅拉。是加了滿滿砂糖的紅茶？還是澀味顯著的綠茶？」

被稱呼為約翰的男子雖然依舊緊盯著桌面，不過卻以帶著親近語調的聲音回答。名喚米雅拉的年輕女性軍官望著那顆雪白的後腦，輕輕嘆了口氣。

「很遺憾，是在阿爾德拉本國也被迫喝到煩的豆茶，因為這是軍中的糧食。」

「Ｈａｈ，也是啦。雖然我並不討厭那個，不過再怎麼說都覺得那和茶葉是不同的東西。」

米雅拉把茶杯輕輕放在略帶苦笑回答的男子手邊。這時，她從攤在桌上的各式各樣資料中，注意到有幾張紙上近乎執著地寫著一些文字。

「你似乎在誇張地浪費紙資源，是不是有什麼感到介意的事情？」

「我把接下來的戰術展開分成好幾個模式整理，因為敵人似乎相當難對付。」

「難對付……？彼此不是連一戰都還沒打過嗎？」

「如果是那種會讓我們簡簡單單就能和敵軍打一仗的對手反而輕鬆，然而現實卻不是那樣。敵人很快就放棄正面迎擊，把全力用在爭取撤退時間上，甚至不惜把整個森林燒掉。」

「是啦的確，這是我第一次見識到這種狀況。」

這時約翰把右手上的筆換成茶杯，連人帶椅子轉向副官——修長結實的體格，沒有絲毫雜色的一頭雪白短髮，以及和白髮相反的年輕端正五官。其中特別綻放出異樣光彩的部分，是那對甚至讓人誤以為在發出光芒的白銀雙眼。

「Ｍｕｍ……不但想法本身很大膽，我認為能實際執行也很有一套。就算要從疲憊的部隊中分出人手來負責工事，要是處於背後繼續受到席納克族威脅的狀態，連施工作業本身都會有困難。所以，對方一定有進行前置準備……我想他們和部族的掌權者之間，應該舉辦了目的是要把我方視為共通敵人而一時休戰或攜手共鬥的會談。」

「你說共鬥嗎？和昨天為止還在彼此殘殺的敵人合作……我實在難以理解，自尊心不會形成阻礙嗎？」

米雅拉以僵硬的表情陷入沉默，並無意識地撫摸著插在腰後的短刀刀柄。約翰從這反應回想起她的出身，並以柔和的表情回答：

「如果是基於『這種做法對雙方比較有利』的理論，那麼我也可以理解。現在的狀況和妳的祖先（亞波尼克）並不相同。事實上，阿爾德拉神軍確實打算把席納克族連同北域一起壓制。」

「的確，一想到我們正和他們結夥的這種現狀，並沒有資格感到同情。」

「Ｙａｈ，妳說得對……只是，帝國軍能察覺出我等接近的時期，無論再怎麼往前推算，應該都無法早於六日前才對。我們是在昨天到達這裡，因此他們當初剩下的緩衝時間大概只有五天左右。在這段期間內決定作戰，並說服席納克族獲得協助，然後分配必要的人員開始作業……以結果來說，他們即時完成了對付我方侵略的防禦。」

約翰的嘴角拉起緩緩的弧線，呈現出輕率的期待感。

「在這種緊要關頭，能讓處於劣勢的帝國軍成功辦到這種驚險任務的人，到底是誰呢？」

「…………」

「煽動席納克族，殺害尤斯庫西拉姆．特瓦克……這次的內戰的確是靠這些要素引發。不過在根本的部分，是以北域鎮台司令長官塔姆茲庫茲庫．薩費達中將的無能作為基礎。如果他具備符合地位的能力和自制心，從一開始就沒有我們能趁虛而入的破綻吧。」

「這是無能者立於高位導致的悲劇，也是經常發生的事情。」

「Ｓｙａｈ，的確經常發生。不過研究歷史書後，可以察覺偶爾會出現相反的狀況。也就是在無能者手下並不得志的英傑，從接二連三的戰亂中嶄露頭角的案例。」

約翰邊說，邊望向桌上的地圖。他以帶著熱意的視線，在地圖上標記出的喀喀爾卡沙岡大森林另一端，那個應該有還未相見的強敵布下陣式的地方來回游移。

「那個人不是高階軍官。因為如果是，狀況理應更早改變。大概是現場等級的士官經過戰時晉升後權勢增強的案例吧。和我一樣是少校嗎？或者是上尉……如果立場是參謀，也有可能是更低等的階級。無論如何，那傢伙就在那道火焰之壁的對面。」

「也就是說，對方是個難以對付的敵人。約翰你對這點感到很高興嗎？」

「我想看看自己尚未見識過的人事物，無論是誰都會這樣想吧？」

米雅拉只以嘆息回應絲毫不覺得自己有問題的約翰，從他身邊退開一步。透過這個動作來重新區隔出長官和部下間應有的距離後，她以嚴肅的語氣報告：

「……到目前為止，潛伏於山脈的友軍部隊尚未送來聯絡。可以推測出原因除了道路被截斷，還加上長期潛伏導致傳信鴿已經用盡。」

「就算是妳那位兄長，看來要通過那火海也有困難呢……迎面火法應該還要一段時間才會發揮出效果，這邊是不是也該設法再度構築出傳達命令的路線呢？」

「我預定在天亮後會再度放出信鴿，光是這樣應該就足夠了……即使就這樣丟著不管，他們也會以對我等有利的形式行動，並有效地擾亂敵方陣營吧。因為這就是亡靈的職責。」

看到米雅拉以像是自身工作的態度做出強烈保證，約翰也帶著信賴點頭回應。

「——我明白了。畢竟在目前的階段，能幫助聯絡恢復的對策也很少。我們就專注在自身的工作上，令兄等人就暫時讓他們基於自身判斷行動吧。這樣可以嗎，米雅拉・銀中尉。」

「我沒有異議。能獲得信任實在光榮，約翰・亞爾奇涅庫斯少校。」

約翰帶著苦笑望著以直立不動的姿勢敬禮的副官，接著改變話題：

「時間也不早了，米雅拉，妳去休息吧。」

「恭敬不如從命——那麼約翰，今晚這漫漫長夜你要如何度過？」

「Mum，我要根據今天看過的範圍來修正地圖地形和實際地形的誤差，計算在這裡被擋下導致遠征時間拉長後所需要的追加物資，並推算出要分別配置在五條林道前方的士兵數目。這些都結束後，接下來就想像並等待黎明。想像那個應該在火牆另一端等待，還沒見到面的強敵會是什麼樣子。」

這種簡直是戀愛中少女的講法讓米雅拉感到很不以為然，嘆著氣潑他冷水。

「雖然是很好，但也請不要過於期待。如果要想像能威脅到你的強敵，去想像神的模樣反而簡單得多——起碼對我來說是這樣。」

米雅拉只留下這句話，就轉過身子走出帳篷。但，她正好在門口碰上了認識的面孔。

「喔，米雅拉。妳果然在這裡。」

那是一個和米雅拉同樣身穿齊歐卡軍服，身軀龐大到必須抬頭仰望的男子。年齡差不多是三十左右，厚實的胸肌讓人感覺到包容力，胸口別著上尉的階級章。

「哈朗上尉，您這麼晚還沒睡真是辛苦了。」

和約翰相同，被稱為哈朗的男子態度隨和，並以遠超過單純長官和部下這層關係更親切地待人。確認附近沒有人之後，米雅拉也稍微放鬆了自身的緊張。

「約翰在裡面，有什麼事嗎？」

「我的確是有事，不過找妳確認比較快。潛入部隊有聯絡了嗎？」

「還沒有。剛才我也已經向約翰報告過，結論是維持現狀。決定除了送出信鴿，我方並不需要針對恢復聯絡而做出什麼特別的對策。」

「既然約翰如此判斷，我是沒有意見……不過妳不擔心妳哥嗎？米雅拉。」

「並不會。在敵陣中行動是哥哥他們的常態，反而在進軍遭受火牆阻擋的現狀下，該覺得另一邊有友軍很幸運吧。」

面對長官的關心，米雅拉以一派冷淡的態度回應。確定她的態度裡並不帶著逞強後，哈朗放心地把視線從她身上移開，從帳篷縫隙中望向辛勤工作者的背影。

「──約翰那傢伙今晚也是老樣子嗎？」

「不只那樣，雙眼還特別有神呢。說什麼敵方似乎有強敵。」

「關於這點我也有同感，到建構出火線防禦陣地為止的處理手法老實說讓我吃了一驚。雖然不知道接下來會如何發展，不過根據狀況，說不定實戰經驗不足的阿爾德拉神軍無法因應。」

語畢，哈朗以嚴肅的表情望向山脈。米雅拉側眼望著在夜晚黑暗中更加顯眼的燃燒中森林，以似乎完全不需擔心的態度露出笑容。

「就算是那樣，我還是對於或許待在對面的英雄豪傑感到同情。因為無論對方是擁有何等才能的人，嶄露頭角的場所和時代都犯下了決定性的錯誤。」

「嗯，我對這點也有同感。如果只有阿爾德拉神軍，或許已被對方找到什麼辦法對付，但——」

中斷的發言成了信號，兩人同時把視線放回帳篷。從蓋著入口的布幕隙縫，可以窺見他們長官那挺直的背脊。即使是單純坐著的身影，也能夠看出那無窮無盡的四射活力，甚至連未曾停止的動筆聲也輕快得不知疲勞為何物。

「真是可靠——我等的『不眠的輝將』今晚也與睡夢無緣。」

「那白銀的雙眼依舊炯炯有神，只為了確認未來已經獲得保證的勝利。」

米雅拉和哈朗胸中懷抱著無可動搖的信賴，幾近信仰的感情，像是在玩文字遊戲般地互相低語。至於當事者本人完全不知道背後發生過這樣的對話，只是以不知衰滅的動作來解決工作，同時在思考的角落描繪著還未相見的敵人形象。

——齊歐卡共和國陸軍少校約翰·亞爾奇涅庫斯。人們稱之為「不眠的輝將」。是在後世的歷史書中和「常怠常勝的智將」受到同等頌揚的當代麒麟兒。

第二章

Alderamin on the Sky

常怠 VS 不眠

「時機差不多了，來和對方打一仗吧。」

總部帳篷中，伊庫塔在會議時講出的這句話，讓坐在同一張桌子前的成員有一半懷疑起自己的耳朵。

「你說要和對方打一仗……到底是在胡說什麼啊？我們原本就是因為戰力差距過大而無法打普通的持久戰，才必須那麼辛苦地把整個森林都燒掉吧？」

馬修以詫異的表情提出疑問，伊庫塔點點頭接下這理所當然的反應。

「正如你所說，馬修。燒掉森林的結果和當初的推論一致，阿爾德拉神軍在森林另一側原地踏步，火線防禦作戰進行得很順利。」

「既然那樣不是沒有任何問題嗎？只要繼續監視，讓火勢不要中斷……」

「你應該好好思考啊，馬修。那種情況下敵人會展開迂迴。」

隔著薩扎路夫上尉坐在伊庫塔對面的雅特麗冷靜地插嘴說道。聽到這內容，馬修愣了一下並把身體往前探到被所有人圍住的長方形桌子上。

「……等一下！迂迴有可能辦到嗎！」

「如果單純從地形上來判斷的話——娜娜，可以請妳詳細說明嗎？」

老實縮著身子坐在伊庫塔右手邊的席納克族長，聽到這請求後率直地點點頭，把放在桌子正中央的地圖拉往手邊。

「阿拉法特拉群山是我們的地盤。雖然住在北側的同胞和南側比起來並不多，但多虧有當年想盡量多取得一點堪用土地的先人開拓出道路。阿爾德拉神軍那些傢伙原本想通過的喀喀爾卡沙岡林道，如果追本溯源，也是往北尋求土地的我們開闢出的路線。」

娜娜克說明到一半，薩扎路夫上尉握拳擊掌像是已經理解。

「聽她這麼一說，我才想起來以前也發生過一段騷動。那是我少尉時期的事情，所以是七、八年前嗎……從阿爾德拉本國送來抱怨，抗議席納克族無視國境，在越過大阿拉法特拉山脈的北側土地進出。北域鎮台被迫必須做出對應，我還記得自己一時已經做好會演變成動亂的心理準備，後來總算只以警告了事，讓我鬆了口氣。」

「哼，那是你們擅自決定的邊界吧，大地原本並沒有寫上是屬於誰的東西。」

娜娜克表示不滿。在話題無謂的複雜化之前，伊庫塔不著痕跡地出面打圓場。

「總之基於這種原因，席納克族對山脈北側的地形也很清楚。妳是根據這些知識才提出迂迴有可能辦到吧？娜娜。」

「就是那樣。從喀喀爾卡沙岡森林西邊盡頭更往前，可以進入以前同胞為了下山前往水源而使用過的山路。雖然要讓大量人員通過的話或許路是小條了點，不過只要選擇路線並前進，也可以來到這邊的後方。準備戰事時我自己有走過那些路，情報保證正確。」

「阿伊，如果是這樣，敵人沒有理由待在這裡對付我們……」

聽到托爾威潑了冷水，伊庫塔搖搖頭。

「也沒有這麼單純。我問你一件事情，托爾威。你會認為阿爾德拉神軍在擬定作戰計畫的階段時，就已經預測到必須繞過喀喀爾卡沙岡森林的狀況嗎？」

「……我想那種可能性並不高。光是森林裡就已經有五條能使用的道路，如果是我，會判斷這是十分足夠的現場選項。即使路上有敵人埋伏，和入山後才開戰相比，反而會比較輕鬆吧。」

「這是妥當的判斷。只要沒有預料到森林全面會因為大規模的火線防禦而無法通行的事態，應該也不會聯想到事先確保迂迴路線的必要性。當然我無法完全否定敵人考量到這一步的可能性——」

「——不過倘若他們事先有這樣的準備，沒有盡早讓部隊轉向的反應就很奇怪。不然就是該在出擊那時就已經讓分遣隊繞往迂迴路線……總之無論是哪種，敵人都沒有表現出這類的動靜。」

雅特麗幫忙補充說明。這時坐在她斜對面的哈洛微微舉起手。

「可是，關於以火攻火又是如何呢？既然對方能夠順暢地實行這種對策，好像也可以認定是他們有事先預料到的證據……」

「關於這點我也很驚訝，只是我想那果然還是目睹到現場狀況的某人想出的對症下藥。而那個某人雖然具備迎面火法的相關知識，不過應該不至於能預料到會在這裡碰上火牆阻擋。在這次的案例中，或許該把對方順利開始實行工事的狀況視為提案者具備高度發言權的表現吧。」

雖說這方面也是一件懸而未決的事項，然而由於未知的部分過多，伊庫塔並沒有針對這點過於深入追究。他繼續往下討論：

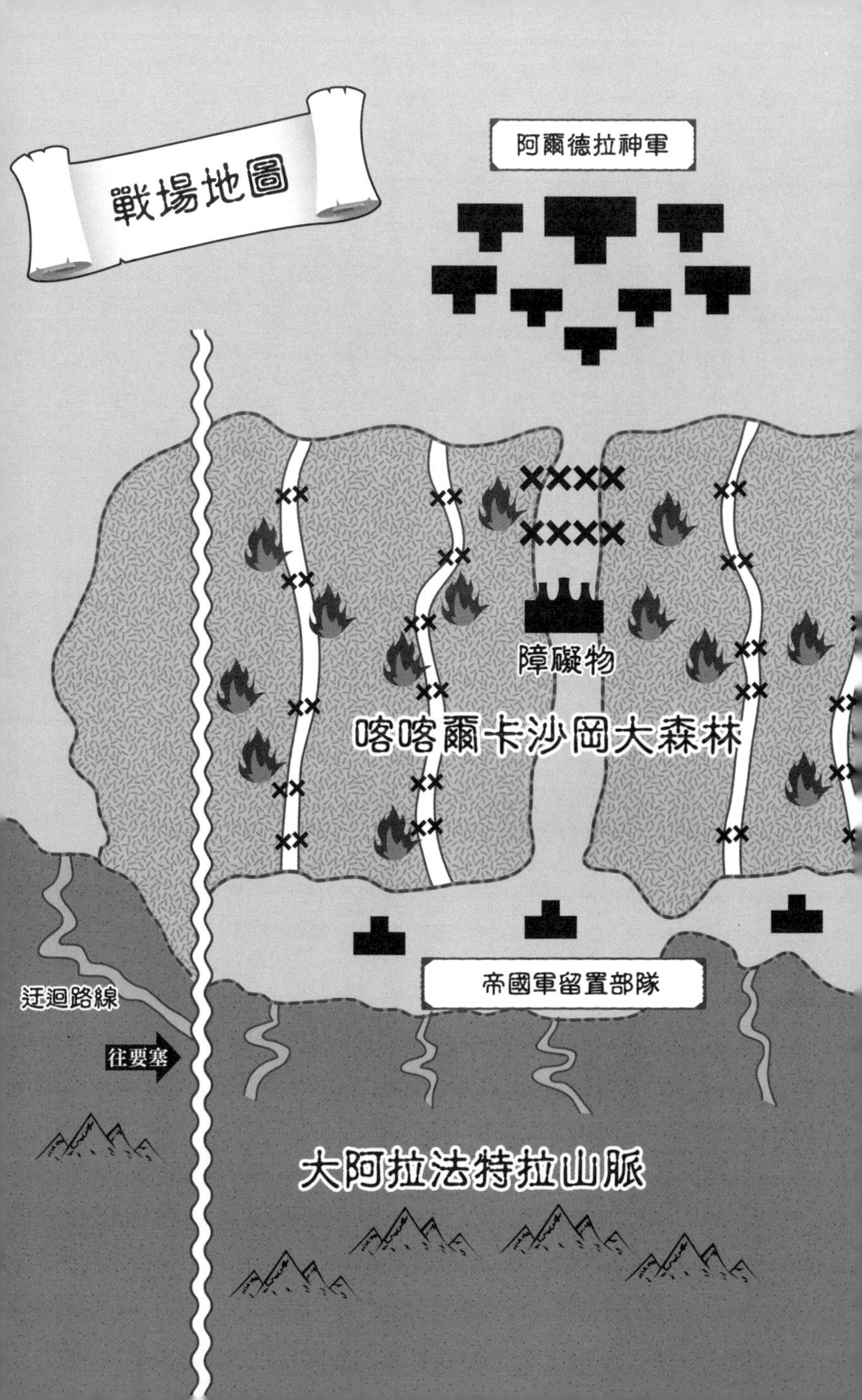
戰場地圖
阿爾德拉神軍
障礙物
喀喀爾卡沙岡大森林
帝國軍留置部隊
迂迴路線
往要塞
大阿拉法特拉山脈

「至於這個以火攻火的對策，也無法期待能讓滅火速度戲劇性提昇的效果。根據中央那條路寬最廣的林道周圍並沒有被放火的情況來看，敵人也只是把這招視為保險的一計吧。他們並不打算老老實實地等待火勢消滅，差不多要出招了。」

「所以你預測到的敵方行動就是探索迂迴路線嗎？為了不讓他們那樣做，必須讓對方的意識集中到這邊，也因此必須在這個時間點和對方打一仗。」

薩扎路夫上尉做出了總結，這個整合動作讓伊庫塔也覺得很感謝。

「在內戰爆發之前，齊歐卡的尖兵『亡靈部隊』就已經潛伏在大阿拉法特拉山脈內。他們應該已經趁著這段期間取得對土地的相關知識，還更進一步地把詳細的地形情報傳達給母國……這樣一來，如果認為受到齊歐卡煽動而來襲的阿爾德拉神軍對於娜娜剛剛提到的迂迴路並不具備知識，是過於樂觀的看法。」

「換句話說，阿爾德拉神軍目前正在兩個選項間猶豫嗎？一是要想辦法突破火牆繼續進攻，另一個是要放棄上述方法把士兵調往迂迴路線。」

「即使是對敵軍來說，迂迴也是個苦澀的選擇。因為繞遠路的這段時間，會導致攻擊帝國軍撤退中本隊的行動確實延後……不過，這些時間的浪費對我們的目的來說仍不足夠。到友軍完成撤退為止，最短的預測是剩下十四天。即使遲早要讓目前在後方進行野戰工事的部隊來承繼任務，不過能阻擋阿爾德拉神軍侵略的最大障礙，還是在這裡的我們。所以至少從今天開始的八天內，我想要把敵人卡在這裡。」

由於伊庫塔提出了明確的日數，讓在場的所有人都繃緊神經……然而，這時突然感到不安的托爾威再度開口：

「萬一敵人同時採取正面突破和迂迴這兩種手段的場合該怎麼辦呢？例如把半數的士兵留在這裡，另外一半則前往迂迴路線……」

馬修和哈洛同時「啊」了一聲，不過，伊庫塔卻搖了搖頭。

「如果敵人的兵力在兩萬以上，那也是一種可能性。不過現實卻是一萬兩千。敵方準備對戰的帝國軍本隊兵力雖說在漫長內戰中產生折損，但扣掉我們也還有六千人以上。站在進攻客場的敵方立場來看，無論怎麼分析，在這裡讓戰力分散都不是聰明的策略。」

「即使各分一半確實有困難，敵人評估在攻入山脈後可以會合，並且讓一部分士兵前往迂迴路線的情況應該還是有可能發生吧？例如分出一到兩千人左右的士兵……」

「那雖然是很有可能的情況，不過卻是之後的問題。看起來阿爾德拉神軍中騎兵占有的比例並不是那麼高。要讓一千人以上的士兵前往迂迴路線就會採用以步兵為主的編組，所以無論如何行軍速度也必須配合這支部隊。換句話說，就算對方現在立刻出發，到達迂迴路線的時間也是三天後。我們這邊則是要觀察對方的動向，根據情況得派遣半數左右的士兵前往迎擊，不過──」

「──在迂迴路線那邊，道路在分歧前會變狹窄的地段有利於防守戰，而且基本上還有要塞。雖然很久沒人去維護，但我已經用光聯絡過後方的同伴，只要有兩天就能夠整修到能使用的程度。即使必須面對五倍的對手，如果只是要撐住四、五天並沒有問題。」

娜娜克說完後，薩扎路夫上尉突然舉手。

「……我可以提一件事嗎？萬一在對付正面敵人的期間，被那些傢伙……亡靈部隊從背後接近的情況該怎麼辦？」

「我並不打算讓他們離我們那麼近。後方的主要山路有友軍在監視，這陣地附近一帶的視野也非常遼闊。除非是真正的亡靈，否則要在不被任何人發現的情況下突襲我們背後，恐怕是不可能辦到的事情吧。」

「……真是那樣就好……」

薩扎路夫上尉雖然顯得還有些不安，但是並沒有繼續發言。黑髮少年從他這模樣察覺出有必要另行溝通，同時把視線放回托爾威身上。

由伊庫塔構想，當地居民的席納克族保證實現性後，大部分的擔憂得以解除——然而即使如此，托爾威還是不得不講出最後剩下的不安。

「……那麼如果是在接下來幾天中，敵方出現增援的情況呢？」

討論到這邊，伊庫塔第一次沒有立刻回答。他花了些時間慢慢選擇用詞，然後才開口答覆：

「在這個情況下，我會增加派往迂迴路線要塞的兵力，試著維持戰線。雖然會造成這邊人手變少，但一定程度內應該可以調整吧……不過萬一，有超過這個承受範圍的人數到達作為敵方增援——雖然考慮到阿爾德拉本國保有的兵力，這個可能性極低——那麼就算是將軍，也已經無計可施。」

伊庫塔直言不諱地公布最糟糕的預測，空氣確實地變得更為沉重。

不管怎麼做都無法找出解決方法……這樣的狀況的確有可能發生。年輕的軍人們不由得以各自的想像力來鮮明描繪出在受到最糟厄運降臨的未來中，自己等人會是什麼模樣。

「不過放心吧，為了應付那種情況，我也已經想好求饒用的言論。」

少年露出挖苦般的笑容這樣說道，雅特麗立刻回問「你打算說什麼」？其實，由於兩人認識甚久，她已經隱約預測到接下來的發展。

「『——求求您饒了我吧，我連作夢都沒有想到自己的行為居然會受到神的處罰』。」

「『為什麼？把理由說來聽聽』。」

配合以哀怨口氣開始講話的伊庫塔，雅特麗也以彷彿神官的威嚴語調回應。

「『以前，我曾經聽過神的話語，那就是一切的原因。』」

「『是怎麼回事？』」

「『那時候，神的確這樣說了——「我啊，其實並不存在喔」。』」

隔了一拍，好幾張嘴裡同時呼出了空氣。馬修和哈洛直接噴出笑聲，托爾威用單手壓住嘴巴轉開臉。至於薩扎路夫上尉似乎被戳中笑點，甚至低下頭抱著肚子發笑。

「……基於以上，我想各位已經了解我準備得多麼萬全——好啦，有人對至今為止的討論有疑問嗎？如果沒有就要換成下個議題了。」

除了雅特麗以外的所有人都憋著笑意點了點頭。確認氣氛總算恢復緊張後，伊庫塔也切入本題。

「雖說要和對方打一仗，不過當然無法在平分秋色的狀況下堂堂正正交手。接著就來討論實際上該如何作戰吧——當然，要盡量安排成一場輕鬆的戰爭。」

＊

「唔唔唔唔……」

從太陽升起後到已過正午的現在，亞庫嘉爾帕上將斷斷續續地發出這類怪聲。身旁的米修里中校一開始還有想辦法和上將搭話，現在已經抱著無事勿惹是非的心態放著他不管。

「嘎啊啊啊啊啊啊！你這混帳太慢了真是蠢貨！」

突然，上將在眼前沒有任何人的狀態下大叫。周圍的士兵們全都回過頭來，米修里中校也不由得以嚇一跳的表情看向長官。

「……上將，剛剛那句斥責是在罵誰呢？」

「哼，放心吧。我不是在罵你，也不是在斥責去偵查前方狀況的斥候。只是覺得要是繼續把這種焦躁感壓在肚子裡，似乎會毫無意義地對前來報告的士兵怒吼。所以事先發洩了一下，呼哈哈哈！」

或許是怒吼過感到舒暢了吧？亞庫嘉爾帕上將以情緒多少好轉的表情笑了。米修里中校嘆了口氣——這個長官雖然人不壞但是嘴巴卻很壞，最糟糕的是對心臟有害。

「上……上將！在下前來報告！非常抱歉這麼晚才回來！」

不消多久，騎著馬的傳令兵出現，在上將面前下馬並迅速敬禮。士兵似乎不湊巧地聽到了剛才的怒吼聲，臉上明顯浮現害怕受到斥責的神色。

「放心吧，你沒有太晚——結果如何？」

「無法回應您的期待實在抱歉……但我等搜索後，並沒有發現可用來進軍的火牆空隙。」

「……一處都？連一點點小空隙都沒有？」

「非常遺憾。整座森林的火牆厚度都在想像之上。也因為敵方才剛放火，每個區域的延燒速度並沒有產生太明顯的差距。再經過兩、三天後，大概會因為燃燒程度落差而產生縫隙，但……」

傳令兵做好被怒斥的心理準備，用力閉緊雙眼。然而和預測相反，亞庫嘉爾帕上將以平穩的語調回答：

「好，我明白了。真是辛苦你們從半夜就開始搜索，在收到其他命令之前，先回到隊上和同袍們一起休息吧。」

聽到出乎意料的慰勞發言後，傳令兵先是驚訝到愣住，不久之後才像是總算回神，敬禮後跑步離去。米修里中校喃喃說道：

「……果然還是不行嗎？」

「雖然原本就有隱約預料到……不過，這下得正式開始思考該如何迂迴了。」

即使嘴上這麼說，但實際上亞庫嘉爾帕上將已經在今天早上做出指示，要求編組一支人數有一千八百人，用來前往迂迴路線的分遣隊。就算沒有約翰的建言，他這個將領也和那種遇到無法通過的阻礙時，只會持續原地踏步的優柔寡斷態度無緣。

「嘎啊——實在有夠煩！那是事先沒有預料到的路線，而且改變前進方向會耗掉很多時間，還不知道中途會遇到啥阻礙！」

「我能體會您的心情，但，臨機應變是戰場上的常事吧。」

「別講這種像是教科書的發言，會讓我想到本國那些教條主義者，聽了就火大……算了，實際上現在的確是做出決斷的時機。既然這樣也沒辦法，立刻讓分遣隊朝著迂迴路線出發——」

「——那樣做還太早，要不要再等十分鐘看看呢？」

這時有道沉穩親切，卻又充滿自信的聲音從後方傳來。亞庫嘉爾帕上將和米修里中校同時回頭一看，只見後方站著一個白髮的年輕人，身邊還帶著男女各一的兩名幕僚。

「原來是毛頭小子，今天我還沒找你。」

「Ｙａｈ，太天真了太天真了。到我這種水準，在被召喚之前就主動出現也是有可能辦到的行動喔。」

「在軍隊中那叫做無視命令的獨斷行為吧。米雅拉．銀中尉和塔茲尼亞德．哈朗上尉也一起嗎？所有派遣軍官全都冒了出來，到底是想怎麼樣？」

「等狀況改變後會向您報告，在那之前就先聊聊天吧。」

亞庫嘉爾帕上將因為約翰讓人無法掌握真意的言行而皺起眉頭，這時突然從背後傳來呼喚他的聲音。他詫異地回頭，發現才剛離開的傳令兵正以全速衝回這裡。

「報……報告！正面林道的火勢似乎變弱了！」

「你說什麼！」

上將驚訝得瞪大眼睛，但總之他決定自己親眼去確認這個報告是否為真。看到長官和副官一起往前衝出，約翰一行人也緊緊跟在對方的背後。

隨著他們逐漸靠近森林，燒灼皮膚的熱氣和煙霧也迎面而來。在沒有施行延燒工事的範圍內，寬廣的道路在某種程度上達到了擔任防火帶的任務，因此這一帶總算還能呼吸，不至被煙嗆到。

然而朝著往山脈方向緩緩往上的林道前進一小段路之後，會來到隨著整條道路曲曲折折導致寬度大幅縮減的一角。從那地方開始，地面全體都鋪滿了能成為燃料的木材，還有路旁已經燒毀的樹木也成為灼熱的障礙物，頑固地拒絕人類的入侵——原本應該是這樣。

「……這是怎麼回事？火和煙都變少了，還可以看到對面道路。」

亞庫嘉爾帕上將帶著預測落空的心情這樣說道。正如他所說，和昨天看到的情況相比，這裡的火勢已經極端減弱。還在旺盛燃燒的部分是從他們站立的位置往前頂多十到二十公尺的範圍，再過去的路上只有燒成灰的木材不甘心地繼續冒著煙而已。眾人可以隔著火焰看清這幅光景。

「如果是這種程度，只要派出人手，我想應該可以在數小時內滅火……」

傳令兵以還感到懷疑的表情如此說道。雖然同意他的判斷，但亞庫嘉爾帕上將無法理解眼前的狀況。上將皺起眉頭，回頭望向跟在後面的約翰等人。

「這是怎麼一回事？為什麼最寬通路上的火勢即將消滅，敵人卻丟著不管？」

白髮的軍官露出宛如天使的笑容回答這個提問：

「Yah，這當然是因為希望我們通過這裡。」

「喂，毛頭小子，我現在可沒心情聽笑話。」

認為約翰不打算認真回答的上將狠狠回瞪，但他卻緩緩地搖了搖頭。

「Hah，我並沒有開玩笑，不過還是換個較好懂的講法吧——敵人是不希望我們迂迴。」

這時亞庫嘉爾帕上將腦中總算猛然想通是什麼道理，他再度回身瞪向林道的前方。

「那麼，這是陷阱嗎？」

「既然如此明顯，敵人也不會稱為陷阱吧。說是引誘……應該比較恰當？」

「怎麼稱呼根本不重要！總之你的意思是，敵人為了把我們繼續留在這裡阻止迂迴，才故意自己主動在火牆上製造出縫隙嗎？」

約翰默默地點頭後，神軍的將領突然仰天大笑。

「嘎哈哈哈！老實讓我們迂迴並爭取幾天時間不就得了，帝國軍還真是貪婪啊！——喂！米修里！」

「是！」

「解散原本打算繞去迂迴路線的分遣隊，按照原本配置重新編入本隊中。另外同時派出工兵前來這裡滅火。不管是要拿土來蓋還是要靠小便來澆，只要能盡快滅火，用什麼方法都行。」

「——遵命，那麼我立刻安排。」

接到命令的米修里中校立刻轉身跑回本部陣營。約翰以眼角餘光目送他的背影離開，接著突然換上認真的表情開口說道：

「——上將，我要先提一件事情。如果您打算從現在開始進行滅火作業，那麼結束時應該已經是夜晚了吧。」

聽到約翰這近乎忠告的提醒，亞庫嘉爾帕上將也以嚴肅的視線望向天空。

「……大概吧，太陽的位置已經相當偏西。」

「Ｓｙａｈ，會演變成必須在黑暗中進攻敵陣的狀況。請先理解這個劣勢。」

這是極為正確的指責。上將以手環胸開始思索。

「……也有能延後時間點的方法。滅火後不要立刻進攻，等明天黎明時再行動如何？」

「不愧是您，冷靜得能考慮到這一點。然而，這次恐怕得明知不利卻依然在夜裡進攻吧。」

「為何？」

「因為只要我方沒有在早上之前發動進攻，敵方就會再度點火封鎖道路。我不認為必須在戰力差距這前提下爭取時間的帝國軍會接受處於不利狀況的戰鬥。」

「……你意思是一旦畏懼就會失去進攻的機會嗎？」

「除了接受引誘和對方一戰，這裡恐怕沒有別的選擇吧。即使如此，對我方有利的情況還是不會改變。對方只要敗北一次就完蛋了，然而我等就算這次沒能徹底戰勝，也只要考慮下一步就好。」

亞庫嘉爾帕上將認同地點點頭。這時，約翰突然靠近他開始小聲說話：

「所以我有個提案，與其就這樣邊摸索邊進攻……」

約翰嘀嘀咕咕地講著悄悄話，但聽到內容的上將眉頭卻鎖得愈來愈緊。

「不行，我無法許可。」

「Hah……我明白戒律的沉重意義，但還請您……」

「當你講出這種話時，就表示你這傢伙根本不了解戒律的價值。仔細想想吧，除了你們這幾個例外，構成我軍的萬人以上士兵們全都是阿爾德拉教徒。而且是信仰心強烈到能夠把身體性命都奉獻給『聖戰』大義的人們。」

「Syool！這我當然明白，看高昂的士氣也能充分理解。」

「是吧。不過啊，如果從相反角度來看，就表示我軍只能倚靠這點。遠離實戰已久的我軍能讓人期待的部分，僅有以信仰為本的高昂士氣，作為軍隊的熟練度則遠遠不及帝國軍。正因如此，只有士兵的士氣無論如何都不能下降──因此我不能允許會造成士氣基礎的信仰心萎縮的舉動。」

亞庫嘉爾帕上將以認真的表情如此斷言，約翰似乎很佩服地「哦」了一聲。

「……Mum，我心服口服，沒有反駁的餘地──這樣講雖然失禮，但是和兩年前相比，上將您改變了很多。對於信仰心這種東西，您現在居然能視為填補戰力的一個要素並客觀評估……老實說讓我很驚訝。」

「你有資格講這種話嗎？這是你的教育成果吧，軍事顧問。讓齊歐卡式的思考方式浸透阿爾德拉本國——這應該也是你們這些傢伙的任務之一。」

亞庫嘉爾帕上將以像是在看鬧劇的眼神瞪著三人，約翰毫不愧疚地點頭。

「沒想到不需要我方主動提起您就能夠理解，這是促進兩國親睦的巨大一步呢。」

「你真的這樣想嗎？我倒是覺得只要你們不停止那種在肚子裡另打主意的行動，親睦根本是在癡人說夢……雖然不知道你們有沒有自覺，但齊歐卡人的笑容有時看起來就像是薄紙般輕浮。」

丟下這番話後，亞庫嘉爾帕上將也轉身離開。約翰一行人保持一定距離跟在後方，並彼此低聲交談。「雖說總是這樣，不過和宗教人士的交涉實在棘手。」

「Nyatt！沒那回事，米雅拉。亞庫嘉爾帕上將頭腦很好，從年齡來看他的思考算是柔軟，而且和教團的神官相比，也擁有更能看穿事物本質的眼光。以我來說，這次只是為了讓要求被接受的事前準備而已。如此一來，當我下次再提出請託時，他應該很難拒絕。」

「這種理解力也是你培育出來的吧，約翰。讓他習慣齊歐卡式思考是很好，不過要是他變得連我方心思都能確實刺探的話，不是在很多方面都不太妙嗎？」

哈朗上尉提出正直的擔心。這剎那，被亞庫嘉爾帕上將評論為「像薄紙般輕浮」的那種笑容只有一瞬從約翰臉上完全消失。

「……讀出隱藏意義，刺探內心想法，推測出弦外之音……這是交涉的基本。如果一個國家連這種程度的能力都沒有，那麼該國能實行的外交，只有高喊原教旨主義的滅絕戰爭這種最幼稚的方式。」

他的語調逐漸帶有熱意，緊握的拳頭中落下一滴鮮紅的血。

「即使有政治上的利用價值，我也不承認那種國家的存在。頑固地高喊偏執的主義並不斷戰爭戰爭再戰爭，到最後棋盤上甚至連勝利者和敗北者都不會留下，只有屍體堆積如山——這種悲劇光是發生過一次就已經過於足夠。你懂嗎？已經太多了，哈朗。」

「……我明白了，約翰。剛剛是我太輕率了。」

察覺自己刺激到不該踏的地雷，哈朗上尉立刻撤回前言。或許這樣就已經讓他滿意了吧？約翰臉上也迅速恢復平常那種親切的笑容。

「——Yah，那麼我們也來為了晚上進行準備吧。雖說不必上場就能解決是最好的發展，但我想大概沒那種好事吧。這是我的直覺——或許該說是期待。」

「那麼，我就下注在沒有機會上場的這一邊吧。畢竟我也想看看很久都沒在約翰臉上出現的失望表情。」

米雅拉促狹地回應，哈朗也笑了。白髮的軍官嘟起嘴，不滿地望著兩名部下。

＊

太陽沒入地平線，夜幕降臨。現在雖然是殘存的晚霞色彩逐漸從西方天空消失，既美麗又讓人心焦的短暫時間，然而許多帝國士兵卻是待在充滿煙霧和熱氣的森林中屏息迎接這一刻。

Yah!

——好熱。雖說是自己放的火，但現在彷彿身處地獄的大鍋裡。

伊庫塔對脖子上無論抹去多少次依然無窮無盡冒出的汗水感到很厭煩，同時在內心喃喃嘟囔著大概周圍所有人都在想的事情。

——而且呼吸困難。即使這樣總好過直接吸入濃煙，但腦袋還是因為缺氧而昏昏沉沉。

所有士兵現在都裝備著用質地細緻的布料製作成的臨時口罩，或者該說是蓋住臉孔下半部的防護面具。雖然光靠這點對策，會讓人懷疑到底能對不完全燃燒產生的有毒氣體發揮出多少效果……然而光是能抑制住從士兵嘴裡冒出的無數咳嗽聲，或許就該判斷為具備了一定程度的意義吧。

他們的背後是完全的黑暗，相較之下，前方的視野較為良好。畢竟視線範圍內有月光照入，而且是處於待在路旁樹林裡眺望林道的狀況，還有和敵方相反，自己等人的身影藏在暗處也是有利條件。

——滅火作業的聲音停止後已經過了很久，敵人無論在何時出現都很正常。

握著武器的手無意識地用力，讓切斷的小指傷口傳出銳利的痛感。他咬緊嘴唇忍耐痛楚，被裝設在十字弓上部的光精靈庫斯察覺到主人的緊張，投來關心的眼光。伊庫塔則以視線回應「我沒問題」。

——你這人真是樂天啊，真覺得自己會贏嗎？

伊庫塔產生有人在自己耳邊低語的錯覺。然而他錯了，那聲音來自他本身。

——真的有夠愚蠢。既然火線防禦已經成功，在這階段感到滿足不就得了？如果敵人想要迂迴又何必阻礙，只要鬆一口氣並目送他們不就好了？那樣一來只要爭取到四～五天就算賺到吧。縱使沒能阻止迂迴，但只有少少六百名的自己這些人面對一萬兩千名敵軍已經竭盡全力。之後只要這樣辯解就行。

看來是接近人格本心的部分在發言，內容實在刺耳。伊庫塔雖然覺得這樣很蠢，但還是自己反駁自己。

——一旦後方的本隊撤退失敗，北域會完全落入阿爾德拉本國的手中。你認為那樣一來帝國將會如何？加上在先前戰爭中被齊歐卡奪走的東域，帝國會落入同時從北方和東方受到兩國直接壓力的狀況啊！一旦那樣，在戰略上已經是走投無路。

——那並不是現在才開始的狀況吧？對著公主將帝國的現狀評為「下坡的後半段」的人並非他人，不正就是你本身嗎？原本打算待在安全地帶束手旁觀帝國朝著毀滅摔落的悲慘模樣，一回神才發現自己正站在要阻止這狀況的最前衛。這到底是在開什麼玩笑？

少年狠狠咬牙。為了讓內心聲音沉默，他的理性高速運作尋求反論。

——這是不幸的發展，所有一切都是。為了保護同伴和部下盡全力之後，一回神才發現自己已經身處最前線。現在也一樣，只是為了讓所有人都能活著回去而持續使出對策。

——結果就是這狀況嗎？一個營的六百人，再加上僅有一百二十人能算是戰鬥人員的席納克族，就要迎擊一萬兩千人的阿爾德拉神軍。哎呀，真是了不起的作戰。

——我並不認為自己選擇了勝算不多的戰法。這是要趁著敵軍來到狹路那瞬間進行襲擊，而且是夜間伏擊。十分足以抵銷人數上的不利。

——教科書上有這樣寫嗎？直到最近都還乳臭未乾的新人准尉小鬼，不知道什麼時候居然具備了不相稱的自信。雖然我想不可能，但你該不會光是因為走運平安存活至今，就誤以為自己是千年難得一見的天才吧？

——從和薩利哈史拉格上尉競爭的模擬戰開始，在至今為止的戰鬥中，我都順利地拿下了合格的成果。並非過度自信，現實證明了我的用兵技術能承受實踐的考驗。

——噢噢，那個可憐的雷米翁家長男！要是打敗那個男人就自認實力已經獲得證明，就代表你終於也衰退了。冷靜思考吧。你該不會期待接下來要對戰的阿爾德拉神軍將校的實力只比那傢伙高一點吧？——樂觀也該有點限度，又不是忘了雅特麗說過的話。

呼吸紊亂，心跳也變快。在和敵人對戰之前，少年已經把自己本身逼上絕境。

——以軍事顧問的身分，被齊歐卡派往阿爾德拉神軍的二十一歲年輕少校。或許那個男人才是這時代裡的真正天才。要是公主先認識他，說不定根本不需要來說服你。如果真是那樣，你的鍍金剝落的時候終於——

「閉嘴，不要一直嘀嘀咕咕只不過是一種可能性的事情。」

伊庫塔以極小但確實的聲音，來強迫內心的聲音安靜。大部分的士兵似乎都沒有聽到，只有身旁的蘇雅送來詫異的眼神。

——抱歉，沒事。

伊庫塔帶著這種意思以眼神示意後，蘇雅雖然露出有點訝異的表情，但並沒有繼續追究。伊庫塔呼出一口氣，然後若無其事地做了好幾次深呼吸。

亂掉的呼吸和心跳逐漸恢復平常狀況——然而，在這過程即將結束時，來自不遠處的無數腳步聲震撼少年的鼓膜。

——來了嗎。

這裡是由伊庫塔和馬修，還有娜娜克率領的士兵三百多人待機的樹林對面。敵軍正準備在蛇行的林道上轉彎，而雅特麗和托爾威率領的兩百名士兵則屏息待在可以發動夾擊的位置。

許多人影形成黑色影子映入視線。在只有月光作為光源的目前狀況下，無法連正確人數和裝備都一一確認。然而根據腳步聲的密度與路寬和隊列的比較結果，可以推測出光是前衛就已經不在三個營一千八百人以下。若以偵查部隊來說，規模實在過大。

——這是完全的火力搜索……不，以地形的最大容量來判斷，這幾近是全力投入。在不清楚我方戰力的狀態下，似乎是個有點太大膽的用兵方式……

話雖如此，就算敵方送出人數更少的偵查部隊，雅特麗等人也會在對方把情報帶回去之前將其全數消滅。一旦演變成那樣，到頭來還是無法達成偵查的任務，所以從結果來看，或許這次該稱讚敵方將領的英明決定。

——在面對大量敵人前，原本想要和少數敵人交手好讓士兵建立起心理準備，然而實戰中可不會那麼稱心如意嗎？

雅特麗一邊接受這種事與願違的無奈，同時以手送出信號讓士兵們舉起武器。

在橫向堵住道路的阻絕設施裡，有二十二門風臼炮和負責操作的炮兵，再加上由光照兵編組而成的守備兵們正藏身於遮蔽物後待機。負責指揮的暹帕・薩扎路夫上尉目前在正面約兩百公尺左右的位置確認到敵兵的朦朧輪廓。

——雖然對彼此來說，這距離應該都已經進入大炮的射程，但敵軍卻沒有表現出要對我方開火的動靜。畢竟炮擊戰是在斜坡上方布陣的自軍較為有利，對方是不是已經乾脆認定會立刻因為遭受反擊而不得不停手呢？

雖然能夠理解理論，但薩扎路夫上尉認為這真是個相當大膽果決的思考方式。派出步兵之前的開道工作，也就是炮火準備是進攻的基本。先靠炮擊來盡可能攪亂敵方陣形，削減戰力後才發動正式的攻擊。一般來說會這樣思考。

——算了，反正我方這邊也不打算讓他們悠哉準備炮擊。

薩扎路夫上尉停止從阻絕設施的縫隙觀察敵軍後，往下來到可以眺望以木材搭成的阻絕設施全景的位置。身為全軍的指揮官，他正打算從這裡下達扣下開戰扳機的命令——然而卻突然感到一陣寒意，轉身看向背後。

——可惡，實在讓人不得不介意。那群叫做亡靈部隊的傢伙們真的不會出手嗎？

對薩扎路夫上尉來說，現在還悄悄潛伏在山脈中的亡靈部隊是個應該要隨時警戒的潛在性威脅。像今晚這種會左右戰局的重要戰役中萬一被對方闖入，有可能會成為敗北的關鍵一擊。

不知道何時會遭到背後偷襲讓他極為在意，因此欠缺集中力，最後甚至只能抱怨為啥後腦沒有長眼睛。不過，伊庫塔對這樣的長官提出了一個忠告——

「『或許存在於那裡的恐怖』——這就是亡靈的本質，上尉。」

面對由於過度警戒而持續累積精神壓力的長官，伊庫塔說了這番話。

「讓我們因為害怕受到偷襲而不敢採取大膽行動——請連同這部分也視為亡靈部隊的攻擊……不過，請放心，有針對這種症狀的特效藥。」

伊庫塔這麼說完，對著上尉把原本插在口袋裡的雙手往前伸。只是，兩邊都是握拳的狀態。

「請您猜猜看哪邊有抓著核桃。」

伊庫塔這樣說完就沒有再給予任何提示，薩扎路夫上尉只好雙手抱胸開始煩惱。保持這樣等了二十秒左右，伊庫塔主動把緊握的手指輕輕鬆開。

右手，沒有東西。左手，也一樣是空空如也。兩邊都沒有抓著核桃。

「這下您懂了嗎？上尉您剛剛花費的二十秒，和耗費在害怕亡靈上的二十秒是同樣的東西。既然沒有什麼能成為提示的情報，那麼對看不見的領域無論再怎麼煩惱也是無濟於事。這行為完全不科學。」

薩扎路夫上尉盯著空的雙手發出沉吟聲，伊庫塔帶著無懼的微笑繼續說下去：

「就算具備亡靈部隊這個名稱，對方的真面目卻只不過是有腳有身體的人類集團。既然如此，就算對方試圖襲擊我們，要躲過配置於山脈各處的所有友軍監視是不可能的事情。在到達這個陣地之前，必定會在哪裡露出馬腳，我們只要等待那個機會就好——」

回想起這段發言後，薩扎路夫上尉覺得背後感到的寒氣似乎變弱，再度望向前方。

——不想了不想了！害怕幽靈根本是白活這麼一把歲數！

薩扎路夫上尉邊苦笑，同時這次真的重新把意識集中在眼前的現實上。在昏暗的林道中，敵人已經逼近到不能丟著不管的距離。

——怎能把先發制人的機會拱手讓出。

如此下定決心後，薩扎路夫上尉用力吸氣讓肺部整個鼓起，對著自己指揮的光照兵們下令。

「——動手照射！開啟戰端！」

刺眼的光束從兩個角度劈開黑暗往前掃去。一道是從敵人正面的阻絕設施射出，另一道則是來自於躲在樹林中的伊庫塔等人部隊。原本只不過是一團黑影的敵方士兵產生明確的輪廓，因為突然的刺眼光線而畏懼的大軍身影被鮮明照出。

「「「「射擊！」」」」

指揮官下達號令，無數的箭矢和子彈，以及二十二發炮彈一口氣擊向那群人。同時摧毀視覺和聽覺的光線與聲音形成洪水，宣布戰鬥開始。

「可惡！居然從一開始就是這麼驚人的人數……！雖說之前就有預料到……！」

在彷彿要撕裂鼓膜，和數秒前為止的寂靜完全相反的噪音中。馬修和自己指揮的士兵們一起舉起風槍持續朝著眼前敵軍射擊。

壓縮空氣爆炸的聲音彼此相疊，側腹被鉛彈擊中的敵兵一個接一個倒下。隔著道路的對向有托爾威率領的槍兵部隊，因此成為和這邊聯手從左右夾擊的形式。

「圖！可別嗆到啊！」

馬修從腰間的袋子裡捏出子彈，塞進精靈的嘴裡，並趁著搭檔在裝填子彈和壓縮空氣的期間瞄準目標。一完成之後立刻扣下風槍的扳機，然後重複同樣的步驟。

連一秒停手休息的時間都沒有。要是他和托爾威指揮的風槍兵部隊沒有持續減少敵兵人數，大軍就會立刻湧向正面的阻絕設施。

「呼……！」

托爾威也承受到相同的壓力。再加上以他的情況來說，既然擁有膛線風槍這種新型武器，讓他強烈自覺到有義務貢獻出相稱成果的立場。

「必須打倒更多……更多敵人才行！趁著阿伊他們幫忙吸引住敵軍注意力的期間……！」

已經不能稱為狙擊的近距離槍擊讓托爾威內心對「射擊生物」這種行為的厭惡感再度抬頭。然而，壓抑住這種感情而射出的槍彈正確地命中敵兵的太陽穴。他已經重複射擊十二槍，至今為止從來不曾失手過任何一次。

在托爾威的視野角落，可以瞥見無數的遠光燈一邊移動位置一邊閃爍——現在，他和馬修的風槍兵部隊是在幾乎沒有被盯上的狀態下持續射擊，能這樣當然有理由。是因為有伊庫塔率領的光照兵部隊在負責吸引住敵人的注意力。

為了在夜戰中瞄準敵人會需要光源。但達到這條件的「照射」等於是主動向敵人報上自己的位置，有可能造成引來反擊的結果。每次射擊都被敵人發現並追擊，先逃走並甩開對方後再射擊……現在沒有空做那麼悠哉的行為。在這種迎擊戰中，風槍兵要盡量固定在同一個地方持續射擊才符合理想。

正因為如此，會需要負責「照射」和「佯動」兩項任務的部隊。這次戰鬥中，由伊庫塔指揮的八十人就是這個部隊。他們躲在樹林裡沿著道路四處跑動，在遠離其他部隊的地點打出遠光燈，在照亮敵人身影的同時也引起注意。一旦遭遇反擊，立刻躲到遮蔽物後，等反擊平息後再度照射。重複這些動作讓敵人的攻擊焦點能夠持續從友軍身上移開。

「所有人聽好，要優先狙擊似乎注意到我們位置的敵人，其次則是在攻擊佯動部隊的敵人！一旦失去他們，我們也會失去安定的射擊機會！千萬別忘了！」

托爾威在對部下如此下令的期間也完全沒有停手，只是一個勁地不斷射擊。壓縮空氣爆開的聲音按照宛如精密機械的固定頻率，在戰場上不斷迴響——

＊

「嗯，看樣子似乎受到了激烈的反擊！」

阿爾德拉神軍的將領亞庫嘉爾帕・薩・杜梅夏帶著許多護衛，站在距離阻絕設施約三百公尺的樹林裡。

「從這裡看不清楚情況……嘎——！真折騰人！喂！米修里！不能再往前一點嗎！」

「即使是這裡也已經是極限了，您剛剛有看到炮彈擊中十公尺外的地方吧？」

副官以冷靜的語氣勸諫長官。由於這裡是從阻絕設施沿著道路往前後略為往左彎的地方，不需要擔心有流彈飛來，但反過來說也是個不方便觀察戰場狀況的位置。雖然可以說是給一軍大將的當然配置地點，但亞庫嘉爾帕本人卻不滿地一直抱怨。

「我能體會您的心情，上將。但一軍之將領頭衝鋒的時代在很久以前就已經過去了。」

和米雅拉一起走過來的約翰也以這番話加入勸戒長官的陣容。上將先橫著眼瞪著他那具有親和力的笑容，才以明顯不愉快的態度對著地面吐了口痰。

「算了也罷！等待信號進行第二波攻勢！雲梯已經準備好了吧！」

「已經完成！」

聽到部下的回答，亞庫嘉爾帕上將滿意地點點頭。

「……豎起六十根木樁後就發動衝鋒。這樣可以吧，毛頭小子？」

「是。看來那並不是無法單靠力量突破的屏障，這裡就按照預定進行吧。」

白髮的軍官毫無動搖地如此斷言，他的嘴角甚至淺淺地掛著狂妄的笑容。

＊

「齊射攻擊要來了！快躲起來！」

聽到伊庫塔邊躲進樹後邊做出的指示，部下們也立刻遵從。鉛彈形成的豪雨只晚一瞬就從側面狂襲而來，被打碎而飛濺出的一塊木頭碎片打中伊庫塔的額頭後落下。

「蘇雅！確認傷患！要在二十秒內結束！」

「啊……是！」

在副官聽取班長們報告的期間，伊庫塔從拿來當成盾牌的樹木後方緩緩探出腦袋，仔細地觀察戰場的模樣。

「……面對敵方的攻勢，我方的迎擊也總算還能應付。大炮的射擊循環率還不錯，馬修和托爾威也都做得很好。其他還有什麼奇怪的地方——……嗯？」

在充滿敵方傷患的視線內，出現幾個奇妙的物體。那些在衝鋒時沒有喪命，成功到達阻絕設施附近位置的少數士兵，也不知道是打什麼主意，居然在那裡把木樁釘入地面。而且那些木樁的粗細還跟女性的腰身差不多。

「是避彈樁嗎？原來如此，第一波攻勢的目的是要把那些木樁釘入地面嗎……對方比預料中走了更規矩的路子。看來最好捨棄『對方是實戰不足的軍隊』這樣的成見。」

當伊庫塔正皺著眉頭佩服，確認完畢的蘇雅開口報告：

「報告中尉！由於又有三人受傷，因此把他們送回後方了！如此一來我等部隊的殘存人數是七十三人！」

「嗯，了解——現在這位置已到極限，必須再次移動。接下來要先集中照亮那些對著地面釘木樁的傢伙，妳也要記住。」

「是！」

在俐落回應的鼓勵下，伊庫塔再度在樹林裡往前跑，雖然體力已經損耗，但不能以此為理由降低速度。勝敗的天秤還未傾向敵我任何一方。

在伊庫塔注意到後過了十分鐘多一點，這些被敵人打入地面的數十根木樁，開始以薩扎路夫上尉的眼睛也看得出來的形式表現出影響力。

「那些木樁很礙事……擋住了炮彈的彈道。」

從阻絕設施的縫隙間觀察狀況的薩扎路夫上尉撇了撇嘴。沿著風臼炮彈道被深深釘入地面的木樁如果是一根根分開，並不會對炮彈造成嚴重的障礙。然而由於對方將木樁密集釘入形成彼此互相支撐的狀態，所以會成長為不能無視的屏蔽。因為木樁本身和以木樁為軸綁上繩索並堆起來的沙包，都會造成命中那裡的炮彈角度偏移。而結果，就是開始零星出現好不容易發射出的炮彈卻無法對敵人造成損害的案例。

「第四炮台和第十七炮台，把炮身的角度往左邊移兩度！避開木樁射擊！」

即使如此下令作為眼下的對策，但上尉本身也很清楚這樣並不能讓問題獲得根本解決。目前的關鍵，是敵人前進路線正透過插入那些木樁的動作，在途中逐漸形成能逃過炮擊的安全區域。

「只要繼續這樣釘下更多木樁，現在只不過是點的木樁就會形成面……對方是打著一旦能把那些當成遮蔽物利用，能靠近這阻絕設施的敵兵數字就能大幅增加的計畫嗎？」

怎麼能讓敵人得逞……薩扎路夫上尉在嘴裡嘟囔。然而他並沒有想到具體的對策。為了拔出已經被打入地面的木樁，首先必須把工兵送往現場……然而在這種激戰狀況下，這種事情真的有可能辦到嗎？

「上尉！我有事想報告！」

帶著緊迫氣勢的雅特麗跑向陷入沉思的薩扎路夫上尉，旁邊還可以看到席納克族長娜娜克·韃爾的身影。在這時，上尉已經猜出她的要求。

「喂！讓我們去打近身戰！會順便把礙事的木樁拔起來！」

「果然是這樣嗎……老實說我也在猶豫，但現在還太早。危險的近身衝刺應該要盡可能往後延才對。」

「太晚做出決斷的行為將會發展成危及生命的原因。那些木樁恐怕是接下來會出現的第二波攻擊的布局。請仔細觀察設置的法則性，與其說是單純給步兵用的遮蔽物，您不覺得那像是要邊避開炮彈邊往前搬運某種大型物體嗎？」

這個推測讓薩扎路夫上尉感覺背後竄過一道寒氣——在這個狀況下敵人會使用的某種大型物體，即使僅限於他本身知識的範圍，也能夠聯想到好幾個候補。

「但是，如果要讓你們去打近身戰，必須暫時停止運用大炮……」

「不，沒有必要那樣。不過替代方案是，請讓彈道涵蓋我們的風臼炮以仰角射擊。如此一來炮彈就會從我們的頭上飛過，拔樁的作業能在下方進行沒有問題。」

如果能接受對敵方造成的壓力將會減少，而且還要以炮手不會發生操縱失誤為前提，這的確是個好計。苦惱一陣之後，結果上尉還是在兩人的強烈視線壓迫下決定妥協。

「……我明白了，你們去吧。只是，千萬不要逞強。當然也包括妳，娜娜克·韃爾。」

娜娜克以少多管閒事的表情把臉轉開。這預料中的反應讓薩扎路夫上尉聳聳肩，重新轉往阻絕設施的方向。

「大炮拉起足夠仰角後，我會叫光照兵送出信號。拔樁作業的順序要從正面左手邊的木樁開始動手。我一次會讓三門大炮抬高炮口，要好好配合行動。」

「是！」

「但是，你們絕對不可以跑到炮口往前一百公尺外的位置。因為會太靠近敵人，而且萬一運氣不好也會被友軍的炮彈波及。在那範圍的木樁就當作沒看見——以上是命令，去吧！」

接受指示的兩人頭也不回地往事先在一旁等待的部下身邊跑去。薩扎路夫上尉目送著他們的背影離開，同時像是在祈禱般地喃喃講了句「可別死啊」。

看到雅特麗和娜娜克率領的部隊身影在激戰區域正中央出現，伊庫塔帶著苦笑拍打自己的額頭。

「我就在想妳們應該會這樣做……我的知己裡勇敢的戰鬥女性還真多。」

他一邊喃喃自語，同時把下一根箭矢裝進已經拉緊弓弦的十字弓裡。以蘇雅為首的部下們也跟著照辦。這時，伊庫塔突然對著身旁的副官開口：

「當然妳也包括在內喔，蘇雅。」

「請……請不要講得好像事後想到才緊急追加。而且我根本沒問……」

「啊哈哈，妳說得很對……接下來最優先的要務，是支援負責木樁拔除作業的雅特麗和席納克部隊。為了降低他們的危險，我們也必須使出全力。」

聽到伊庫塔的指示，部下們紛紛點頭回應。一行人閃掉從側面射來的槍彈，同時再次開始在樹林內移動。

「喝啊啊啊啊啊！」

敵人被斬裂的脖子上噴濺出鮮血。把武器從裝有短矛的十字弓換成愛用雙刀後，雅特麗和部下士兵們一起面對襲擊而來的敵兵，表現出勇猛善戰的活躍。

「不要大意！看穿大炮以仰角射擊的那些傢伙會賭命衝過來！」

面對敵人的攻擊，手上拿著武器的雅特麗等人持續保護那些為了拔起被打入地裡的木樁，正拿著鏟子拚命挖掘的士兵們。這是在戰場正中央施行的土木工事。

當然，無論怎麼看這都不是輕鬆的工作。因為要拔起已經被深深打入土裡的木樁不但需要相對應的勞力，還會持續受到不想讓他們得逞的敵兵猛攻。

「你們太不要臉了！居然想要以髒腳踏入我們的聖山！」

雙手握著廓爾喀刀的娜娜克也和席納克族的戰士們一起阻擋敵人。雖然他們對陣形和戰列相關的軍事知識並不是很清楚，不過若是像現在這種接近亂戰的狀況，席納克族的活躍表現並不會遜於帝國軍的正規士兵。

「娜娜克‧韃爾！妳跑到太前面了！那樣難以支援，不要一個人太突出！」

「誰要妳管，紅色傢伙！我們根本沒把你們的幫助當一回事！」

問題是，兩個部隊欠缺默契。娜娜克只基於自己的判斷來指揮部下，連雅特麗的忠告都當作耳邊風。結果，施工的速度產生差距，而且還進一步只有席納克的部隊對敵人來說顯得特別突出。

「隊長，這是好機會！看來敵人的攻勢往後撤退了！」

一名部下大叫。雅特麗把視線轉過去進行確認，發現衝向阻絕設施的敵兵數量的確大幅減少。即使這毫無疑問是用來施工的大好機會，但她卻無法率直地感到高興。

「真奇怪，為什麼在這個時間點撤退……敵方不是採取堅決進攻到底的態度嗎？」

產生不妙預感的雅特麗制止想要往前衝的士兵們，慎重地觀察狀況。然而，娜娜克似乎按照表面意義看待這個好機會，率領士兵一起朝著遠方的木樁跑去。

「給我站住！娜娜克．韃爾！敵人的樣子不對勁！還不要太往前！」

「哼！關鍵時刻反而軟腳了嗎！紅色傢伙！那妳就在那邊乖乖等吧！」

娜娜克毫不在意，兩支部隊之間的距離愈拉愈遠。雅特麗猶豫著是不是該明知危險但仍然追上去，這時她的視線突然注意到往敵兵撤退方位再向前的光景。

隔著兩百公尺多的距離，有一群風槍兵排成橫列。前排是單膝跪下的跪射姿勢，後排是直接站著舉槍的立射姿勢。敵兵們當然會退後，因為那戰列並不是為了衝鋒的隊形，而是為了留在原地開槍的純粹射擊姿勢。

「對方打著什麼主意？即使在那個距離開槍，憑風槍的射程也沒有多少效果——」

感到疑問的途中，雅特麗突然察覺。組成戰列的敵方士兵軍服——雖然由於缺乏光源而很難看清，但和至今交手過的士兵們顯然顏色不同。當那個深綠色和記憶一致的瞬間，雅特麗對著前方的娜娜克大叫：

「——不行！快點退下，娜娜克．韃爾！那位置已經被瞄準了！」

警告成了徒勞，有十數名跑在最前面的席納克士兵一口氣被打倒。

＊

「不要停手！繼續齊射！」

聽到塔茲尼亞德．哈朗上尉的命令，齊歐卡士兵們一起扣下扳機。

多個壓縮空氣的爆炸聲同時響遍周遭。他們手中的新武器——膛線風槍的恐怖威力朝著兩百公尺前方的席納克士兵毫不留情地攻擊。

「Yah，真是最棒的時機。」

約翰與米雅拉兩人從略為後方的位置眺望這個光景。比起亞庫嘉爾帕上將待機的安全圈邊緣，他們是待在更往前深入前線三十公尺的場所。

「約翰，低下頭！反擊來了！」

被米雅拉壓著腦袋後方的約翰才蹲下，空氣被劃破的聲音就從他頭上通過。這是帝國槍兵部隊的反擊。仔細一看，哈朗上尉的槍兵部隊裡也出現了好幾個中彈者。

約翰保持單膝跪地的姿勢，嘴裡喃喃嘟囔著：

「……Mum，這是很確實的反擊。看樣子必須認定對方也有裝備了膛線風槍的部隊才行。我想大概在正面往右手邊的高處……那個樹叢附近吧？妳看，就是那裡——」

看到長官還沒學到教訓又想站起來，米雅拉抓著約翰的頭髮把他往下壓。

「只要用嘴巴說明就能理解，請不要粗心大意地把頭抬起來——帝國那邊應該沒有製造膛線風槍的技術吧？」

「傳授這項技術的阿納萊·卡恩博士本身原本就是帝國那邊的研究者啊。而且想必也還有學生留在那邊，所以即使帝國有在開發也沒什麼好奇怪。」

在進行推測的約翰視線範圍中，可以越過士兵的肩膀看到解除隊列的槍兵部隊跑回來的模樣。超過兩百人的他們恢復縱隊躲到道路左右兩側，從其中離隊的哈朗上尉那高大的身軀直直地跑向白髮軍官面前。

「——完成交代的工作了，現在敵人應該忙著回收傷患。」

「Yah！在把受傷者全都運往後面之前，對方也無法把大炮的仰角恢復成原狀——謝謝你，哈朗上尉。這下事態總算可以有所進展了。」

約翰咧嘴一笑這樣說完，瀟灑地站起來轉向背後。為了節省派出傳令兵走過短短三十公尺距離的時間，他直接對著後方的亞庫嘉爾帕上將大叫：

「現在正是大好機會！請派出雲梯，上將！」

＊

個情況。

大量的敵兵開始推著和梯子化為一體的推車登上斜坡，伊庫塔和部下們一起躲在樹林中目睹這個情況。

「居然在這裡派出雲梯嗎……！」

所謂的雲梯，就是能讓士兵登上並越過堡壘和要塞的攻城兵器。是在推車上設置折疊式梯子的裝置，會在到達障礙物的同時架上梯子，具備開闢出突破口，好讓步兵能闖入敵陣的功用。

「……這個時機很不妙。由於彈道上有傷患，大炮的威力還是減半的狀態。」

除了原本就因為要拔樁工事而使用仰角的幾門大炮，也因為受到預料外射擊的席納克士兵們在混亂中四散到左右，現在有將近一半的大炮沒有在射擊。敵方就是想趁著這空檔，把雲梯一口氣運往阻絕設施。

——該怎麼辦？

現在已經不是靠照射的佯動就能造成什麼影響的狀況。從和雲梯一起進攻的敵人數量來看，躲在樹叢裡用十字弓支援射擊也幾乎沒有效果吧……如此一來，想盡辦法回到阻絕設施，參加對抗入侵的防衛作戰才是妥當的選擇吧。

——不過如果那樣做，席納克的友軍……娜娜會如何？

失去的小指傳來一陣疼痛。這就是問題。雅特麗部隊所在的位置比較接近阻絕設施，應該可以在受到敵人襲擊前先逃進屏障的後方吧。然而，娜娜克的部隊卻不是如此。他們將會帶著大量的傷患，在激戰區的正中央遭受敵人的第二波攻擊。

——為了避免這個事態該怎麼做？

伊庫塔能採用的手段只有一個，那就是自己也投入白刃戰。只能率領從當初的八十人經過多次損耗，目前人數不到七十人的光照兵部隊，為了幫助陷入危機的同伴而闖入戰場。

換句話說，這是典型的兩者擇一。要明知會有風險仍去幫助他們？還是要採用穩固策略予以捨棄？伊庫塔不得不回想起自己曾經面對同樣抉擇的經驗。

——在嘉娜那時，是選擇了捨棄吧。

他在事後才知道自己拋棄的對象中包括嘉娜，然而這並沒有關係。以結果來看她就是死了，以全身被刺穿的悽慘方式死去。對伊庫塔來說這就是所有的事實。

——別迷惘，判斷的基準只有兩個。該基於戰略來去幫助他們嗎？還是基於戰術讓自己獲救呢？

伊庫塔甩掉死者的回憶，以排除感情的思考來評估……基於戰略，當然應該盡可能救助席納克的士兵們。以族長娜娜克·韃爾為首，這裡的防衛線全都是靠著他們的存在才能成立。今後他們的協助也是不可或缺吧。

那麼以戰術來看，這邊有機會成功救出他們嗎——相當困難。即使順利進行，也能預測到會受到相當大的損害。而且前提是，這情況下需要和雅特麗部隊的合作——

「……啊，我在做什麼啊。對方可是那個雅特麗，煩惱不是根本沒有意義嗎？」

伊庫塔察覺到單純的事情，把至今累積的考量成果全都拋下。他一邊對自己實在過度拐彎抹角的思考感到不以為然，同時轉身對著士兵大聲下令：

「雖然事出突然，但躲貓貓到此結束——所有人上短矛！」

娜娜克察覺到自己犯下錯誤時，整批敵軍已經逼近眼前。她一邊以宛如風車的迴轉劍舞來讓敵人心生畏懼，同時為了保護受傷的同伴擋在敵人面前。

「頭……頭目……！別管我們，妳快逃吧！會連妳一起死啊……！」

在剛才的射擊中被射中腳的席納克男子大叫。然而，年輕族長卻一回身就一刀斬倒為了給男子最後一擊而衝過來的敵兵。

「要是有空鬼扯這些亂七八糟的事，就給我爬著逃走！在那之前我也絕對不會離開這裡！」

全身都沾滿敵人鮮血的娜娜克頑固地宣布……她率領的一百二十多名席納克兵當中，在剛才的射擊後其實有三十人以上死亡或是受到無法行動的重傷。由於敵人在他們正忙著搬運那些傷患時大舉進攻，結果只能被迫進行這種防衛戰。

「嗚！不管打倒再多都沒完沒了……！……嗚！那……那是什麼？」

裝有梯子的推車混在步兵大軍中，被一輛輛搬向阻絕設施。由於娜娜克他們所在的位置附近成為炮擊的死角，因此敵人也沿著這路線運送雲梯。巨大的質量從他們身邊通過，在推車周圍的敵人一口氣來襲。

「嗚！你們……！」

在不敵大量敵軍的席納克士兵接二連三被打倒的狀況下，娜娜克的奮鬥也即將到達極限。看出她就是指揮官的敵兵動員八個人來包圍住她，並舉起十字弓瞄準。

自己無法擋下所有攻擊——娜娜克想像全身被箭刺中的感覺並縮起身體，然而就在這瞬間，幫手伴隨著強烈的光線介入。來自橫向的光擊讓敵兵失去視覺，接下來還有追擊的箭矢落下。

「娜娜，妳沒事吧！」

轉身面對熟悉的聲音後，她看到伊庫塔．索羅克手裡拿著裝上短矛的十字弓，正在率領部隊跑過來。娜娜克差點要露出安心的表情，但又趕緊收了回去並大聲疾呼：

「伊庫塔小心！後面也有敵人……！」

或許是專注在幫助同伴上吧，他們沒有任何人注意後方。有一群敵人瞄準那無防備的背影衝來，娜娜克的警告也被吵鬧聲淹沒而沒有傳到。結果，伊庫塔等人就在完全無法做出任何反應的狀況下迎接來自背後的襲擊——

「喝！」

——千鈞一髮之際，炎髮少女率領的精兵們趕到，代替他們迎擊敵人。

「什麼——」

接下來的光景超過了娜娜克能理解的範圍——在彈雨和怒吼交錯的戰況中，伊庫塔和雅特麗雨人指揮的部隊各自集中對付正面的敵人。至於來自背後的威脅，就像是事先已經講好，他們互相託付給對方處理。

「排成橫列！圍住傷患的右側！」

「排成橫列！保護友軍的左側！」

兩個命令幾乎同時下達，結果讓雙方基於同樣目的來互相補上了單方面的不足。他們以完美的分工體制排除周圍的敵人，另一方面也以臨機應變來重組隊列，使得原本分散的兩部隊戰力能夠逐漸會合。

與其說是人類的集團，看起來更像是兩個彼此默契相合的巨大生物——不，連這印象也立刻遭到推翻更新。並不是兩個生物，已經到了用「一個生物的右手和左手共同構成的行為」來形容會比較適合的地步。

「「好——！」」

在媲美魔術的流暢合作的最後，黑色與紅色的軍官背靠背站立在戰場中心。到這裡為止，彼此之間別說交談，甚至連眼神也不曾交會過。

「三十秒後開始撤退。」

「在這段期間內要盡可能回收傷患。」

兩人只對彼此說了這些，就再度分散，開始工作。伊庫塔跑向茫然呆站的娜娜克身邊，幫助倒在她附近的席納克傷患站起並對她搭話：

「娜娜，妳也來幫忙！多運一個傷患也好！」

「啊……好……！」

娜娜克強制讓理解力無法跟上目擊光景的腦袋切換，也急急忙忙地把肩膀借給受傷的人。接下來他們在三十秒內把還有氣的人全都回收完畢後，所有人立刻開始撤退。

這時，已經有三個雲梯搭上阻絕設施，防守的士兵們和試圖闖入的敵軍間展開一場場死鬥。

「可惡！別上來！別上來！別爬上這邊啊！」

「絕對不能讓對方闖進來！要是沒在這裡擋下，我軍會一口氣崩潰！」

「就……就算這樣說！但這些傢伙實在太多了……！」

雖然防守阻絕設施的士兵們用箭矢和槍彈對付正在爬梯子的敵人，以短矛尖端刺穿爬到上面的敵人，不過依舊確實地被逼上絕境。推出雲梯之後，敵方的攻勢全無衰減，爬上梯子的敵兵人數更是愈來愈增加。

「嘖！這下已經到極限了……！」

薩扎路夫上尉口裡終於擠出這句話……畢竟這裡只是臨時搭建的阻絕設施，高度和強度都遠不到合格標準。從一開始他就很清楚，從敵人動手進攻的那一刻起，這裡就會陷入危險。

「和席納克的默契不足成了破綻嗎……可惡，明明事先可以預料到啊。」

薩扎路夫上尉一邊深深反省身為指揮官的責任，同時被迫要做出把預定提前的判斷。

「小鬼們，趕快來啊！看這情況，要再等三分鐘都有困難……！」

上尉咬著大拇指指甲呻吟道。一想到在萬一時刻自己必須下達的「拋棄」判斷有多沉重，就只有這時候，他也不得不向敵方的主神祈禱。
然而幸好，這段胃壁像是被銼刀摩擦的時間獲得了回報。收到來自外側的信號後，內側的士兵們移開塞住阻絕設施左邊角落縫隙的圓木。在激戰中存活下來的士兵們從那裡接二連三地出現。
「我們回來了上尉！那麼，戰線維持應該已經到極限了吧？」
衝過來的伊庫塔大喊。看到雅特麗和娜娜克也以無事的模樣跟在後面而鬆一口氣後，薩扎路夫上尉也以大音量回應：
「沒錯，正在等你們回來！快點退往後方！」
「了解！馬修和托爾威的風槍兵部隊呢？」
「已經先撤退了！你們是最後！」
約有四十多人的士兵們和伊庫塔他們的部隊錯身而過，以兩人為一組拿著裝滿液體的桶子，靠近阻絕設施。等到距離夠接近後，士兵們對著構成屏障的木材潑出了褐色且帶有黏性的桶子內容物。之後立刻趕回來拿起另一個桶子，所有人再重複了一次相同步驟。
「好，最後是讓所有大炮一起射擊！防守的士兵就以此為信號往後撤！——開火！」
配合指示，二十二門風臼炮一起射出炮彈，讓大舉衝向阻絕設施的敵兵們一瞬間表現出怯意。上尉沒有放過這個時機，繼續下達命令：
「就是現在——點火！」
事先準備好的燒擊兵們同時從手中丟出火把，剛才已被潑上大量菜籽油的阻絕設施瞬間開始一口氣燒了起來。

「展開撤退！殿後由雅特麗希諾中尉的燒擊兵部隊擔任！要一邊點燃起林道上的機關一邊後退！延燒作業本身應該已經由後方的醫護兵部隊先行開始，但有確實留下讓我們能夠通過的空隙！聽好了，千萬別走錯路！」

＊

「——Hah，不行了。沒能成功攻下。」

在好不容易架上雲梯的阻絕設施冒出火舌時，約翰．亞爾奇涅庫斯很快就察覺到……自軍在今天晚上突破森林的可能性已經被摧毀。

「喂，毛頭小子。你剛剛說什麼？什麼不行了？」

耐性到達極限的亞庫嘉爾帕上將也親自來到從幾分鐘前就不再有炮彈飛來的前線。聽到質問後，約翰這次也沒有試圖敷衍而是老實回答：

「在我方士兵突破之前，敵人就已經在阻絕設施內放火並開始撤退。」

「這看也知道，只要等設施燒毀後再讓士兵前進就行了吧？已經由我方獲勝了不是嗎？」

「Nyatt……那樣會來不及追擊。目前在對面，敵軍大概正在用火焰來封鎖林道本身並撤退。等阻絕設施完全燒毀時，我等和敵軍之間恐怕會出現和昨天之前同樣的火牆吧。」

就像是在提供這推測的證據，亞庫嘉爾帕上將眼中也注意到阻絕設施另一側冒出另一波火勢。他瞪著火光好一陣子之後，隨著逐漸理解狀況，上將的肩膀也開始顫動。

「啥——！講那什麼蠢話！我方好不容易才剛獲得優勢吧！」

「因為優勢沒能繼續延續。由於敵方擁有隨時能燒毀林道封鎖路線的選項，只要狀況陷入不利就會實行……只是，這件事也沒有嘴上講起來這麼簡單，對於敵方來說，實行時機的計算方式非常嚴苛。要是太早，四散在戰場中的友軍會無法撤退；萬一太晚，將會被我方攻入。所以我等才會利用雲梯將士兵一鼓作氣送入，試圖破壞那時機……」

「以結果來說，就是只差了一步沒能徹底攻下。如果搭上阻絕設施的雲梯不是三個而是五個，我想應該可以阻止對方放火吧。」

米雅拉也一派平然地提出意見。亞庫嘉爾帕上將由於過度不甘心而用力踏地。

「那麼是怎樣？今晚就這樣結束了嗎？我方造成如此多的犧牲，結果卻無法改變任何狀況就結束……？」

「Ｎｙａｔｔ！沒那回事！雖然沒能獲得最棒的結果，但確實有進展。」

聽到約翰這完全不像是真心話的發言，神軍的將領回以懷疑的視線。但，他卻完全不畏懼地開始說明：

「今晚最大的收穫是情報——敵軍雖然由極為優秀的軍官負責指揮，但士兵的實際數量卻不滿兩個營。根據我方受到的損害程度，可確實斷定。因為對方也沒有理由在這時還捨不得出兵。」

「實際上恐怕是一個營＋α的程度吧，＋α的部分可以推測是席納克族的士兵，因此帝國軍的正規部隊就只有一個營。」

「……………」

白髮軍官流暢地解釋，連還在失望的上將也開始傾聽發言內容。

「雖然我方的損害並不輕微，但即使如此包含陣亡者、重傷者在內還不到一千人。相對之下敵方又如何呢？雖說對方英勇奮戰，但能戰鬥的人員大概也減少了一百名左右吧。您能理解嗎？因為對方的總數約是八百上下，以全體的比率來看，是敵軍受到了較嚴重的打擊。從過去就有種說法，指出以寡擊眾只不過是幻想——從這句至理名言可得知，這次的戰役甚至可以說是我方的勝利。」

看到約翰更是得意洋洋地講個不停，米修里中校不以為然地開口反駁：

「……亞爾奇涅庫斯少校，你這番話再怎麼說都是狡辯吧。即使戰勝這裡的防守部隊，我等的戰鬥也不會就此劃下句點，之後還必須越過山脈進攻北域鎮台才行。」

「Ｍｕｍ，那也是事實。不過這裡的重點是，我等尚未在任何方面敗北。的確，這次在進攻時失敗了，然而卻也沒有輸掉什麼。換句話說，我等依然可以擺出積極強硬的態度。」

「不眠的輝將」保持狂妄笑容如此說道。米雅拉保持內斂態度在打算更發揮嘴上功夫的他身邊旁觀，同時內心偷偷想到——約翰的發言帶有魔力。

他並不一定都在敘述事實。有很多發言會讓人產生疑問，而且還理所當然地混入誇飾和曲解。也因此，有時候的確會給人帶來他欠缺誠意的印象。

然而，事後再回想時，所有人都會察覺——約翰．亞爾奇涅庫斯的發言並不是在表現事實。而是一種充滿自信的宣言，宣告他接下來會讓發言成為事實。

＊

即使是沒有直接參加戰鬥的哈洛等醫護兵，也能從被運進野戰醫院的傷患人數來察覺出戰況究竟有多麼激烈。

由於另有用來安置遺體的帳篷，根據傷勢的嚴重程度，也有許多人不需要經過野戰醫院而是被送往那邊。每當這種和屍體只有一線之隔的同袍被送進來時，哈洛總是被嚴重的恐懼感囚禁，擔心那會不會是騎士團裡的哪個人。

在這種環境下，她實在無法認為自己對所有被送來的傷患都有盡到全力。雖然有幾個已經束手無策的重傷者，但在生死境界徘徊的傷患卻更多。其中哈洛曾經照顧到九人。四人活了下來，五人過世。如果真的有做到最好，起碼可以讓這個數字相反吧——即使明知這是已經過去的事情，她還是不由得會這樣想。

「……他剛剛嚥下最後一口氣。」

而現在，哈洛宣布新的第六名死者。胸部被子彈打中的光照兵男性被送到這裡來時還有意識也能夠對話，然而最後哈洛只能眼睜睜看著他慢慢陷入死亡黑暗中的模樣。

在死訊宣布的同時，隔著遺體待在哈洛對面的蘇雅．米特卡利夫士官長發出啜泣聲。這樣子讓哈洛也覺得很痛心。剛剛過世的士兵，是她的部隊──隸屬於光照兵第三訓練排的一員。

「怎麼會這樣……在阿茲拉一等兵和西席迪中士之後，連尼尼卡下士都……」

不只他們，沒有任何部隊毫無損傷。以八十人到一百二十人的集團來採取行動的各部隊中，平均起來都產生了十名以上的死者。這個數字特別往上大幅攀升的是席納克族部隊，實際上他們有二十八名死者和三十三名重傷者。族長娜娜克．韃爾平安算是不幸中的大幸，不過無論如何損害相當慘重。

「……我去向伊庫塔中尉報告。」

由於最後一個在生死境界間徘徊的同袍已經嚥氣，蘇雅也失去了必須鼓勵或送對方最後一程的對象。看到她敬禮之後準備離開傷患多到快滿出來的帳篷，哈洛先確認周圍沒有需要緊急處理的傷患，才開口叫住了她。

「請……請等一下，米特卡利夫士官長！那個……因為我打算等一下也要去總部帳篷，如果方便的話要不要一起去呢？」

「……是，我了解了。貝凱爾少尉。」

蘇雅似乎把哈洛的發言視為命令，以缺乏力氣的敬禮回應。連哈洛也知道，擔任伊庫塔副官的這名年輕女性軍人擁有感情比別人強烈一倍的個性。她從準備帶著訃聞離開的背影中感覺到某種緊繃的情緒，因此實在無法丟下對方不管。

兩人一起離開帳篷後，發現半夜裡的陣地全體都充滿了疲勞感。已經無事可做的士兵中有許多人都有氣無力地坐著，也沒有和同伴交談，只是保持沉默。看到許多人圍著篝火卻不發一語只是凝視著火焰的模樣，甚至讓人覺得詭異。

「大家似乎想睡也睡不著呢……我想應該是因為精神太亢奮，晚一點要不要來泡茶分給大家呢。」

「…………噢……」

「正是在這種時候，如果有砂糖就能夠緩一口氣呢。因為疲勞時攝取溫熱又有甜味的東西最為有效，真希望能從那些貴族的家裡分到一袋砂糖。」

「……是這樣嗎……」

蘇雅雖然心不在焉地回應，但哈洛還是繼續對她搭話沒有表示不滿。即使沒有構成對話也不要緊，她明白對現在的蘇雅來說，沉默是比任何東西都可怕的毒藥。

哈洛單方面講了一陣子之後，兩人到達位於陣地中心附近的總部帳篷。通過入口進入內部後，裡面共有三人。馬修和托爾威面對面坐著維修風槍，最內側則是把雙腳跨在桌上抽菸的薩扎路夫上尉。

「打擾了——嗯~這裡的各位看起來也很疲勞呢。」

哈洛故意用聽起來很悠哉隨性的語氣說道。其實她從平常就會做出這種體貼行為，但在軍中到底有沒有人注意到這點呢？

「講這種話的妳本身不累嗎？貝凱爾少尉。別客氣，那附近的地面睡起來想必很舒服。」

「嗚嗚……至少希望地上能墊著毯子……話說回來，沒看到伊庫塔先生和雅特麗小姐呢。啊，還有娜娜克小姐也不在。」

「那三人去林道那邊檢查了。萬一錯過也不好，如果有事要找他們，在這裡稍微等一下應該比較妥當吧。」

注意到伊庫塔副官身影的托爾威細心提議。看到蘇雅率直地在他建議的椅子上坐下，哈洛也挑了張適合的椅子就坐。

「馬修先生，你肩膀的傷口還好嗎？」

她首先對著至今都不發一語的少年搭話。馬修默默地脫下沒有穿上袖子只是披在身上的上衣，把手輕輕放到包著繃帶的左肩附近。

「……真不可思議，戰鬥中根本沒有注意到，現在卻開始感到疼痛。」

「請盡量不要去動到傷口。那似乎是被子彈掃到，挖出了一道相當深的傷口。」

「萬一再往右邊五公分，就會打中我的臉。只要這樣一想，會讓人覺得自己還活著真是不可思議。」

馬修邊說，邊把包著布的棒子插進風槍的槍管中，並上下移動棒子擦去髒污。這已經很熟練的動作本身，看起來彷彿也成了他內心的避風港。

「……這次的戰鬥和過去都不同。」

他以音調特別低沉，過去似乎從不曾聽過的聲音這樣說道：

「很容易就能區別。過去都是能夠勝利的戰鬥——而且屬於輕鬆獲勝的類型。只要按照伊庫塔的指示行動，就能夠壓制敵人，簡單到讓人驚訝。因為這種情況連續發生好幾次，所以老實說，我想自己太低估戰爭了。總覺得什麼嘛，原來戰爭只不過是這麼回事啊。」

把槍管內部的髒污整個都擦乾淨後，他裝上搭檔圖並讓對方送出微風，利用這個動作來清除還殘留在裡面的少數細小灰塵。

「不過，實際上並不是那樣。我的部隊出現十一名死者後，我終於領悟……這種殺人或被殺的情況才叫做戰爭。在那個空間中，當然也存在著我被殺掉的結果。」

用這句話結束發言後，馬修再度拿起棒子回到維修最初的步驟。他臉上面無表情，彷彿已經放棄表現情感，和平常判若兩人。

正當哈洛想要說點什麼，坐在她旁邊的蘇雅猛然站起。

「……我去林道那邊看看。」

「啊……不過，萬一不巧沒碰上……」

蘇雅不理會托爾威的制止，半走半跑地離開帳篷。哈洛略為起身但還在猶豫，這時托爾威推了她一把。

「這邊沒問題所以妳去吧，哈洛小姐。剛剛她那樣子有點奇怪。」

這邊的馬修會由我來負責——察覺出托爾威這種言外之意後，哈洛帶著感謝離開帳篷……然而，蘇雅似乎在來到外面的那瞬間開始認真往前跑，她的背影已經逐漸變小。哈洛趕緊慌慌張張地追上去。

她們並沒有必要跑太遠。

和交戰前相比，在林道上熊熊燃燒的火焰已經大幅後退，現在逼近到距離陣地還不到一百公尺的位置。隨著她們逐漸靠近那裡，迎接兩人的是醞釀出強烈熱氣的大紅色火光。

「——蘇雅和哈洛？妳們兩個怎麼了？」

在火焰的照明中，她們尋找的身影立刻浮現。伊庫塔立刻中斷對延燒作業的監督，轉身走向兩人身邊。不知道為什麼，娜娜克也跟在他的身後。

「啊……我只是想來看一下大家……」

「西席迪中士和尼尼卡下士陣亡了，伊庫塔中尉。」

蘇雅打斷哈洛的發言，從正面把事實砸向長官。

「這樣一來，在戰鬥時由中尉指揮的部隊產生十一名死者，其中六位的陣亡者出身於光照兵第三訓練排。」

「…………是嗎。」

伊庫塔只有一瞬間把視線往下，但他並沒有表現出更進一步的動搖，而是回望副官。

「謝謝妳的報告。減少的人數會由我這邊來調整，妳去休息吧。」

「只有這樣嗎？」

伊庫塔試圖以不帶感情的冷靜對應來結束這個話題，但蘇雅卻以不允許他這樣做的激動態度繼續追究。旁邊的哈洛倒吸了一口氣。看樣子，少年也是到現在才終於理解這名女性是來責備自己。

「……我已經收到關於陣亡者的報告，其他還有什麼事情嗎？蘇雅。」

「我要反問中尉。對這些因為自己命令而死的部下，您沒有任何話要說嗎？」

雙手緊緊握拳的蘇雅這樣說道。察覺出她言外之意的伊庫塔先以關心的視線看向後面的娜娜克，才像是死心般地重新轉向正面。

「……妳是指去幫助席納克部隊的判斷吧？」

娜娜克的肩膀跳了一下。也不知道蘇雅有沒有注意到這個反應，她繼續追問：

「那時如果沒去救他們，我等部隊的陣亡者肯定會在一半以下。」

「是啊，不過代價是席納克部隊會全滅吧。」

「讓他們全滅不就得了？因為追根究柢來說，是因為那個女的有勇無謀地往前衝。」

非難的對象終於指向娜娜克，本人也沒有提出反論。因為她做出了錯誤決策，還有伊庫塔的部隊幫忙收拾殘局都是無法否定的事實。

「西席迪中士非常尊敬中尉，這件事您知道嗎？」

「……嗯。」

「真的嗎？他從您打倒薩利哈史拉格上尉的第一場模擬戰開始，就一直是中尉的支持者。我們有了不起的長官，那個人絕對會成為大人物——喝醉酒時，他總是把這些話當成口頭禪在說。明明比中尉還年長九歲，但是在稱呼您的名字時絕對不會省略敬稱。您連這種事情都確實清楚嗎？」

「…………」

「尼尼卡下士是我成為一等兵時的第一個部下。由於是同一班裡的唯一女性同袍，所以我凡事都會去照顧她。從使用十字弓的方法，宿舍清掃檢查時的重點，還有訓練中碰上月事時該怎麼開溜……全都是我在教導。」

像是潰堤般講個不停的蘇雅雙眼裡滲出淚水，連她本人也已經無法阻止發言從口中湧出。

「您要說這樣的他們，和到昨天為止還在殺害彼此的席納克族那些傢伙一樣都是同伴嗎？所以我們當然得賭命去救他們，即使因為這樣而死人也該接受嗎？——請不要胡說八道，要我如何接受這種事情！」

蘇雅把想法一口氣傾吐而出，並以像是在看著仇敵的視線瞪向娜娜克。然而，正當伊庫塔想要開口時，卻有個毅然的聲音從旁邊插嘴：

「妳弄錯責備的對象了，米特卡利夫士官長。」

中斷延燒作業的雅特麗晃著那一頭即使和背景融合後也依然能夠看清的炎髮，介入這場爭論。她不為所動地承接蘇雅那情感爆發的視線，開口說道：

「首先我要糾正妳的誤解。做出要去救助席納克部隊這判斷的人，並不是伊庫塔。」

「……您說謊。那個狀況下彼此根本無法聯絡，我方部隊和雅特麗希諾中尉您的部隊幾乎是同時動身前往救援，並不是因為看到你們的行動之後才動作。那時候，伊庫塔中尉應該是自己做出判斷。」

「的確是那樣沒錯。但是那個判斷本身，卻是以我的行動作為前提。」

「……我聽不懂您的意思，這是怎麼一回事呢？」

「在席納克部隊陷入危機的那個時間點，伊庫塔已經確定我會做出救援行動。在那個為了救援友軍無論如何都需要兩支部隊相互協力的那個狀況下，我這邊也是基於伊庫塔會前來支援的前提才開始行動。倘若雙方戰力無法在那裡會合，我的部隊也會被波及而全滅吧。正因為如此伊庫塔才不得不行動。」

蘇雅一邊聽著說明，同時露出無法理解對方發言的表情。哈洛也是一樣……什麼叫做「確信對方會去幫助席納克部隊所以動身前往救援」？還有「將對方會前來支援視為前提並行動」？——這兩人是想表示他們從思考層次就已經互相調和一致了嗎？

「因此和時間的順序無關，做出救援判斷的主體是我，伊庫塔僅僅只是依循了那個判斷。正因為如此，對於行動結果所產生的犧牲，也應該由我負起責任吧。」

雅特麗讓所有針對的目標都朝向自己後，正面看向蘇雅。她展現出無論是多麼激動的人，面對她都不得不肅然起敬的氣勢。

「我要基於這個前提並把話說清楚——根據之前召開的軍事會議中的決定，目前席納克族被視為正式的友軍。我並不認為那是狡辯或場面話。也因此關於在他們陷入危機時決定去救援的判斷，完全沒有讓我感到後悔的部分。」

「這種理論……！到昨天為止要視為敵人殺死，從今天開始要當成同伴保護──您認為我們的感情能夠跟得上這種亂七八糟的命令嗎！」

「我明白妳的心情。然而在軍隊組織裡，所謂命令原本就要求實行者必須封鎖自己的感情。只要身為軍人，無論是誰都會或多或少被迫遵守和自身價值觀相違的命令。必須把這視為規則並接受。」

「嗚……！那麼，要是您接到殺死伊庫塔中尉的命令，您也會遵從嗎！」

作為情急之下的反擊，這句話既單純又暴力，接近完美。就連能言善道的伊庫塔遇上這個最糟的假設，恐怕也無法回答有效的言論吧──然而，例外就在這裡。

「這個問題已經晚了三百年。因為伊格塞姆這個家族，已經持續遵從這樣的命令至今。」

伊格塞姆面不改色地回答……在悠久年月中長久累積至今的火焰色宿業。面對這重壓，蘇雅並沒有獲得啞口無言以外的選項──在她被致命的沉重壓力擊垮前，少年從旁介入。

「夠了，就說到這邊吧，雅特麗……妳的正論會讓人無路可逃。」

他以非常疲憊的聲調出言制止，然後再度轉身面對因為過度衝擊而膝蓋發抖的蘇雅。

「雖然雅特麗那樣說，不過既然直屬的指揮官是我，那麼我認為你們擁有憎恨我的權利……不，用權利這種概括性的講法或許已經是一種傲慢的表現吧？因為無論軍隊再怎麼嚴格限制，除了神以外，沒有人能做出禁止你們擁有感情的行徑。」

伊庫塔吐出帶著自嘲的嘆息並往後退了一步，把手放到一直低著頭沒有抬起的娜娜克肩上。

「……不過啊，蘇雅。為了保護他們，我已經讓西席迪中士和尼尼卡下士還有阿茲拉一等兵付出了生命……所以對於這些以他們的犧牲為代價來救回的存在，也就是為此才命令你們賭上性命的事物，我怎麼能夠蔑視呢……？」

伊庫塔如此說完，就以彷彿在碰觸什麼心愛寶物的態度，用手輕輕梳起娜娜克的頭髮。對方雖然嚇了一跳但並沒有反抗，只是委身般地閉上眼睛，接受少年手指的動作。

「……這個理論……太卑鄙了……！」

蘇雅只從口中擠出這句話，沒有再試圖多說些什麼。然而，當伊庫塔邁步靠近時，她卻轉身跑走彷彿要拒絕一切。那個背影穿過亮處衝進暗處，很快就消失無蹤。

「……我說，雅特麗。」

伊庫塔繼續凝視著吞沒蘇雅身影的黑暗，同時對著站在背後的炎髮少女發問。

「要是妳接到殺死我的命令，而且絕對無法拒絕時，妳要如何達成？」

這是一個無比殘酷，也沒有救贖之路的質問。然而，雅特麗連這種問題都已準備好了答案。

「到那時，我首先會以全心全力殺死雅特麗希諾。為了讓她再也無法復活，無論發生什麼事情也不會復甦，要把靈魂切得粉碎磨成細粉，收集起來丟進火裡燃燒。」

雅特麗希諾臉色僵硬地說道，連在旁邊聽到的哈洛也不由得倒吸一口氣。

「等一切都結束後，唯一剩下的伊格塞姆就會負責殺掉你吧。」

少年靜靜點頭。他一而再再而三的點頭同意，就像是在細細品嘗某種尊貴事物。

「……那麼，直到脖子被二刀斬斷的最後那瞬間為止——我都會思念著已經死去的妳吧。」

之後他才開口回應，宛如是在互相酬答唱和。這也是伊庫塔事先準備好的答案。

接下來兩人沒有再說任何一句話，只是在沉默中佇立。被隔絕在外的哈洛和娜娜克覺得那裡看起來是一個聖域。即使不清楚任何內情，也對這份情誼的形式完全無法理解，但不知為何會讓淚水自然而然湧上——就是這樣的光景。

第三章

Alderamin on the Sky

亡靈與獵人

「總之你就照這樣送到！」

一名臉上表情極度困擾的士兵，正在受到來自相當低位置的怒斥。面對手上拿到了信件卻無法決定到底該不該行動的士兵，夏米優殿下再度開口：

「不管是緊急時期還是別的，區區地方軍人的獨自判斷都不可能擋下蓋有皇室印章的信件吧！你只要按照我的命令，以快馬將這封信送到中央就對了！」

「可……可是……」

兩人不斷爭論的主題，是可不可以從他們目前所在的北域南端基地，將信件送往中央基地──畏懼被追究責任的薩費達中將進行了情報控管，北域動亂的泥沼戰況尚未傳達給中央得知。而這點導致了事態更加惡化。

現在前線狀況到底如何，其實連夏米優殿下本身也不清楚。雖然她讓親衛隊士兵往來這個基地和前方基地收集情報，然而也不知道那是從現場又隔了幾天後才送到的消息。現在確定的只有隨著戰況惡化，伊庫塔等人原本是後備兵力的訓練部隊也被投入前線。而且在同樣立場的部隊紛紛退出之後，騎士團的五人似乎還在前線繼續奮戰。

已經沒有選擇手段的餘裕了。公主壓下對自己的厭惡感，決定主動使用強權。

「……把這封信送往中央。這是我最後一次下令，我可以承諾責任全部由我承擔。」

「可是，根據司令長官的指示……」

「你要是膽敢繼續抗辯，就要視為是對皇室的侮辱！」

「怎……怎麼……！」

只不過是區區傳令兵的男子光是聽到這句話就整個嚇壞了。他以顫抖的手將信件收入包包後，以快要哭出來的表情騎上馬往前跑。

「……抱歉……」

由於無論如何都必須強迫對方因為相反的命令而受苦，夏米優殿下對著逐漸遠去的背影真心道歉。之後她把視線稍微往上移動，望向現在正成為戰場的北方群山。

「……我的確想讓索羅克等人獲得活躍的機會，但……目前的狀況實在過於不透明……！」

因為擔心騎士團眾人是否平安，公主這幾天都過著無法入眠的夜晚。只有在疲勞到達極限時能稍微陷入類似昏厥的睡眠，而且那大部分都伴隨著惡夢。也不只一兩次夢到騎士團的眾人遭遇危險。

至少如果能多了解一點狀況——公主如此祈禱，這時她的視線範圍內突然出現從外面衝進基地內的新傳令兵身影。

「報告！報告！阿爾德拉本國的軍隊從北方進攻了——！」

聽到士兵大叫的內容，公主殿下的心臟一口氣凍結……這代表睡不著的夜晚將會繼續。只有這點，是她唯一能得到的確切事實。

＊

在山麓的森林地帶發生戰鬥後過了一夜的早晨。被配置在山脈上的帝國士兵透過朝霧往另一端俯視觀察後確定狀況並沒有太大改變，放心地鬆了口氣。

「我還以為對方會在黎明時一口氣打過來哩……」

趁著周圍沒有任何人的好機會，他直接講出內心的真正想法……話雖如此，就算真的有其他人聽到，也未必會想責罵這名士兵。對他來說，那種能一個晚上都沒有作惡夢夢到被大軍蹂躪的人，反而才是少數派。

「畢竟火燒成這樣，動物們肯定覺得不逃才是腦袋有問題吧。從好幾天前就連隻鳥都沒看見了……只有倒楣的人類還留在這裡。」

他嘆口氣望向天空，這瞬間卻有三隻鳥橫過視界。牠們似乎飛得相當低，從地上也可以看清鳥羽是灰色。

「什麼啊，原來還有動物嗎——喂～不是那邊啦！快點逃往南方啊！」

那三隻鳥並沒有聽從他的忠告，繼續保持一定高度往西方天空飛去。士兵愣愣地目送三個背影遠離，同時心想，原來除了人類以外也有這麼傻的傢伙。

「——來了嗎？」

在上空發現鴿子盤旋的身影後，影子再度吹響手中的鳥笛。

察覺對象所在位置的鴿子們降落到地上。和同伴一起躲在岩石暗處的影子讓鴿子按照前來的順序停在手臂上，逐一回收綁在鴿腳上的紙條。

「…………」

影子以一張紙花費數秒的速度，看完用細小字體密密麻麻填滿紙條的報告。把紙上內容烙印在腦海中後，他把達成任務的紙條揉成一團，丟進嘴裡吞下。

「……友軍似乎還被擋在山腳下。」

影子一邊說，同時從懷中取出紙條和筆，開始書寫回信。聽到他的發言，附近的岩石後方產生了幾個動靜。

「正面玄關的防守很堅固，因此收到要我們從後門撬開突破口的指示。」

在紙條上寫好新的聯絡事項並確實綁在鴿腳上後，影子讓鴿子再度拍翅飛往天空。先確定鴿子一直線朝著北方山麓滑翔而去，他才繼續開口：

「很幸運，連具體方案都已經準備好了——趕路吧。」

發言沒有收到回應，只同時傳來無數個有人點頭的動靜。影子的身影消失在岩石後方，看不見的亡靈們再度開始行軍。

＊

「看樣子所有人的睡眠時間都跟我差不多。好啦，今天也要進行快樂的軍事會議時間。」

在最裡面的位置坐定的薩扎路夫上尉，揉著出現深沉黑眼圈的雙眼這樣說道。所謂的「跟我差不多」，當然是他因為昨天一整晚沒睡而講出的薩扎路夫式反諷。

「我要立刻提案，今天動員全軍一起睡午覺的想法如何呢……」

旁邊半趴在桌上的伊庫塔開口提議，上尉以誇張動作點頭。

「伊庫塔中尉，這是個好點子，我非常贊成。該不會有人想提出異議吧？」

「很遺憾我要投出反對票。原因是如果那樣做，午覺有很高機率會直接演變成一睡不起。」

雅特麗迅速為這提議做出結論。在現場人員中，她是唯一一個背脊和椅面還保持完美九十度的人物，然而就連這樣的她，充血雙眼等部分還是表現出疲勞的陰影。

「反正要睡，等死了以後愛怎麼睡就可以怎麼睡，是吧？……總之趕快開始吧。」

聽到馬修這種和過去感覺明顯不同的聲音，讓所有人都嚇了一跳。薩扎路夫上尉偷偷瞄了馬修一眼，但結果還是什麼都沒說，只是嗯哼咳了一聲進入本題。

「首先，我要宣布戰鬥的結果。昨晚十九時過後，我方在建築於林道半路上的阻絕設施展開防衛線，約四十分後主動結束戰鬥開始撤退。以放棄阻絕設施作為暗號嘗試封鎖林道，作戰成功。填補了火線防禦的空隙並阻止敵人入侵。」

所有人腦中都回想起那一幕幕要歸類於過去還顯得過於鮮明的激戰光景。

「以上為概略，接下來是損害報告。全部隊總共有陣亡者八十五名，重傷者六十三名。合計之後，可戰鬥人員的損耗是一百四十八人。從編組部隊時的總數七百二十人中扣掉這個數字，目前我方的總戰力包含輕傷者在內是五百七十二人。」

托爾威先以苦澀的心情來聽取這些數字，之後才開口提問：

「……請問每個部隊的死傷者詳細狀況是如何呢？」

「首先受損最嚴重的是席納克部隊，共六十一人。其次是防守阻絕設施的我手下部隊，二十四人。伊庫塔中尉的部隊是十九人，雅特麗中尉的部隊是十七人。再來則是馬修少尉的部隊十四人，托爾威少尉的部隊是十三人。以上都是陣亡者和重傷者相加後得出的數字。」

即使有點顧慮同席的娜娜克，但托爾威還是針對內容進行分析：

「嗯～……扣掉人數半減的席納克部隊，其他部隊受損的程度總算還不至於影響到運用吧……」

「如果只看人數的話啦——話說回來托爾威，膛線風槍部隊受到了什麼程度的損害？」

聽到伊庫塔的問題，托爾威的表情添了幾分沉鬱。

「在敵方反擊下有兩人陣亡……不過，有回收他們的風槍。」

「既然是那樣就好。從其他人裡選出兩名擅長射擊的士兵，把那兩把風槍給他們之後編入狙擊部隊中。因為子彈數量還有餘裕，要找個空閒時間讓新人練習如何使用。」

確認托爾威點頭後，伊庫塔進入下一個話題。

「那麼來討論更深入的議題吧。如果以一百為滿分去評論昨天的戰鬥，我會給七十一分。順便一提，及格分數是七十分。」

「呃……這意思是勉勉強強及格？」

「以正面觀點來看是那樣沒錯。因為有達成最低條件，也就是要轉移敵人對迂迴路線的注意力同時削減對方戰力。不過老實說，我原本期待能更進一步得到＋α的戰果。最棒的發展則是我方沒有撤離，守住了阻絕設施。」

如果戰鬥可以再持續三十分，那麼不但能讓敵方受到更深刻的損害，遲遲無法取得優勢的阿爾德拉神軍甚至有可能暫時退兵。那樣一來，應該可以再多爭取到對方再度進攻之前的那一整段時間。

「算了，暫時退兵的敵軍要再度進攻時大概會選擇白天，所以屆時我方也得在戰鬥一開始就立即撤退。不過就算是那樣，估計也能夠爭取到半天或一天左右的時間吧？」

「……我記得我們必須爭取的時間最少也還要七天，這一天的損失該不會成為致命的失誤吧？」

馬修皺著眉發問，但伊庫塔卻以無所謂的表情搖了搖頭。

「沒那種事。根據目前的估算，我自認足以徹底因應今後的七日……只是，如果把這視為支援撤退作戰的一環，爭取到多一點日數自然沒有壞處。」

話雖如此，過去的事情已經無法改變。伊庫塔甩甩頭切換心情。

「……接下來要看對方的態度。在經歷雙方交手一戰的結果後，阿爾德拉神軍會如何出手呢？

就來瞧瞧對方的手腕吧。」

＊

「——Ryttsah！嗯～真是美好的早晨。」

約翰．亞爾奇涅庫斯少校對著朝日瞇起眼睛，伸了個懶腰。臉上是一派輕鬆開朗的表情。因為對於不眠的他來說，早晨的到來正代表過於漫長的夜晚終於結束。

「早安，約翰。」

當他正在帳篷前拿著牙刷和鹽巴刷牙時，他的副官米雅拉．銀來到此地。根據那對藏在黑框眼鏡後的雙眼，這一位似乎和睡意也沒有什麼關係。

「Yah，早安，米雅拉……嗯？那是？」

約翰回頭後，最引起他注意的部分是停在米雅拉手上的一隻鴿子。

「山脈上的友軍送來了聯絡。」

聽到這等候已久的報告，白髮軍官的嘴角往上揚起。他連先把牙刷好的時間都不願浪費，直接衝向副官，從對方手中接過一張被折成細長條狀，由亡靈送來的紙條。

「……Syool，不愧是令兄，精選了我現在想要的情報。」

「根據報告，證明敵方遲滯防禦部隊的規模只有一個營多一點。此外，對方並沒有把兵力派往迂迴路線那邊也是個很重要的消息。」

「其他還提到幾個很有趣的情報。首先，似乎確定帝國軍方面果然也有裝備膛線風槍的部隊。因為根據能確認的範圍，該部隊的規模約是一個排，所以說不定正是參加昨天戰鬥的部隊。」

約翰邊說，邊把揉成一團的紙條丟進嘴裡。米雅拉皺起眉頭。

「我從之前就一直請你不要那樣做吧？對消化不好，也不能算是衛生。只要交給我，就會確實燒毀處理掉……」

「——Ｍｕｍ，抱歉抱歉。因為令兄這樣做看起來很帥，所以一不小心就……」

嘴上一邊辯解，約翰同時確認著現在已經化為純粹記憶的聯絡內容。

「此外還有一項讓人感興趣的報告。看來在帝國軍那邊，似乎有那個『白刃的伊格塞姆』一族的成員參戰。得知這情報後，最先會感到訝異的點是沒想到北域鎮台裡居然有那種精英。」

「……是的。只是，對方居然能讓那個兄長評價為『劍技非比尋常』……」

「Ｈａｈ，應該真的非比尋常吧……階級據說是准尉。雖然令兄送來的聯絡裡並沒有提到該人的年齡，不過再怎麼說伊格塞姆成員不可能是從大頭兵爬上來的准尉，但如果是高等軍官候補生的新人，那可確確實實是寶貴的人才啊。以當時的戰況來說，這種人還留在前線實在極為不自然。」

已經完全認定對方是男性的兩人雖然連想像都沒想像，不過不只年齡，連性別也沒有寫在聯絡內容中。由於讓傳信鴿遞送的紙條並沒有多餘的空間，因此不必要的情報當然會被先刪除……然而關於沒有傳達「劍技非比尋常的敵人是女性」這事實的行為，或許是因為別的心態對書寫者造成了影響。

「……不，我認為反而不會不自然。因為如果對方真的是寶貴的人才，應該不會厚著臉皮逃離不利的戰事。」

這句話表現出米雅拉對這個尚未謀面的敵人開始產生強烈關注的心情。約翰帶著苦笑看向她下意識以單手碰觸短刀刀柄的動作。

「如果我們被擋在這裡也是那傢伙造成的狀況，其實還挺戲劇性呢。」

「我倒是認為再怎麼說，以准尉這立場恐怕無法……」

「Ｎｙａｔｔ！即使對方早就因戰時晉升而提高軍階也很正常。仔細想想，就連這個史無前例的火線防禦作戰，如果真是那個炎髮的伊格塞姆策劃出來的東西，不覺得實在非常適合嗎？」

米雅拉邊嘆氣，邊把視線轉向滿腦浪漫想像的長官。約翰這下總算恢復冷靜，為了掩飾害羞而刻意咳了一聲。

「Ｍｕｍ，總……總之，現在總算和友軍恢復聯絡。幸好那邊的戰力似乎沒有受到什麼嚴重損耗，接下來就展開大膽的協力合作吧。我已經決定方針了。」

「了解，那麼是不是也要去向亞庫嘉爾帕上將報告呢？」

約翰點點頭想往前走，這時總算想起一直握在右手裡的牙刷，才慌忙把牙刷再次塞進嘴裡。

「Ｙａｈ，等我一下，馬上就好。」

＊

伊庫塔等人的會議結束後過了兩小時左右，現在是早上八點多。蘇雅睜開雙眼，同時因為透過帳篷撒下的陽光亮度而發現自己睡過頭。

「……哇……慘了……」

蘇雅慌慌張張起身，開始整理儀容。基本上副官要比指揮官早起，就算不需顧慮到這一層，按照規定，所有士兵也必須在上午七點以前起床。平常無論多疲勞，她都能夠在該起床的時間清醒，不過在經歷過昨晚的事情後，似乎連這點都無法保持。

「尤基，你為什麼不叫醒我！……咦？」

然而，當蘇雅邊抱怨搭檔光精靈邊看向周遭時，卻發現她原本預料的慌忙氣氛並不存在。睡在同一頂大帳篷裡的女性士兵們大部分都還在睡，已經起來的幾個人也正在寫信給家人。這是休息時間的典型光景。

蘇雅感到很困惑，這時注意到她反應的一名士兵停下寫信的手，對著她開口說道：

「米特卡利夫士官長，早安。上面有下達了可以休息到上午九點的命令，所以您要不要再睡一會？」

「咦……？什麼時候有那種命令……？」

「士官長還在睡時伊庫塔中尉有過來，並把命令交給剛好醒著的我。帳篷入口也掛著寫有同樣命令的板子喔。」

聽她這麼一說，蘇雅把視線轉往入口……的確，那裡掛著寫有「伊庫塔中尉命令　所有人都休息到上午九點為止」的板子。雖然這下她不需要急著整理儀容，但也沒有心情睡回籠覺，只好愣愣地原地呆站。

「……您睡不著嗎？那麼，士官長要不要也來寫信呢？畢竟不知道要到什麼時候才能有下一次機會。」

女士兵提議著，只見她把紙張放在代替桌子的木箱上正提筆書寫。蘇雅茫然地望著這幅光景。

「……家書嗎……亞娜夏中士妳寫了些什麼？」

「嗯～關於這個，在這種狀況下，內容幾乎都會變成遺書呢。我從剛才就一直在煩惱，想找出更開朗一點的話題。」

雖然語氣像是在說笑，不過毫無疑問，這是聯想到在昨天戰爭中還來不及寫信就陣亡的同伴後才講出的發言。如果要寫遺書，現在是最後的機會——蘇雅腦裡雖然也浮出這種想法，但她還是搖搖腦袋甩開這念頭。

「……我還是算了。就算這樣好像很不孝，但要我寫出以自己死掉為前提的文章，總覺得很恐怖而寫不出來。」

「那也是一種選擇。而且我還覺得，說不定就是抱著『我絕對要活下去所以不需要遺書！』這種氣勢的人，才真的能存活。」

亞娜夏中士講出莫名豁達的發言。另一方面，沒有在睡覺也沒有在寫信的蘇雅卻產生自己在帳篷裡失去容身之處的感受。

「……我外出一下，去向同袍們獻花。」

「可以那樣做嗎？命令是要我們休息到上午九點。」

「又沒有命令我們必須乖乖睡覺，這次就當成是我自有的休息方式通融一下吧。」

蘇雅自己也覺得這是很爛的藉口，但亞娜夏中士只是苦笑並沒有多說什麼。她一邊用視線表達感謝，同時以避免吵醒其他同袍的動作離開帳篷。

「……啊，話說起來，就算想獻花也……」

才剛往前走，蘇雅立刻察覺到自己的想法有什麼問題。要達成獻花這種動作，前提是附近環境要有花。然而放眼望去，陣地周圍似乎並沒有會長著花的地方。森林中或許多少可以期待，但是要在那煙霧中找花實在太亂來了。

蘇雅四處亂晃了一陣子想尋找花的蹤跡，但沒過多久就決定放棄。心想至少要幫陣亡戰友把臉擦乾淨的她準備了沾濕的擦手巾，前往收容遺體的帳篷。

「「啊……」」

當她想要進入帳篷時，卻正好和從裡面出來的娜娜克·韃爾打了照面。兩人僵住數秒，彼此之間陷入難以形容的沉默。

「……妳……妳來這裡做什麼？這裡應該收容著帝國士兵的遺體。」

擠出勇氣率先開口的人是蘇雅，在胸中翻滾的漆黑感情通過喉嚨脫口而出。

「就算妳恨帝國人，也不允許妳做出污辱死者的行徑……！」

感覺到發言裡包含的敵意，席納克的族長先微微發抖，才縮著肩膀低下頭。

「……我沒做出那種事。」

「那妳到底在這裡做什——」

講到這邊，蘇雅終於察覺。眼前少女的雙手中，正拿著自己先前無論怎麼尋找都找不到的東西。

雖然覺得怎麼可能，但她還是從娜娜克身邊經過，一溜身閃進帳篷裡。事實就在眼前。

「啊——」

在平躺的死者們胸口，擺放著小小的白色花朵。雖然遺體有三十具以上，但無一例外。放在失去血色的皮膚，染著發黑血液的深咖啡色軍服上的小白花，看起來耀眼地彷彿是來自天上的救贖。

「……妳……來獻花……？」

蘇雅愣愣地望著眼前這出乎意料的光景。過了一會，才對著繼續靜靜站在自己身後的娜娜克搭話。

「……這些花是哪來的？」

「……我去山上找來的。按照席納克的習俗，要用白花向死者致意。」

看著自己手中剩下花朵的娜娜克這樣回答。接下來她先耗費幾秒吞下猶豫，然後對著蘇雅低下頭。

「……真抱歉。昨晚交戰時，都是因為我太衝動跑太前面，前來救人的你們才會遭到不必要的波及。這些人也是因此而喪命。」

「……請不要再說了。」

蘇雅立刻拒絕娜娜克的謝罪。她感覺如果繼續聽下去，似乎會造成什麼無法成立。

「沒什麼好道歉，因為彼此的關係是幾天前還在互相殺害的敵人。這次的事情也一樣，是敵人要蠢自己去送死——只要這樣想並拿來取笑不就得了嗎！」

一回頭，蘇雅就對娜娜克發出怒吼。視線略為朝下的娜娜克搖了搖頭。

「憎恨帝國人這點並沒有變。對於奪走過去生活的你們，我們到現在還是滿心怨恨……可是，這和我犯下的過失沒有關係。席納克族知道什麼是羞恥，也知道讓你們賭命來救助我們會欠下多大的人情債。」

「所以妳願意向敵人道歉嗎！這種事情……這種做法到底……！」

「妳的長官一開始也對我做出同樣的行為。他針對自己無法以軍人身分做出正確舉動的過失道歉，並切下小指作為證據……我想要相信他這種處世態度。所以我也要和伊庫塔一樣，想問妳願不願意相信我。」

黑色雙眼裡帶著決心的娜娜克朝著蘇雅伸出雙手。

「即使用上我雙手的所有手指，也抵不上你們失去的同胞人數——所以，等這場戰爭結束，你們可以砍下我的雙手。」

「……嗚！」

「不過，希望你們願意等到戰爭結束。只要在這場戰爭期間就好，希望你們能讓我以席納克戰士的身分負起責任，讓我先暫時保留揮動武器的雙手。」

在娜娜克懇求的眼神注視下，蘇雅搖搖晃晃地往後退。現在占據她內心的感情，已經不是憤怒也不是憎恨，而是遠比那些更加純粹徹底的恐懼感。

「……別說了……請不要再說了……」

她發出像呻吟般的聲音。過去蘇雅曾經問過自己的長官——殺死大量敵人不正是自己等人的工作嗎？而這種想法，同時也是為了在「戰場」這種異常環境中維持正常精神的自衛手段。敵人是可以殺死的對象，不需要針對任何事情向敵人道歉——只有如此深信，蘇雅才能夠認同殺人的自己。

「這樣不對……因為……這樣一來……我到底該怎麼做才能原諒自己……！」

這個前提崩潰了，因為敵人的謝罪行為而崩潰。蘇雅屈膝跪在地上。

「其實我並不想殺死任何人……不想放火燒掉村子……！不想和同一國的人們彼此自相殘殺啊……！」

眼淚滴滴答答地落到乾燥的土地上。面對哭倒在地的蘇雅，娜娜克也跪了下來讓雙方視線處於相對的位置。

「……妳是想表示……自己是被命令參加這種其實並不想參加的戰爭嗎？」

「我知道這是很自私的講法！也不需要別人提醒，就很清楚既然這樣別成為軍人不就得了！可是，又有哪個人曾經在事前告訴過我，說戰爭其實是如此無可救藥的事情！告訴我光是成為士兵，就一定要參加這種完全看不見正義的戰爭……！」

自制心一旦瓦解，蘇雅就再也無法抑制源源湧出的內心想法。不知道該說什麼的娜娜克看著不斷啜泣的她保持沉默，這時從帳篷入口照進內部的光線中突然冒出一個人影。

「妳別搶走長官的工作啊，米特卡利夫士官長。那些是下令者該負起的責任。」

嚇了一跳的兩人回頭一看，只見站在入口處的人是咬著菸草的薩扎路夫上尉。他臉上帶著有點尷尬的表情，大概是因為偷聽女性對話而感到心虛吧。

「我說，雖然這是我個人的主張……但我認為認真的士兵和士官在死後全都可以上天國。因為這些人在不成材的長官帶領下，優秀地達成了人人討厭的任務，實在值得誇獎。」

不過呢——薩扎路夫上尉語氣一轉，露出已經很熟練的自嘲表情。

「那些地位更高的軍官，包括我本人在內，一個個都會滾去地獄。理由和剛才相反，是因為這些人讓認真的部下一起參與沒有任何價值的無聊戰爭，害死了幾十人幾百人……無論是多優秀的傢伙，有辦法讓士兵不要送命的軍官並不存在於這個世上。不同的只有害死人數的多寡而已。」

上尉這樣說完，在蘇雅面前蹲下。當雙方視線相對的那瞬間，鬍渣已經長成鬍鬚的臉上浮現出親切的笑容。

「可是啊，就連這樣的我們，也因為想要前往稍微好過一點的地獄而努力掙扎。為了達到這目的，必須達成對應立場的工作。所以米特卡利夫士官長……要是妳為了自己不該承擔的罪惡意識而感到痛苦，會造成我的困擾喔。畢竟這樣等於是我在偷懶。」

「…………」

「好啦，妳仔細聽好。妳認為自己動手殺掉的人們，全都是我殺的；妳認為自己放火燒掉的村莊，全都是我燒的。要是在另一個世界受到神明責問，妳只要抬頭挺胸那樣回答就好。妳優秀地達成了任務，沒有任何道理必須受到責備。」

這溫暖的語調讓內心逐漸痊癒，蘇雅抹去眼淚看向上尉。

「……那樣一來，上尉您不是會被神明重重斥責嗎？」

「關於這點可以放心，我上面也有長官。對於在活著時沒能仰賴他們的部分，起碼在死後我會充分要回來。」

聽到這奇妙的主張，讓蘇雅忍不住笑了出來。薩扎路夫上尉鬆了口氣，站直身子搔搔後腦。

「大叔的說教就到此為止。那，我要換個話題……妳們兩個有沒有看到伊庫塔中尉？我一直在找他，但是卻沒看到人。」

蘇雅和娜娜克面面相覷。從這反應看出她們兩人也不清楚後，不知道這下該如何是好的上尉也顯得很困擾。這時，一名席納克族男性從他背後客氣地開口說話：

「娜娜克頭目，您在裡面嗎……？發生有點傷腦筋的狀況，想跟您商量一下。」

聽到呼喚的娜娜克立刻走出帳篷，席納克族男性則以困惑態度開始說明。兩人才剛講完立刻拔腿往前跑，而在旁邊聽到內容的蘇雅和薩扎路夫上尉也只能跟了上去。

他們前往的地方是席納克族就寢的大帳篷之一，裡面發生了必須找娜娜克商量的「傷腦筋狀況」。

「——這傢伙到底在做什麼？」

薩扎路夫上尉擠出不知道該說是無奈還是感嘆的第一句感言。雖然沒有說出口，但蘇雅和娜娜克也抱著完全相同的感慨。周遭這些滿臉困惑的席納克族男性們大概也差不多吧。

在帳篷的正中央，擺出「大」字姿勢的伊庫塔．索羅克正在熟睡。他把全身都埋在乾草裡，表現出舒服到極點的模樣。

「他差不多是在一小時前來到這裡，突然要求我們讓他睡在有空位的地方……當然我們有叫他回自己的帳篷睡覺，但是他卻堅持『今天無論如何都想睡在乾草堆裡』而不肯退讓，結果就這樣睡死了……」

聽完來龍去脈，連交情還不深厚的薩扎路夫上尉也能明確想像出那幅光景。他嘆了口氣，旁邊的蘇雅卻以極為感慨的態度望著少年的睡姿。

「……以他們的犧牲來救回的存在嗎……」

蘇雅這樣喃喃說完，按照順序望向周圍露出困惑表情的席納克族眾人。在這空間裡熟睡的行為，無非是以身體來明示出「我信賴你們」的表現。老實說，對於伊庫塔能在不久前還彼此殺害的對象面前實行這種動作的精神構造，她至今依然感到深不可測，但……

「……你也不是在狡辯或講講場面話而已呢……」

蘇雅回想起雅特麗斷定席納克族也是同伴的發言，再配合眼前彷彿在幫那句發言掛保證的少年身影——一開始自己實在無法接受，但現在已經能夠稍微冷靜面對。

在未曾體驗的心境中，蘇雅若無其事地橫著眼望向娜娜克。才發現她不知道為什麼鼓著雙頰凝視少年的睡臉，小聲但確實地說道：

「——伊庫塔這不解風情的傢伙。既然要睡，來我床上不就好了。」

蘇雅整個人僵住，薩扎路夫上尉則裝作什麼都沒聽到。

「那……那個，娜娜克．轆爾。妳剛才說什麼……？」

「嗯？怎麼了？」

面對這看不出來是在裝傻還是天生遲鈍的態度，蘇雅猶豫著不知道該不該繼續追究——這時，帳篷外傳來士兵語帶焦躁的喊聲。

「薩扎路夫上尉！伊庫塔中尉！兩位在哪裡！緊急報告！敵人有動靜了！」

這瞬間，睡夢中少年的規律呼吸聲驟然停止，他微微睜開雙眼。

「——來了嗎。」

＊

「關於要派去西邊迂迴路線的兵力，撥出包括馬匹能雙載的騎兵五百人，以及步兵三百人如何呢？為了減輕重量，行李只帶當前需要的分，並讓補給用的輜重部隊之後再徒步跟上吧。」

面對照慣例前來提案的約翰，亞庫嘉爾帕上將以雙手環胸，露出沉思表情。

「……如果只派出騎兵，有可能因為地形而派不上用場；只派步兵，會花太多時間才到達。為了彌補這些缺點而建議雙載的點子雖然確實不賴……」

「可是，我軍的騎兵在這種行軍上的訓練不能說是充分。如果馬匹必須搭載兩人，實在無法以跑步行軍，頂多只能保持快步就已經是極限了。」

為了對抗完全把自身當成幕僚的齊歐卡軍人，米修里中校提出否定意見。不過，其實約翰正是在等這句話。

「Ｍｕｍ。那麼，就從我的騎兵部隊內派員擔任這次的任務吧。我有信心，他們的技術有達到為了因應這作戰的必要水準。」

因為這大膽提案感到訝異的亞庫嘉爾帕上將以懷疑的眼神盯著約翰。

「……這意思是，你本身要率領一個營前往迂迴路線嗎？」

「Ｈａｈ，雖然那樣做也不錯，不過我本身有想要留在這裡的理由。這次會把部隊的一半，也就是三百名騎兵交給幕僚的哈朗上尉，讓他率兵前往。至於剩下的缺額，即只需一人騎乘的兩百名部分，雖然過意不去，但希望由你們那邊派出。」

亞庫嘉爾帕上將的眼神變得更加銳利，像是想要看穿白髮軍官的真正意圖。

「……假設我們真的採用這作戰，但士兵總數只有八百人不會有問題嗎？只要進入山路並碰上堡壘，這點人數很有可能無法靠戰力強行突破。」

「的確是那樣。可是，要動員更多騎兵也是欠缺現實感的理論吧。連同我的部隊，我方保有的騎兵數量大約只有兩千。考慮到突破這裡之後必須展開的追擊行動，我想要盡可能避免戰力分散。」

「……我大概猜出你在打什麼主意了。簡而言之，即使無法通過迂迴路線也無所謂吧？」

上將提出尖銳的指責後，約翰為這個推測送上毫無保留的掌聲。

「Ｙａｈ，真是卓見啊，上將。因為原本我們就沒有把西邊的迂迴路線視為進軍途徑，所以把命運託付在這路線上的行為等於是在賭博。但是我認為應該要盡量減少在戰場上丟骰子下賭注的次數，這是我個人一貫的主張。」

「明明這樣但你還是要派兵。目的簡單來說，是要分散敵方的戰力。」

約翰露出大膽笑容點了點頭，把視線投向森林。

「根據一仗打下來的感覺，在這裡阻擋我等的防禦部隊有一個營＋α的兵力。把戰鬥造成的損耗也考慮進來後，可推測出目前還有五百人多一點。雖然一眼就可看出對方處於根本沒有多餘兵力的狀況——然而就算是這樣，只要我方把部隊送往迂迴路線，敵人也會被迫分出兵力好進行迎擊。」

「也就是會促成這裡的防守變薄弱。」

「Ｙａｈ……火線防禦構築後已經過了兩天以上，森林各處的延燒狀況也差不多該出現誤差了。」

而這些誤差，很快就會演變成我等能通過的火牆漏洞。如果敵人為了迎擊分遣隊而把兩百人派往西邊，就必須以剩下不到四百名的人手來對應這個狀況。」

「那樣勉強因應大概也無法支撐太久吧……也好，雖然你這種比平常更懷鬼胎的樣子讓我看不太順眼，但我就再配合一次你的企圖吧——喂！米修里！」

被點名的副官刷地站直身子，轉向長官。

「從我軍的騎兵部隊中選出兩百人，步兵部隊裡選出三百人，編入塔茲尼亞德·哈朗上尉的部隊。至於要從後方跟上的補給部隊，也去從精力旺盛的傢伙裡挑出適當人選。」

「是！」

「這支部隊出發後敵方如果沒有動作，表示有可能已經事先在迂迴路線上配置好兵力。屆時為了讓敵人乖乖分散兵力，必須追加投入幾百名騎兵……不對，等一下！如果是這種狀況，我方卻看不見敵人動靜，這不是很不妙嗎！」

由於喀喀爾卡沙岡大森林的樹木形成阻礙，從阿爾德拉神軍現在的位置無法掌握位於森林另一側的敵軍動向。這樣一來，也無法做出對應敵方行動並送出增援的判斷。

在搔頭的亞庫嘉爾帕上將面前，約翰以手抵著下巴陷入沉思，那表情莫名地透出一種刻意感。

「您說得對，在無法得知敵方的動靜下確實難以判斷對策，沒想到我居然忽略了如此重要的事情——Mum?……Wyt……Ety……Mum?……Yah……Syool！有個好消息，上將！我的腦中剛才很湊巧地想到了一個妙計！」

約翰如此宣稱，臉上出現「那種」齊歐卡式笑容。已經答應配合他企圖的亞庫嘉爾帕上將雖然產生不妙的預感，卻不得不開口詢問所謂「妙計」的內容。

「……講來聽聽，你想到什麼？」

「這是非常簡單而且又有效果的解決方法。其實之前我也曾經提過同樣的建議，只是為了實行這個方法，需要神明稍微睜一隻眼閉一隻眼——」

*

「後……後方送來了聯絡！敵軍的分遣隊朝著西方出發了！」

在受到森林流出的煙霧影響而顯得泛白不鮮明的晴空下。傳令兵開始以變了調的聲音，向並排站著的軍官們報告。

「編組是騎兵約五百名。但是其中有一半以上是雙載，似乎是讓步兵坐在騎馬者後方。」

聽到報告內容，指揮騎馬部隊的雅特麗第一個做出反應。

「真是有一套的行動啊……那麼速度是？」

「似乎保持安定的跑步狀態。即使考量到進入山路後必須開始徒步，但按照這進度，推論兩天後就可以到達迂迴路線上的堡壘……」

這些話讓雅特麗露出更加佩服的表情，旁邊的伊庫塔則帶著決心點點頭。

「儘快派出迎擊部隊吧，薩扎路夫上尉。雖然敵方目的明顯是為了分散我方的戰力，然而包括這目的在內，我們也只能全盤接受。」

「的確……這樣一來，接下來得討論該由誰前往堡壘。」

薩扎路夫上尉按順序看向周圍的部下。雖然無論是馬修還是托爾威，甚至連身為醫護兵的哈洛也一樣，沒有任何一個在場者會因為收到出擊命令而露出畏懼表情，然而不想浪費時間的伊庫塔和雅特麗還是率先舉手。

「只要上尉能從部隊裡借給我八十人，接下來會由我和托爾威想辦法因應。」

「我也一樣。」

被伊庫塔指名的托爾威或許是已經預料到會發生這種情況，露出一臉似乎早已下定決心的表情。

然而不知為何，聽到他們請求出擊許可的薩扎路夫上尉卻輕輕嘆了口氣。

「……雖然我直到剛才都還在煩惱，但……嗯，這次還是由我去吧。」

這個提案讓眾人都無法掩飾驚訝反應。哈洛率先開口提問：

「呃……上尉您是在場所有部隊的總指揮官吧？離開這裡應該不妥……？」

「正常來說是那樣沒錯啦。不過哈洛瑪少尉，聽一下我這沒出息的主張吧——老實說，這場戰爭從很久之前就已經超出我的能力範圍。即使把這裡的現場交給我全權負責，我也沒有信心能在發生什麼狀況時做出適當對應。實在是非常的欠缺骨氣……」

聽到長官這直言不諱的告白，在場所有人都無言以對。上尉在沉默中繼續發言：

「之所以總算能撐到今天，是因為有你們這些優秀部下的幫助。如果要捨棄羞恥心講得更白一點，是因為多虧有伊庫塔中尉和雅特麗希諾中尉比我更能看出戰爭的後續發展……所以我有種讓你們兩人離開這裡似乎不太妙的感覺。總覺得要是少了任何一邊，那裡就會成為被一口氣攻破擊潰的缺口。」

上尉的語氣很嚴肅。伊庫塔和雅特麗帶著複雜表情保持沉默。

「相較之下，如果只是要固守在堡壘內打一場按照公式的持久戰，那麼連我也可以辦到。雖然我也明白這樣根本不夠格當長官，不過希望這次能按照適才適用的原則讓我去應戰。不過再怎麼說光靠我手上的光照兵還是會讓人不安，所以應該會從馬修少尉和托爾威少尉的部隊裡借用幾名風槍兵吧。包括這部分，讓我帶去的兵力有兩百就夠了。」

接下來沒有任何人提出異議，讓薩扎路夫上尉明白自己的提案被接受了。看到他立刻準備召集手下的士兵，伊庫塔再次對上尉搭話：

「……我明白了。這裡就交給我們負責，請上尉前往迂迴路線迎擊。堡壘裡應該已經有席納克族的友軍準備好風臼炮，請搭配地形妥善運用以增加防衛戰力。從今天開始的七天內，想必不會是一場輕鬆的戰役吧。在此預祝您武運昌隆。」

他們用右手靠向額頭，朝著對方敬禮。這動作成為彼此託付與被託付任務的證明。

「可是上尉，除了您預估的人力，無論如何都請把托爾威的整個部隊都帶去。」

「……可以嗎？如果有膛線風槍部隊在場，防守的確會比較輕鬆。」

「剛才我是基於某些理由才指名托爾威。雖然沒有時間說明詳情，不過比起這邊，真正需要膛線風腔的狀況更有可能在迂迴路線那邊發生。」

伊庫塔以強烈的語氣說道。由於也沒有理由拒絕，薩扎路夫上尉看向托爾威本人作為最後確認。

「……看來是這麼一回事，你願意一起來嗎，托爾威少尉？」

「啊……是！」

雖然托爾威回應後立刻打算往前走，伊庫塔卻突然抓住他的後領。

「──上尉，在出發前我要先稍微借用托爾威二十分鐘左右。這段時間內請去召集部隊人員，甚至先出發也無所謂，我會很快就讓他追上。」

伊庫塔強行扯著抓住的衣領往前邁步，薩扎路夫上尉只能目瞪口呆地目送兩人背影。連托爾威本人也帶著困惑表情望著伊庫塔。

「我不是說過是基於某些理由才指名你嗎？總之你先陪我前往總部帳篷，我有事情要在那邊告訴你。因為你在經驗上已有基礎，應該只要花二十分鐘就能理解。」

「有事要告訴我……？阿伊，你是指……」

伊庫塔一直線朝著數十公尺外的帳篷前進，同時壓低音量講出答案：

「現在需要的計策只有一個吧？那就是擊退亡靈的方法。」

一段時間以後兩人走出帳篷，迎接他們的是在外等待的馬修和哈洛。

「雖然不知道你們是在忙什麼，但花了不少時間呢。上尉已經先出發了。」

「只要能在堡壘會合就沒問題——那，我先走了。」

伊庫塔隨隨便便道別後，很乾脆地跑離現場不知是要往哪裡去。看到他這種態度，馬修臉上露骨地表現出不以為然。

「居然不打算送托爾威出去嗎？也沒看到雅特麗，這兩個傢伙有夠冷淡。根據情況演變，今生甚至有可能就此一別……」

講到這邊，發現自己發言實在觸霉頭的馬修趕緊閉嘴。托爾威並沒有表現出在意的樣子，反而對著稍胖的友人微笑。

「我想阿伊大概並不那麼認為。剛剛在裡面討論時，他也有對我說：『這是能打贏的戰役，所以按照正常狀況去打個勝仗回來吧』。」

「能打贏的戰役……嗎？明明是在堡壘內的防衛作戰，這種表現方式好像有點奇怪……」

哈洛講出單純的疑問。托爾威以別有深意的沉默回應，接著轉過身子。

「那麼，我也差不多該出發了……雖然會持續碰上嚴苛的局面，但只要跟著阿伊和雅特麗小姐就沒問題，小馬和哈洛小姐也請不要輸。這是『能打贏的戰役』，絕對是。」

兩名同袍留在原地，目送托爾威扛著風槍逐漸遠去的背影。直到確認他已經和待機的部下會合並離開陣地後，馬修才輕輕嘆了口氣。

「……該怎麼說，那傢伙變了呢。要說是成長了？還是變得更有氣勢了？明明當初剛認識時，他還給人不甚可靠的印象。」

「我也有同感。或許是因為活躍的機會增加，讓他產生了自信。」

哈洛也點頭附和。認識伊庫塔，還獲得膛線風槍這種新式武器，讓托爾威的表現隨著日子一天天過去而變得更亮眼驚人。這模樣宛如蛹的羽化。

「……和我完全不同。」

「咦？」

「從昨天的戰鬥開始，我就一直在想像自己被殺掉的瞬間。大概是想藉著想像習慣死亡吧？雖然心裡清楚這樣很蠢，但卻無法停止……」

看到馬修抱著腦袋低下頭，為他擔心的哈洛雖然拚命尋找詞彙，卻找不到適當的鼓勵發言。一籌莫展的她抬頭仰望天空，像是在尋求救贖……

「……嗚！馬……馬修先生！你看那個……！」

卻偶然在那裡發現了過去見過的威脅正浮在空中的光景。

*

「上……上將！那到底是怎麼一回事呢！」

因為高懸於天空的那個影子而產生動搖的人，並非僅限於帝國軍這一方。同一時間，當亞庫嘉爾帕上將正在喝茶時，也有一臉憤怒的部下衝進他的帳篷裡。

「居……居然那麼冒犯地在揚起一星旗的聖戰中，使用那種犯忌諱的東西！無論有什麼理由，我都絕對無法接受！」

「你冷靜點，基斯帕上校。我根本聽不懂你的發言，犯忌諱的東西是指什麼？」

神軍的上將以低沉的聲調規勸部下，並把喝一半的茶杯放回桌上。名喚基斯帕上校的中年軍官卻更激動地說個不停。

「該不會連上將您都不知情吧……？那麼『那東西』是齊歐卡的那個毛頭小子擅自決定使用嗎……！……啊啊用講的太慢了！不好意思，上將，請您現在立刻跟我到外面去！請快一點！」

回應部下的強烈要求，上將帶著副官米修里中校一起走出帳篷。之後在外仰望天空並發現了造成問題的「東西」，讓亞庫嘉爾帕上將驚愕地瞪大雙眼。

「——那是怎麼回事！那種玩意，我可沒有允許使用！」

「果然是這樣嗎！可惡的臭小子……只不過是下賤的齊歐卡人，居然敢做出這種汙辱聖戰的行徑！既然這樣，上將！」

基斯帕上校以毫無雜念的信徒眼神望著長官。雖然這視線讓亞庫嘉爾帕上將感到良心刺痛，但表面上還是保持平常的威嚴點了點頭。

「現在立刻把那個亂來的傢伙帶來！……不，等等！根據那個毛頭小子的個性，他本人有可能也在上面。如果真是那樣，等那玩意一降落，馬上把他抓過來見我！」

「是！那麼我馬上去派出部下……」

「等一下！因為你看起來已經氣昏頭了，基本上我還是要先提醒。可別對那些傢伙做出什麼暴行，也絕對不可以破壞那玩意。雖然我能理解你的心情，但那種衝動的行為會影響今後我國和齊歐卡間的關係。」

「唔……？可是上將，如果沒有趁這次機會狠狠教訓，那個臭小子會更得意忘形……」

「這點你放心，我會嚴格斥責他到足以把人逼瘋的地步，讓那小子充分體會你們到底有多憤怒。要把他嚇到腳軟……不，要讓他很難看地嚇到尿褲子。」

聽到這番話，基斯帕上校咧嘴露出不懷好意的笑容，只留下一句「我明白了，那麼就麻煩您」之後就離開此地。亞庫嘉爾帕上將先目送他遠去才回到帳篷內，重新在椅子上就坐後，拿起桌上已經開始變冷的茶水一口氣喝乾。

「……呼，果然幹這種事情不合我的個性。剛剛那樣有順利矇混過去嗎，米修里。」

「我想並沒有特別不自然的地方。基斯帕上校應該已經相信是亞爾奇涅庫斯少校獨斷做出了使用那東西的判斷吧。」

副官非常認真地回答。但，上將並沒有忽略他那嘴角略為扭曲的神色。

「……雖然嘴上這樣說，但你卻表現出內心也和上校同一陣線的表情。算了，這也是理所當然嗎。」

「為了求勝甚至不惜違反戒律……這是齊歐卡人的思考方式。上將您身為率領拉・賽亞・阿爾德拉民神軍的將領，過於偏向那種方式似乎並不妥當。」

「正如你所說，我也認為這次真的是整個著了對方的道……話雖如此，事實上光用能對得起神明的戰法的確也無法取得勝利，這次只能強忍著吞下去。」

這句命令和平常相比，也顯得缺乏氣勢。看到米修里中校勉勉強強點了頭，神軍的將領先猶豫了一會才再度開口。

「……我說，米修里。假設，我是說假設……如果以後哪一天，你的長官墮落到不夠格擔任神之僕人的真正愚者時……」

「那種狀況不會出現，我也不可能讓它出現。請不要太瞧不起我。」

趁著對方一時語塞的空檔，米修里中校搶先講完接下來的發言。很符合這副官風格的嚴厲關心讓上將露出苦笑，也沒有進一步再多說什麼。

「——Yah！本日天氣晴朗風速平緩，是最適合飛上天空的日子呢。妳不這樣認為嗎，米雅拉！」

「不！這是最糟的災難之日！在地上遭受暴風雷雨反而能讓我的內心獲得更多平靜！」

兩個分別來自男性和女性，溫度也完全相反的聲音響遍無窮無盡的廣闊天空。飄浮在空中的東西是裡面灌飽瓦斯呈現圓鼓鼓狀態的巨大氣囊，以及裝設在氣囊下方的小小搭乘用吊籃。

這就是讓齊歐卡產生「空軍」這概念的發明——氣球。

「既然有空講廢話，請你快一點完成工作！離開陣地的敵軍動向到底怎麼樣了！」

和一手拿著望遠鏡，以愉快心情俯瞰地上的約翰相比，米雅拉正癱坐在吊籃底部不斷瑟瑟發抖。不愧是她，即使如此還是沒有放開記錄用的紙筆，然而看這副模樣，會讓人自然而然聯想到爬上樹木高處後無法下來的小動物。

「Ｓｙａｈ……有一百多人的部隊先朝著西方出發，另外有人數少一輪的部隊從後方跟上，兩支部隊的合計兵力大約是兩百人程度。似乎沒有騎兵，但更詳細的編組從這裡應該無法判別吧。」

「合計兩百……好，我確實記錄下來了！既然確認到這些情報，表示任務應該已經結束了吧！那麼我們回地上去吧現在立刻回去快一秒也好以可能達到的最快速度回去！」

「……Ｈａｈ，米雅拉。既然妳怕成這樣，何必勉強跟我一起來呢。」

「雖然我的確非常想那樣做，但是如果我沒有一起來，你就會一個人出發吧！就算你已經完成天空兵的訓練課程，我也不能讓你做出那麼危險的舉動！」

雖說有先和森林保持充分距離才升空，但根據風向，氣球被吹往敵陣的可能性也並非是零。碰上那種情況時，有複數搭乘者才能較快開始著陸動作，所以米雅拉決定同行的判斷也是理所當然。

「妳這份體貼讓我很高興……不過難得有此機會，妳要不要稍微習慣一下天空呢？畢竟以後說不定還會有搭乘氣球的機會。」

「我全心全意拒絕。雖然我並不是阿爾德拉教徒，但對於這個交通工具是犯忌諱之物的評語，我和他們有著同樣的意見。」

「Ｍｕｍ，不要說那種話嘛。總之從站立開始試試看如何？」

「你說什麼傻話……咦……等一下……你要做什麼？不不不要這樣，不行啦真的不行……就算是你我也要生氣——呀啊啊啊啊啊啊啊啊啊啊！」

＊

慘叫並沒有傳到地上，帝國軍的動搖也沒有因此受到無意義的影響。

「……真沒想到對方居然能在以一星旗為號召的戰爭中放出氣球，到底是用什麼方法才拿到了指揮官的許可？」

在士兵的吵雜聲中，伊庫塔露出半是詫異半是佩服的表情，旁邊的雅特麗也帶著類似神色瞪著天空。

「說不定除了那個客座軍官，阿爾德拉神軍本身的指揮官也擁有相當柔軟的思考。也有可能是已經完全成了傀儡……」

伊庫塔邊點頭回應雅特麗的意見，同時用力拍手吸引周圍人群的注意力。

「好了大家注意！那只是單純的偵察用氣球，不可以被那種東西騙到，一直盯著天空瞧。比起那種東西，我們該看看現實和未來！」

看到部下們收起表情重新轉身面向自己後，伊庫塔滿意地點點頭並進入正題。

「好，那麼就來談談接下來的事情吧。各位也知道，我們必須爭取的時間還有七天。雖然已經針對敵人的迂迴行動做出對策，但主要戰場依然是這裡，我們同樣要繼續阻擋阿爾德拉神軍一陣子。」

伊庫塔伸手指向森林，在場的所有人也跟著移動視線。於是眾人可以發現，和剛放火的時期相比，熱氣和煙霧的壓力已經往北退開相當遠的距離。

「大家看就知道，在森林裡放的火往前移動了不少位置。隨著這現象，每個地區的延燒速度會產生差異，火線也開始產生參差不齊的狀況。今後，敵人將會針對這些破綻來攻擊吧，這樣一來，我們該採取的行動也很顯而易見。」

「第一，是修補火牆；第二，是把打算入侵的敵人趕回去。」

率先回答的人是娜娜克。聽到這適當的回答，伊庫塔滿意地點點頭。

「沒錯。要一邊讓位於後方山上的友軍提供協助，同時把人手派往火線已經中斷，或是即將中斷的場所，在該處重新點火。只要想成等於是拿布去縫補褲子上破洞的行為就可以了。」

「當然敵方也會針對相同場所進攻，因此根據情況，應該也會在那些地點發生遭遇戰吧。就算戰鬥愈少愈好，但擊退敵人也是我們的任務。」

雅特麗迅速地做出補充。這時蘇雅士官長不安地舉起手。

「那個……考慮到雙方的兵力差距，敵軍能派出的人手遠多於我方。這樣真的能防守到最後嗎……？」

「雖然這是個理所當然的疑問，但沒有問題。關於這個火線防禦陣地，動手設置的我方有幾個優勢。」

「我們的優勢……？」

「首先是位於後方山上的友軍。多虧有他們待在高標高的位置，我方的監視才能夠廣達森林東西的每個角落。換句話說，我方也比較容易發現火牆有可能斷掉的地點，很多情況都能有效率地行動。」

「對方也有氣球，能夠從高處往下俯瞰的條件應該相同吧？」

「既然不熟悉這一帶的風勢，考慮到有可能被吹往我方的風險，敵方應該也無法上升到太高的位置。基於這種前提，往下看能觀察到的範圍將會受限，再加上氣球並不是可以長時間浮在天上的東西，因為基本上無法抵抗風。如果對方派出四、五架氣球當然會造成困擾，但在目前這個時間點，認定不會發生那種狀況。因為對方身為以一星旗為號召的神軍，必須顧及所謂的面子。」

而且，氣球不管是要上升或下降都需要花時間。除非已經湊齊了架數和人員，否則不可能在這狀況下進行有效率的運用。一想到在不熟悉風向和地形的山岳地帶使用氣球的行為有多麼魯莽，就讓人很難相信敵軍的編組裡包括數量足以因應的天空兵。

「其次是地利。發現火線即將中斷的場所時，我們只需要單純地趕往現場即可，敵人卻必須在森林中披荊斬棘才能夠到達。因為是在不成道路的道路上強行前進，所以距離當然會拉長，應該也會發生多次在半途迷路的狀況吧。也就是說如果雙方同時動身朝著同一目的地前進，我方必定能較快到達。」

或許是在聽著說明的期間慢慢覺得真的有辦法因應吧，蘇雅臉上的陰霾稍微緩解。為了讓她更有自信，伊庫塔又追加說明另一個有利的條件。

「最後的優勢，是我們有席納克族這個當地居民作為顧問，所以在移動時絕對不會繞遠路或迷路。不用特地強調，這就是我們最大的優勢。」

聽到伊庫塔這樣說，帝國士兵們把注意力轉移到在後方聚集成群聽著說明的席納克族人身上。除了由娜娜克·韃爾負責指揮的五十九人，其他六百多人都不是戰鬥人員，但為了維持火線，和他們的合作乃是不可或缺。伊庫塔就是基於這前提才講出剛才的發言。

「換個講法解釋，接下來的戰術是非常規的機動防禦。要因應火線的破綻和敵方的行動，只派出必要的人手前往必要的地點。我方只需在七天內重複這些動作，沒有任何特別的事情。為了達成目的，唯一的必要條件是你們的科學態度。」

聽到這個久違的名詞從他嘴裡說出，讓部下們毫無理由地感到情緒高漲。

「接下來的七天內，你們必須用正確的方式偷懶。在該工作時工作，該吃飯時吃飯，該休息時休息。因為如果沒有這樣做，就無法維持作業的效率。反過來說，只要能保持效率，直到期限為止，都不會出現任何能讓敵人趁隙而入的破綻吧。七天後，達成任務的我們會朝著南方開始撤退——我對這個未來沒有一絲一毫懷疑。」

看到伊庫塔以堅定的態度保證任務會成功，士兵們投以幾乎等於崇拜的眼神。少年鄭重地接下這份信賴，以眼神向旁邊的雅特麗示意後，開口大聲說道：

「——機動防禦作戰從現在開始！各排要移動到接下來會宣布的負責地點！」

*

另一方面，薩扎路夫上尉的迎擊部隊在席納克族的帶領下沿著最短路線前往西方，並在途中和托爾威的部隊會合，最後在出發一天半後到達了目的地的堡壘。

「哦～這裡的構造比想像中還要紮實啊。」

上尉的第一句話是這樣的感想。堡壘被搭建在標高約一千公尺的山谷中道路上，將這個兩側有岩壁往道路突出的山谷地形的缺口給補上，幾乎完全塞住了前進路線。再加上道路寬度也相當狹窄——還不到十五公尺，形成極為適合進行防禦戰的狀況。

「基本上我先確認一下，該不會出現連這條迂迴路線也能夠繞過的漏洞吧？」

「沒那種事。這裡原本就是為了抵禦來自阿爾德拉本國的侵略而建造的堡壘之一。如果要避開這條道路通過，只能去攀爬連山羊都會害怕的懸崖。」

聽到負責在當地整理堡壘並等待帝國軍的席納克男子邊介紹設施邊這樣保證，薩扎路夫上尉總算有種踏實的安心感。這樣一來說不定真能行得通的想法也湧上心頭。

「我了解了。那麼，呃……你叫梅萊傑對吧？堡壘修補的情況如何？」

「在你們到達之前，我們已經把能修好的地方都修好了，不過畢竟堡壘本身的骨架已經有相當程度的老朽化，只有這點實在沒有辦法。萬一遭受激烈炮擊或是被破城槌攻擊，會撐不了多久就崩毀。」

「果然是這樣嗎……算了，幸好靠馬匹趕來的敵人沒有準備風臼炮。」

「別大意，說不定敵人會從這附近找來可以做成破城槌的圓木。」

「就算碰上那種狀況，我也不會讓對方厚著臉皮搬過來——我方的風臼砲又如何？」

「一開始就放在這裡的炮已經因為老朽而派不上用場，所以我們從山上運了六門大炮下來。雖然大小不一，但也請多見諒。」

梅萊傑這樣說完，從堡壘上探出身子，指著面向敵方入侵預測方位的堡壘牆壁中段位置，可以看到那裡並排設置著六門大炮。上尉雖然覺得更好的狀況是能再多幾門大炮，但設置於高處讓敵方無法接觸到的現狀倒是符合期望。

「……好，首先要決定士兵的配置，再來既然有人手，那麼在敵人到達之前的剩餘時間就用來補強堡壘吧。木材還有剩嗎？」

掌握堡壘的全體狀況後，上尉打算和梅萊傑商量正式的施工要如何進行。然而，至今一直在背後待機的托爾威少尉卻突然開口發言：

「那個，上尉。在您希望能多一點人手時提這種事情雖然讓我很過意不去……但接下來的三小時，可以允許我的部隊另外行動嗎？」

薩扎路夫上尉瞪大雙眼回頭，這是他根本沒有預料到會從這個部下嘴裡講出的要求。

「……修補堡壘的工事，是和延長防守此處的時間有直接關聯的工作。你的理由是什麼？」

這是個理所當然的提問，但聽到這句話的托爾威卻尷尬地轉開視線。

「那個……就是……雖然難以啟口……但我被嚴格囑咐，說是因為會造成反效果所以不可以把理由告訴上尉。」

上尉正想詢問是哪個人講了這種話，卻在講出口之前想到答案。在他歷代的部下中，會對長官做出這類亂來隱瞞行徑的傢伙只有一個。

「……這是伊庫塔中尉的指示嗎。」

「正如您所推測……」

「…………算了，我知道了啦知道了。雖然有點火大，不過畢竟是我自己說那傢伙是最能洞察戰爭機先的人，就隨便他想怎麼做就怎麼做吧。不管是三小時也好還是四小時也罷，你自己看著辦。」

「真的很抱歉……我會儘快完成。」

「混帳東西，既然講了那種大話就該徹底去做，做到自己滿意為止！我這邊會在少了你們的狀況下自己想辦法解決。只是，一旦敵人接近，要立刻去迎擊配置就位。」

很有精神地回應，並從明理的長官那邊獲得許可之後，托爾威踩著輕快腳步衝下堡壘。就這樣和自己部隊的士兵們會合後，他們開始朝著和敵人前來方向相反的方位前進。看到這狀況的梅萊傑不解地歪了歪腦袋。

「……那是想做什麼？往那邊也只會沿著山道往上走並前往山脊而已啊。」

「不知道，我也不懂。因為問了之後他也不肯告訴我。」

薩扎路夫上尉以鬧彆扭的語氣這樣說完，才換個心情再度轉向梅萊傑。

「總之要講求適才適用，我們就來處理我們辦得到的事情吧，梅萊傑。」

＊

阿爾德拉神軍的分遣隊八百人，是在比帝國軍晚了約半天的傍晚時分到達迂迴路線。指揮全軍的塔茲尼亞特・哈朗上尉並沒有浪費在太陽完全西沉之前剩下的少數時間，用來進行偵察。

「喂喂，這玩意是紮實的堡壘啊。我原本期待是個空有其名的破爛地方，沒想到平常欠缺信仰的行為卻在此遭到報應嗎？」

哈朗上尉一邊說笑，同時一手拿著望遠鏡，打算把身子從岩壁往外探。然而這瞬間，身為他副官的嬌小女性卻跳了過來壓住他的頭。

「笨蛋！抬頭會被敵人發現吧！快變小一點！」

「……如果是叫我蹲下或趴下還可以理解，要我變小實在是辦不到的要求。這個身體從九歲開始突然變大那時就成了定局，十三歲時已經成長到和現在差不多的尺寸。在我成長的過程中，一直被大人們說是古代巨人的後裔，或是恐嚇我總有一天腦袋會突破雲層。雖然現在知道那是在開玩笑，不過那時真的很不安。」

「這些事情我已經聽過幾百次了！聽到耳朵長繭！」

「別那麼生氣啊，米塔士官長。我的意思是很羨慕尺寸便於搬運的妳。」

哈朗上尉邊以巨大的手掌摸著副官的栗色頭髮，同時用銳利視線看向夕陽下的堡壘——適合防禦戰的地形，再加上配置了兩百名士兵的堡壘。若要以正面進攻的方式來突破，明顯是個下策。

「……嗯～我大致明白了。總之下去吧，然後一覺睡到早上。」

「神啊，這根大木頭根本沒有幹勁。」

「那看起來可不是光靠夜襲或奇襲就有辦法攻下的水準。就算要開啟戰端，也該選擇便於活用膛線風槍射程的白天吧。而且急行軍剛結束，士兵們應該很疲勞。」

和心直口快的語氣相反，哈朗上尉對現狀的理解相當準確。結束偵察的他先匍匐往下來到敵方看不見的位置後，才猛然站直那有六尺半的巨大身軀，順便還把尺寸便於搬運的副官也扛到肩膀上。

「真氣人！到底要對這個中看不中用的傢伙講多少次，他才能理解不可以隨隨便便把別人扛起！」

「看到小動物就會想要抓起來的行為沒有理由，抱歉啦。」

身軀巨大的軍官輕輕鬆鬆地把不斷掙扎的一個人扛在肩上，走回其他同伴身邊。

*

在充滿熱氣和煙霧，已經沒有絲毫動物蹤跡的森林裡。馬修少尉和他負責指揮的兩個排正是在此地迎接機動防禦作戰開始後的第三天早晨。

「已經堆好足夠的木材了吧？——好！把油潑上去！」

士兵們接到命令後，把裝滿整個皮袋的油料全都潑向樹木間那些堆積如山的燃料。這是為了修補火牆間斷部位的工事。光是馬修的部隊就已經完成五次同樣的作業，處理時也差不多慢慢熟能生巧。

「別停手，快點！別忘了敵人也正在為了利用這破綻要打過來！」

忙著搬油的馬修趁著空檔，對因為疲勞和睡意而腳軟的士兵怒吼……不過，若要探討疲勞程度，他本身其實也和士兵沒什麼差別。自從北域動亂突然爆發後，不但在阿拉法特拉山脈上持續戰鬥了好幾個月，最後還從戰鬥現場直接被派往支援撤退任務。他已經再三遭遇疲勞的頂點，甚至到了去計算次數是種無謂行為的地步。

然而，處於這種狀況的自己等人依然勉強能夠像這樣行動的事實，讓馬修不得不佩服伊庫塔的優秀調度。他極力避免讓士兵做出無謂的動作，頻繁地讓他們換班，該休息的時候則堅持要士兵休息。正因為他一直貫徹執行這原則，士兵們才能也繼續抗戰到現在。在這戰場上的如果是平庸之將，恐怕會在戰敗之前就因為疲勞而跪地屈服。

一行人忙著忙著，潑油的步驟也已經完成了百分之八十。看這進度，大概再不到五分鐘就能夠完成作業收工撤退——當馬修做出這種預測的瞬間，他的視線注意到木材堆另一頭的樹林出現不自然的搖晃。

「……嗚！所有人上刺刀！停止作業警戒前方！」

士兵們聽到命令，紛紛把手上的皮袋換成風槍或十字弓，並裝上刺刀和短矛。這動作從對面似乎也能察覺，躲藏在樹叢裡等待機會的阿爾德拉神軍士兵們此時一口氣現身。

「是敵襲！開火——！」

數十把風槍的槍管一起讓空氣爆開。在子彈擊出並撞上樹木多次形成跳彈的狀況下，雙方隔著幾乎能展開白刃戰的近距離對著彼此射擊。然而，子彈密度明顯是馬修的部隊占上風。

「成功挫了對方的銳氣嗎……？燒擊兵！從已經完成準備的地方開始放火！快點！」

火把被丟向已經被油滲透的木材，他們的眼前立刻燃起一道火牆。因為熱氣而感到畏懼的敵人雖然試圖繞向點火準備尚未完成的地方，但馬修早已預料到這個發展。

「瞄準那邊！射擊！」

他配合敵人的動作誘導士兵們的目標，以齊射對付聚集在狹窄範圍裡的敵人。受到集中炮火的阿爾德拉神軍十幾名士兵一口氣被擊垮並倒進火中。

「好！敵人退了！趁這機會完成剩下的作業！快！」

接到命令的士兵們對著還沒完成點火準備的剩下兩成範圍撒油，這步驟一完成，燒擊兵立刻丟入火把。能填補火線空隙的火焰開始熊熊燃燒。

「要繼續一齊射擊！在火勢燒得夠旺之前不能讓敵人靠近！射擊！」

無數的子彈毫不留情地逼退因烈火而心生猶豫的敵兵。隨著時間過去，火牆另一邊也開始聚集大量敵人，然而阻止他們前進的火勢已經到達無法對付的程度，無論怎麼做都不可能讓火熄滅。

「趕上了……嗎？」

馬修以顫抖的聲音喃喃自語，擦去額頭上的冷汗。在作戰開始後的第三天，帝國軍碰上了第一次的遭遇戰。沒有付出嚴重犧牲就阻止了敵方侵略，他內心深處湧上驚險成功的實際感受。

「哈……哈哈哈哈！怎樣！這點小事我同樣可以……哇！」

敵軍因為太不甘心而開槍射擊，其中一顆子彈通過馬修的耳邊。雖然他立刻趴到地上全身髒兮兮地逃過一劫，不過卻覺得彷彿有哪個人對他說：「沉著點，讓腦袋冷靜下來」，因此決定放棄立刻在此享受達成感。

「撤……撤退吧！這裡已經沒問題了，回到負責崗位等待下個指示！」

馬修少尉的部隊在修補火線時遭遇敵人，交戰後擊退對方。代替薩扎路夫上尉負責在陣地擔任總指揮的伊庫塔中尉一邊把早餐的烤薄麵包塞進嘴裡，同時接下關於這件事的報告。

「作戰開始後第三天碰上第一場遭遇戰……大致上和預測相同。」

他沒有仔細咀嚼就喝水把麵包硬吞下去，接著把兼具止痛和提神效果的古柯葉丟進嘴裡。一邊靠這東西來和緩失去小指造成的疼痛，同時把紙放在懷中的板子上提筆書寫。

「命令馬修的部隊休息四小時，讓雅特麗接手他們的任務。複誦命令。」

「是！——命令馬修少尉的部隊休息四小時！同時，由雅特麗希諾中尉的部隊來接手任務！」

伊庫塔確認複誦內容，讓傳令兵拿著寫好的命令書並送他離開。這時有另一個士兵交替般地拿了別的報告過來。

「中尉，這是來自後方的報告。敵人在最東邊的林道附近升起氣球，此外，在同一地點還聚集了約三百名騎兵。」

「你說又是氣球？而且是森林東側……有點看不出敵人的意圖。既然也派出了騎兵，是到現在才想要找出其他的迂迴路線嗎？」

雖然很難相信真的會有那種路線，但若要無視這情報卻又讓人心裡介意。伊庫塔稍微思索了一會，最後命令士兵去找在附近待機的娜娜克過來。不到十分鐘，就看到那嬌小的身影衝往這邊。

「怎麼了伊庫塔！發生什麼事嗎！」

「嗯，有件事讓我有點在意。據說敵人聚集在森林最東邊的林道附近，好像還升起氣球，妳認為這有可能是在做什麼？」

聽到這情報，娜娜克先是一愣，接著才眉頭深鎖開始思考。

「敵人去森林東邊……？……嗯嗯……嗯唔……唔唔唔……我也不懂這是什麼意思。那邊的林道早就被火牆堵住了吧。啊，不過敵人有以火攻火，說不定是想在附近等火勢消滅？」

「如果是那樣，聚集的士兵人數卻不上不下。所以我想該不會是想在東邊找出其他迂迴路線，雖然之前有聽妳說過不可能……」

「嗯，我敢保證那邊絕對沒有迂迴路線，就算找一百里也只是白費力氣。」

娜娜克斬釘截鐵地斷定。就算利用氣球從空中觀察，能發現連當地居民都不知道的近路的機率恐怕將近於零。伊庫塔也這樣認為，決定不再繼續煩惱。

「……嗯，謝謝妳。多虧妳的意見，讓我的不安感得以排除。抱歉讓妳特地跑來一趟，可以回去負責崗位了。」

聽到伊庫塔講著慰勞發言並想送自己離開，席納克族長以帶著不滿情緒的眼神望著對方。

「……只有這樣嗎？既然我都已經來了，那個……應該要更進一步……」

娜娜克忸怩地搓著手指，不巧這時又有其他傳令兵前來。畢竟也不能妨礙到報告，結果，她只能很遺憾地回到自己的崗位。

伊庫塔先目送娜娜克的背影離開，最後又看了東邊天空一眼。從這位置無法看到氣球，只有隱隱約約的不安感一直殘留在他的胸中。

＊

在迂迴路線上的堡壘這邊，兩軍之間也零零星星地進行了幾次戰鬥。薩扎路夫上尉率領的防禦部隊像烏龜般頑強防守不讓敵人靠近，目前的戰況呈現膠著。

「雖然打持久戰正合我方希望，但對方怎麼這麼消極？」

上尉從城牆的縫隙間窺探敵人的狀況，同時喃喃講出這種感想。

試圖迂迴的阿爾德拉神軍分遣隊出現後已經過了兩天以上，但是卻連一次正式攻勢都尚未發起。雖然偶爾會利用膛線風槍的長距離射擊出手搗亂，但子彈並無法擊中躲在堡壘裡的士兵，只要帝國軍用炮擊應戰，就會立刻撤退。

以結果來說，雙方目前的損害都接近零。雖然這樣對薩扎路夫上尉來說是好事，然而正是因為有利所以也顯得詭異。情況進展得過於順利。

「……就算迂迴不是主要路線，再怎麼說對方也帶了八百人來。即使勝算在五成以下，先試著以全力進攻才合乎常規吧……」

如果那樣能成功算是賺到，失敗也只是讓戰況繼續膠著。和只要敗北一切就完蛋了的防守方不同，進攻的那一方有冒一點險的空間。薩扎路夫上尉無法推測出敵方不利用這個優勢的意圖到底為何。

「等一下等一下，仔細思考吧……如果從相反角度來看，尚未進攻就等於遲早會進攻，換句話說那些傢伙是在窺探適當時機並保存戰力。問題是那個所謂的適當時機……在兩個勢力面對面僵持的狀況下，敵人到底在期待什麼？只要繼續等待，狀況會產生什麼變化嗎？」

有可能破壞膠著狀態的新要素將投入戰局——上尉想像著可能的答案。首先聯想到的是敵方的增援，然而如果有這種動作，在山脈上監視的友軍應該會察覺。既然沒有收到緊急聯絡的光信號，這點並不可能是答案。

「其他還有……發現要從正面攻下堡壘實在太困難，所以敵人正在驗證其他的進攻方式……是這樣嗎？」

如果這是答案，敵人到頭來只會白忙一場，因此薩扎路夫上尉很希望真的就是這麼一回事——然而，這時他突然聯想到。「增援和來自其他角度的攻勢」……正面的敵軍該不會是正在靜靜等待能符合這兩項條件的某種存在到達吧？

「——上尉。」

這時薩扎路夫上尉的背後突然傳來聲音，彷彿早就算準開口的時機。他回頭一看，只見托爾威少尉帶著毅然決然的表情站在眼前。

「我想要讓自己的部隊在後方布陣，您能許可嗎？」

「…………」

薩扎路夫上尉之所以沒有立刻回答，並不是因為猶豫，而是因為不甘心……在迎擊部隊出發的那時，那傢伙是不是已經預料到目前的狀況？一旦這樣想，心裡甚至會升起類似畏懼的感覺。

「……那樣就能夠因應嗎？」

「是，阿伊已經告訴我用來因應的方法。」

聽到果決的肯定回答，讓知道對方內斂個性的薩扎路夫上尉吃了一驚。現在托爾威那對翠眼中表現出的感情與其說是自信，還不如說是自負。可以看出他的決心——既然這個任務被交付到手上，這時並不允許他縱容自己講出「辦得到」以外的答案。

「……我明白了——有沒有什麼我能幫上忙的事情？」

「請在堡壘後方放置遮蔽物。只是，要若無其事地進行，讓對方無法察覺到我方在警戒。也請趁現在提醒士兵們必須注意背後，讓他們屆時不會產生混亂。」

「我會徹底告知。不過就算是這樣，受到奇襲果然還是會很危險。」

「我並不打算讓敵人形成夾攻之勢，萬一真的形成，也只會持續短時間。正面的敵人應該會配合時機發動攻勢，請上尉把注意力放在對應那邊。剩下的事情會由我們想辦法解決。」

薩扎路夫上尉重重點頭，接著先吸一口氣，才把手輕輕放到部下的肩膀上。

「——這是關鍵時刻。去好好加油吧，托爾威．雷米翁。」

托爾威目不轉睛地看著對方的雙眼，以敬禮回應這份激勵。

＊

通過堡壘後往東沿著山道往上後，會來到山脊形成的道路，標高是一千五百公尺程度，並不算是很高。也因此低矮的草木總算還能夠在此生長，也逃過一劫沒有成為大阿拉法特拉群山中常見的任憑寒風吹襲的禿山。

「——停下。」

這樣的條件對於想要閃躲他人注意並前往目的地的亡靈們來說也很剛好。他們避開好走的沙地，而是在草木中匍匐前進，花了一段時間才到達山脊路的邊緣。這裡能一眼看清下方的光景。

堡壘以補起山谷地形的形式建造而成，隔著約兩百公尺的距離，俯瞰後能看得一清二楚。這缺乏防備的模樣，讓影子們紛紛得意地竊笑。他們慎重再慎重地花了四天移動，終於即將可以從背後痛擊防守迂迴路線的帝國軍。

「已經到達絕佳的射擊位置，要直接開始準備攻擊嗎？隊長。」

「我允許。你率領白刃部隊往下前往山路，在那裡待機。之後要在來自此處的射擊讓敵方產生混亂的瞬間展開襲擊。」

「了解……隊長要在這裡指揮射擊部隊？」

「根據職務的重要度，這次我要留在這裡。把遠距離用的長槍管給我。」

收到命令的副官從背後的行李中拿出風槍交給隊長。影子們的頭目用自己手上的短槍管風槍和長槍管交換後，把長槍管裝到了搭檔風精靈的身體上。旁邊的副官也對從長官手上拿到的短槍做出同樣動作。

「……那麼接下來，我就率領白刃部隊四十名往下前往山路。」

副官這樣報告後，和部下們一起沿著先前經過的草叢往回爬。剩下的八十名影子遵照頭目的命令沿著山脊路趴下形成一整排，所有人都舉起膛線風槍觀察下方堡壘的狀況。

帝國兵們把注意力放在由哈朗上尉率領的正面敵人上，看起來並沒有在警戒來自背後，而且是來自高處的襲擊。不過即使現在注意到，也根本找不出辦法對應吧。

面對從兩百公尺外的山脊開槍射擊的對手，要從堡壘直接反擊是將近不可能的行動。即使演變成膛線風槍部隊之間的射擊戰，可以從上方獲得廣闊視野的影子們也擁有壓倒性的優勢。

此外，就算派兵趕往這裡，從堡壘到山脊間的距離會讓士兵成為最好的獵物。不只堡壘，連後方的山路也涵蓋在影子們的風槍射程裡。到底有多少士兵能夠活著穿過彈雨到達山脊呢？

影子的頭目利用白刃部隊完成移動前的短暫空檔進行確認，不過卻幾乎找不出任何不安要素。不，其實自從他透過鴿子運送的訊息來取得這作戰的那一刻起，就從未感到任何不安。因為提案者約翰．亞爾奇涅庫斯少校的名字，對他來說是寄予堅定忠誠與信賴的對象。

無事可做的思考突然喚醒了紅色的記憶——那是僅僅交手過四次的對擊，換算成時間還不到十秒的短暫邂逅。然而他直到現在，也依然能夠鮮明地回想起那渾身寒毛直豎般的戰慄感。

「……炎髮……伊格塞姆家的女子……」

應該很了解沉默才是美德的亡靈無意識地講出這些話。如此一來，他也不得不自覺到和炎髮少女的相遇已經囚禁住自身內心的事實。

「……二刀……劍……」

亡靈的頭目低聲自語，並望向自己手中的膛線風槍。即使已經認識這份能在戰場上引起革命的威力，現在也運用得比任何人更熟練——然而在他內心某處，還是帶著輕視把這東西當作上不了檯面的玩具。

——不是這個。

他總算克制住沒把想法直接說出口，然而卻無法阻止內心的叫喊。

——我最擅長的武器，重譽自豪的亞波尼克武人該使用的武器，不是這種東西——

「隊長，白刃部隊似乎已經到達山路。」

困在執著裡的意識被部下的聲音拉回現實。他甩了甩腦袋趕走雜念，取回身為亡靈部隊領導人的自己後，確認狀況已經準備充分並開口下令：

「轉為攻擊，信號一下就同時開始齊射。」

聽到他的指示，一整排趴在山脊路上的八十人全都把手指放到扳機上。當扳機被扣下時，視線前方那些暴露出無防備後背的帝國兵們將會開始落入地獄。

「舉槍，瞄準——」

正當他要開始讀秒的那瞬間，「啪」地一聲——身邊響起好像有什麼堅硬物體破掉的聲音。接著傳來重物倒地的動靜，不明白發生什麼事情的影子頭目把視線轉往聲音的來向。

「——喂？」

同伴的頭往下垂。剛剛才對話過的士兵依然舉著槍保持臥射姿勢，但是卻把臉埋進地面不發一語。這人到底在做什麼蠢事——沒有必要斥責，因為靠著地面的頭部下方開始有血泊往外擴大。

「嗚——！」

堅硬物體破裂的聲音，是子彈貫穿頭蓋骨的聲音。當他領悟到這點的那瞬間，周遭有好幾個相同聲音同時響起，許多同伴保持和生前幾乎沒變的姿勢，只有生命已經消逝。

「怎……怎麼了……？發生什麼……嗚啊！」

「喂！你為什麼突然低下頭……不要開玩笑啊……！」

「這是槍擊！我們遭到槍擊！到底是從哪裡來的……！」

在動搖逐漸擴散的狀況下，影子頭目將視線掃向眼前所見景色的每一個角落……根據狙擊的精準度來看，不可能是來自堡壘的射擊。這攻擊只有可能是來自視野更開闊的地點，標高比這裡更高的位置……

「……那是什麼——」

這個推測並沒有遭到推翻，不消多久他就已經找到答案。

「……對面的山脊上有伏兵……！」

「繼續射擊！基於各自的判斷，狙擊能看見的敵人！」

隔著堡壘所在的山谷，托爾威帶著四十名部下待在對面的山脊進行射擊。雖然和敵方部隊的距離有點超過兩百公尺，但還是膛線風槍足以因應的距離。再加上他們以完全的奇襲占了先機，因此至今為止都是單方面的攻勢。

當然敵方也不是只有乖乖挨打，看穿槍擊來自對面山脊的人果敢地開槍回擊。然而，這反擊不會產生什麼太大的效果。理由一目了然，因為山脊上的托爾威等人各自散開待在廣範圍內的不同地方。

「果然對方是密集陣形……！這樣可以贏！」

確信自軍較有利的托爾威扣下扳機。透過瞄準器，可以看到另一端又有一個頭部中彈的敵人滾落山脊。

歷來只要講到風槍兵的陣形，必定是指密集陣形。因為沒有膛線的滑膛風槍命中精準度不足，為了彌補這個缺點必須提高子彈的密度。

然而在膛線風槍這種新武器問世的現在，已經沒有必要繼續執著於密集陣形上。由於無論是聚集在一起射擊還是散開射擊，命中率都會獲得保證，因此也為了避免敵方的射擊集中，反而該讓士兵散開到某種程度後再進攻會比較好。藉由實踐這個想法，托爾威的部隊面對數量兩倍的敵人依然能占得上風。

「……敵人開始撤退了！別放他們逃走！要在這裡盡可能削減戰力！」

判斷狀況不利的亡靈們停止反擊開始逃走，這瞬間正是托爾威等人的絕佳機會。由於對方原本趴在地上擺出瞄準敵人的臥射姿勢，為了撤退必定得抬起身體。也就是標靶的尺寸會有一瞬間突然變大許多。

「哈哈，這下真像是在獵鴨……！傳說中的亡靈部隊也沒什麼了不起！」

「那些傢伙一個個倒下！活該！就這樣成為真正的亡靈吧！」

部下們講出這樣的發言，但托爾威並無意看輕對手到那種地步……陣形的不同只不過是表面上的理由。他很清楚，現在自己這方能處於優勢，是因為背後有個人物從更加遙遠高深的水準籌策出計謀。

「——你聽好了托爾威。你們的部隊到達堡壘後的第三天，或者是第四天白天，那支亡靈部隊會從背後發動襲擊。這是幾近百分之一百的預測。」

伊庫塔對著在出發前往堡壘前被自己半強迫拖進總部帳篷的對象這樣斷言。聽到這句話，托爾威驚訝得目瞪口呆。

「……為……為什麼你能這麼確定？在很久以前受到襲擊之後，我們從未和亡靈部隊再度接觸，後方的友軍應該也沒有送來目擊情報吧？」

「只要按順序思考就會得出這結論。現在沒有時間再三說明，你要好好跟上——你認為目前亡靈部隊的目的是什麼？」

「這個……是支援阿爾德拉神軍侵略大阿拉法特拉山脈吧？」

「那麼為了支援，他們該做什麼？」

「妨礙我們的防禦作戰。我想應該有很多方法……」

「正是如此。不過講到實際狀況，至今為止那些傢伙連一次都沒有來妨礙我們的作戰。這又是為什麼？」

托爾威第一次猶豫著不知道該如何回答，但伊庫塔立刻把答案告訴他。

「這不是什麼很困難的事情，單純只是因為這裡的陣地不好打。」

「……啊……」

「那些傢伙的戰力頂多是一個連的兩百人程度。即使從正面進攻，也只會遭到我們的反擊。這樣一來就必須採取『逮住破綻發動奇襲，奇襲完之後立刻撤退』的打了就跑戰法，不過這戰法的前提是直到發動奇襲前都不能被敵人發現。那麼若以這個陣地來說，這個前提幾乎不可能實現。」

「的確，這裡的視野實在太良好了。必須要往回走好大一段路才會有適合潛伏的地形，而且後方高台上還有友軍在監視。光是要在能看到這裡的範圍內找個地方躲藏大概就得費一番工夫，要是讓士兵聚集到同一地點，立刻會被我方察覺。」

「正是那樣沒錯。在這個環境下，就算是那些傢伙也連讓陣地進入膛線風槍的射程都辦不到，勉強只能留在還能看清環境的範圍內。目前應該是讓人員分散並潛伏於後方，如果用地圖來說明，就是這一帶吧。」

伊庫塔這樣說完，提筆在桌上的山脈地圖中畫出小小的圓圈。再往前就無法徹底隱藏行蹤，再往後則無法監視防禦部隊的動靜。畫出來的圓圈以良好的條件來涵蓋了妥協點。

「這個陣地難以進攻的現狀在今後也不會改變，但是以今日為界，只有一個狀況產生了變化。」

托爾威猛然抬起頭，他覺得自己似乎逐漸聽懂伊庫塔的言外之意。

「……薩扎路夫上尉和我會帶兵移動到迂迴路線上……」

「沒錯，對於敵人來說，這是期待已久的好機會。就算這裡的陣地沒有可趁之機，但堡壘那邊的士兵數量較少，周遭也沒有友軍在監視。那些傢伙肯定會把目標換成你們。」

「是嗎……不過，你說他們會在我們到達後的第三天或第四天白天才發動攻擊的原因又是？」

「為了躲過我方的監視前往西側，那些傢伙走的路線會比你們繞更大一圈遠路。我已經在這張地圖上先畫好預測路線，無論他們走哪一條，到達堡壘的時間都會大幅落後你們。至於限定襲擊會在白天發生的理由，是因為如果不是白天就無法活用膛線風槍的射程。」

從推定亡靈部隊所在位置的圓圈出發，用手指沿著地圖上的路線前進，最後會到達堡壘……時間則是托爾威等人到達堡壘之後的第三天或第四天的白天。伊庫塔將敵人存在的可能性限定於指定的時間和指定的地點。

和那時一樣……托爾威心想。在以薩利哈史拉格上尉為對手的模擬戰尾聲，為了奪回被綁架的公主殿下，伊庫塔籌劃出驚人的戰況預測。彷彿在腦袋中描畫出盲棋的棋盤，是掌握看不見的敵軍和友軍雙方動向的神技。而且和上次相比，這次在時間、地理雙方面的規模都較為提昇。

有股寒氣從托爾威的背脊往上竄。如果……如果這個預測命中——

「喂，你別發呆啊。到這邊有什麼疑問嗎？」

這聲音讓托爾威猛然回神，他慌慌張張地整理目前為止的思緒。

「……敵人進攻時不依靠長距離射擊的可能性又如何呢？之前就有部隊突然闖進我方隊列的正中央……」

「如果只根據從娜娜那邊得來的情報，堡壘附近似乎不是能夠做出那類特技的地形。堡壘以填補山脊和山脊間谷地的形式搭蓋而成，左右是絕壁，後方是通往山脊的長長單一山路。我想沒有那種能讓他們偷偷摸摸靠近的路線，就算是有，也只要警戒那路線即可。」

「原來如此……那，我想接下來回歸主題。面對會從堡壘後方以長距離射擊進攻的敵人，我的部隊該如何迎擊才對？」

討論至此，托爾威也能猜出自己的任務就是迎擊。在回答這個問題前，伊庫塔先看了帳篷入口一眼。大概是顧慮到時間吧？兩人開始討論後，感覺已經過了十分鐘左右。

「首先要反轉將棋盤。如果你是亡靈部隊的指揮官，要如何進攻這個堡壘？」

「……如果以長距離射擊為前提，這個問題從頭到尾的重點，就是該把槍兵部隊放在哪裡吧。我會先觀察過周邊地形，選擇和堡壘之間有著一百五十公尺左右的直線距離，而且似乎最容易規劃出彈道的場所。還有該地點能不能藏身也會成為重要條件。」

雷米翁家的老么流暢地回答，這優等生的表現讓老師感到放心。

「既然你已經理解到這程度，我只要重複你剛才的問題就好——面對像這樣前來進攻的敵人，你的部隊要如何迎擊？」

「——就是這樣迎擊，阿伊……！」

於是狀況演變至今，從四十把風槍射出的子彈越過峽谷把死亡帶給敵人。以少年預測到的亡靈來襲作為前提，托爾威負責擔起接下來的戰鬥。

他很快就推論出敵方應該會使用的場所。因為從彈道的問題和與山路間的位置關係來反向估算，除了堡壘南側的山脊，別無其他可能答案。如此一來，自然就能導出用來迎擊敵人的配置。必須在膛線風槍的射程內，標高要比敵方位置再高一些，可以讓士兵分散就位，還有能夠隱藏蹤跡的灌木和草叢。

符合這些條件的地點，是位於敵方位置反方向的北邊山脊上略為偏西的斜坡。最辛苦的部分是讓士兵實際登上那地點的過程，和南側不同，北側並沒有通往山脊的山路。雖然被迫要進行近似攀崖的動作，但在席納克族的協助下總算成功克服。

亡靈部隊直到最後，都沒能察覺這支位於對岸的伏兵。的確在目前他們比任何人都擅長使用膛線風槍，然而另一方面，他們並沒有預測到當同樣兵器在敵我雙方都普及後會帶來的戰場狀況。他們因為自軍獨有的新武器優勢而驕傲自大，也因此無意識地停止思考。

伊庫塔宣稱——由於射程的長距離化，新時代的槍擊戰將演變成對射擊位置的預測競爭。攻擊方當然會選擇適合射擊的方位，而防守方也必須推論出敵人會從哪裡射擊並予以迎擊。反擊狙擊。「槍擊的雷米翁」的後裔現在已經完全理解這個新概念。

「少尉，敵人要逃走了……！」

可以看到付出巨大犧牲的敵軍殘黨沿著山脊路往東撤退。然而托爾威打從一開始，就不打算把「我方沒有受到損害並將敵軍擊退」這程度的成果稱為勝利。

「……呼——！」

他以雙膝跪地的姿勢舉起風槍，停止呼吸。和敵方的距離早就已經超過瞄準器的性能。現在能倚賴的對象只有自己的技術，只有深深烙印在骨頭與血肉中的，身為「槍擊的雷米翁」一員的榮耀。

在集中到極限後產生的寂靜中，托爾威扣下手中的扳機。考慮到側風的這一槍有點偏右，企圖和重力取得調和的彈道畫出和緩的拋物線往前飛翔。

無法親眼看到子彈命中。然而，獵人在射擊的那一瞬間，就已經確信這一槍會被吸入亡靈的側腹。

「……我不會放過任何一個人。」

這並不只是一時衝動才講出的發言。埋伏在這山脊上的風槍兵有裝備膛線風槍的一個排四十人，留在堡壘裡的風槍兵是裝備一般風槍的一個排三十三人。而托爾威負責指揮的部隊總共有一百零七名風槍兵。那麼，剩下的三十四人目前在哪裡？

「——嗚——啊……！」

在撤退途中，灼熱感竄過側腹部。即使如此還是不能停下，亡靈部隊的隊長使勁移動險些一軟的雙腳，繼續往前奔跑……就算這種丟下同伴屍骸的逃走行為，已經丟光了亡靈的顏面。

「有多少人被幹掉……？」

「死者和重傷者合計恐怕在四十人以上……！有一半脫隊！」

聽到這超乎預想的數字，影子的頭目發出呻吟。被敵方搶得先機後為了掌握狀況而耗費的時間，試圖反擊時耗費的時間，還有從臥射姿勢起身撤退時耗費的時間……這數字就是這些時間損失毫不留情地合計後帶來的結果。一般來說，是已經嚴重到會被判斷為全滅的損害。

「……嘖！再度潛伏，等待下次機會。我等不被允許出現這種醜態……！」

影子頭目這樣說著並繼續往前跑，然而在本人都沒有意識到的狀況下，他已經因為敗北的衝擊和來自側腹的激烈痛感而失去了冷靜。現在就考慮下一步該怎麼做還太早。原因就是，他們甚至連最初的地獄都尚未完全脫離。

「什麼——」

這欠缺警戒心的報應化為堵在山脊路上的帝國兵戰列橫隊，在他們的眼前出現。

亡靈們停下腳步。在無法往左右逃走的山脊路上正面遭遇三十四個槍口，讓所有人都領悟到這個狀況幾近於絕望……他們應該要更早察覺，從這地獄拉開序幕的那瞬間開始，自己等人早就已經成為被獵殺的那一方。

「射擊——！」

號令一下，子彈在壓縮空氣爆炸後一口氣射出。除了直接遭受攻擊，亡靈們沒有獲得任何一個其他選項。

「——喂喂，這是在開什麼玩笑啊？」

哈朗上尉透過望遠鏡，把這場在極短時間裡發生的戰鬥從頭到尾看在眼裡。連友軍部隊如鳥獸散般地開始撤退，卻在逃往的方位遭受毫不留情追擊的情況都看得一清二楚。

「那支亡靈部隊居然在出手前先遭到敵方反擊……！」

他狠狠咬牙放下望遠鏡。即使面對難以置信的現實，現在也沒有空發愣。雖然必勝的策略沒有成功，但身為指揮官的任務還殘留著。

「……真沒辦法，進攻吧，米塔士官長。因為把一部分派去當伏兵，現在敵方的兵力處於分散狀態。」

「咦咦！我想伏兵大概會立刻趕回來吧？」

「所以我們也要立刻把堡壘打下來啊！好了走吧！」

哈朗上尉不由分說地把副官扛起，跑回自己指揮的部隊。在此他帶著苦澀的心境，下達明知有八成機率會失敗的總攻擊命令。因為除此之外，再也別無他法。

＊

機動防禦作戰開始第四天晚上。在本陣負責指揮的伊庫塔收到了來自西方的好消息。

「……是嗎，托爾威順利達成任務了嗎。」

接下傳令兵送來的這份報告後，讓伊庫塔感覺肩上的負荷總算減輕了一部分。在他的計畫中，和亡靈部隊的對決是最高潮。

「不好意思要你再回去一趟，可以用光信號送出我方的回應嗎？就說──『做得很好，再防守堡壘三天後就開始撤退』。」

接到訊息的傳令兵迅速跑離現場。等對方的背影消失在黑暗中後，又有其他人物被庫斯的周照燈照亮。在夜幕中，受到光線照射的炎髮反射出光芒。

「雅特麗排，完成西側第二區域的延燒工事。任務途中發生遭遇戰，幫忙施工的席納克族出現三名傷患，已經直接把所有傷患都送往野戰醫院了。」

「辛苦了，不過敵人噴到妳上衣的鮮血都已經乾成硬塊了。」

「雖然讓人不舒服，不過大家都差不多——話說回來關於剛才的報告……」

雅特麗正想發問，伊庫塔的肚子卻突然發出響亮的聲音。由於實在太大聲，連本人都不由得瞪大雙眼。

「……不妙，我居然想不起來上一次是什麼時候吃了東西。」

「你還沒吃飯？士兵的晚餐時間應該早就過了吧。」

「我還記得有下令士兵進食……不過這麼說來，搞不好我從早到現在只有把古柯葉放進嘴裡過。」

彷彿是在強調這個事實，少年的內臟再度發出呻吟。雅特麗帶著無奈表情轉過身子。

「你等一下，我去糧食帳篷拿點什麼東西回來。」

「感謝。如果方便，能不能讓我看看菜單？」

「很遺憾，那裡是烤薄麵包和果乾以及肉乾的專門店。」

雅特麗也以玩笑回應後跑離此地，之後不到一分鐘，就抱著個包袱回來。好一段時間都一直坐在本部帳篷前的椅子上沒有移動的伊庫塔站起身子。

「一個人吃飯很沒意思，可以陪我一下嗎？既然現在才來報告工事結束，妳應該也還沒吃一頓正常點的晚餐吧？」

「我也打算一起吃所以拿了兩人份回來，可惜馬修和哈洛不在。」

這樣結束對話後，首先是伊庫塔先坐到地上，接著雅特麗也以靠著他背部動作坐下。雖然看在旁人眼裡是不可思議的背靠背狀態，但對於兩人來說，這是從學生時代開始就很熟悉的姿勢。看不見彼此的臉，只能透過背部感受到體溫的兩人開始吃飯。

「關於傳令兵剛才送來的報告，和前往堡壘的托爾威有關？」

「嗯，看來他似乎順利痛擊了亡靈。下次見面時妳稱讚他一下。」

「？為什麼要我去稱讚他？傳授具體策略的人是你吧。」

「我辦不到，要稱讚那個小白臉的行為，大幅超過我的精神能夠容忍的極限。」

對這番理由感到很不以為然的雅特麗咬了一口手中的杏子乾。

「……有解決敵方的指揮官嗎？」

「不知道。根據報告，企圖以超過百人的兵力來發動襲擊的敵方部隊有一半以上被解決。嘗試用膛線風槍遠距離射擊的傢伙們幾乎全滅，聽說最後出面幫助那些傢伙的白刃部隊也受到相當嚴重的損害並逃走。現場似乎留下了許多遺體，但畢竟那些傢伙自認是亡靈，指揮官身上有沒有能用來辨識的記號也是個疑問。」

伊庫塔邊咬斷肉乾邊回答，雅特麗把嘴裡的果乾吞下後開口：

「……功勞是不是被搶走了呢？」

「可能喔，妳果然還是想幫丁昆准尉報仇嗎？」

聽到伊庫塔毫不客氣地這樣說，雅特麗帶著苦笑嘆了口氣。

「是啊，那也是原因之一。因為我之前沒能成功解決那男子，如果到最後還是這樣，哪天要去丁昆准尉的墓前致意時，就無法抬頭挺胸地以騎士身分前往。」

「這個任務也會由托爾威代替妳啊，畢竟那傢伙也是個傑出的帝國騎士。」

「的確是那樣沒錯……只有這次是托爾威獲勝。」

雅特麗邊說，同時用手輕輕摸著在坐下時從腰間解下放到地面上的二刀刀鞘。

「……如果以更廣的視點來看，或許連議論孰勝孰負的時期都已經過去了。正如你宣稱會在戰場上造成革命的預言，膛線風槍具備壓倒性的威力。只要那東西開始量產並逐漸普及，戰爭的形式將會呈現出和過往完全不同的模樣吧。」

「那不是現在才開始的事。歷來的滑膛風槍在當初得到了同樣的評價；而且如果繼續回溯，應該連十字弓的發明也對當時的軍人們帶來衝擊。我想妳的家族也有對那時期的插曲留下紀錄。」

「你指『揮劍打掉箭矢』的軼聞吧……不過那個插曲，除了能保持伊格塞姆的權威，並沒有進一步的意義。能看穿十字弓射出箭矢時的軌道並揮劍打掉，這的確是值得誇耀的巧妙劍技，但幾乎大部分的士兵都無法重現。既然這樣，就不能稱之為軍事上的進步。」

「的確，講到不挑使用者的特性，無論是十字弓還是風槍都能符合。對於想讓單一士兵的本領平均化的軍隊來說，武器愈容易使用愈有幫助。」

「沒錯，容易上手應該是最低條件吧……不過，除了和十字槍與滑膛風槍的共通處，膛線風槍還有一個特有的決定性進步。」

雅特麗讓左右手的手掌拉開一大段間隔，用來表現她剛剛說到的進步。

「就是間距的長度。能把位於一百公尺以外的對手納入有效射程的性能，將會在今後的戰場上決定敵方和我方的距離感。」

伊庫塔反射性地閉上嘴。因為只有雅特麗本身，才有權利談論接下來的發展。

「在從遠方互相射擊為主體的戰場上，進行白刃戰的機會也會減少很多吧。」

「白刃的伊格塞姆」的後裔帶著某種豁達把結論說出口：

「劍的時代即將終結——這種講法是不是太遲了呢？不必等膛線風槍登場，長槍和弓箭還有十字弓都曾讓劍的地位產生動搖。那麼，即使劍的時代早就已經結束，或許也可以形容成是從過去到現在都持續緩緩地走向終點吧。」

原本一動不動傾聽來自背後告白的伊庫塔這時先挑選用詞，才平靜地開口說道：

「……戰場的主角將從『白刃的伊格塞姆』交替成『槍擊的雷米翁』。的確，膛線風槍的登場應該會成為關鍵性的助力吧。不過……雖然在技術提供上有做出貢獻的我並不是想要辯解，但我依然不認為那對妳來說是壞事。」

「哎呀？為什麼？雖然我自己也不認為那是什麼壞消息啦……」

「因為現在的妳承擔著過於沉重的負荷，這負荷能減輕對我來說是好消息。」

聽到這個答案，雅特麗露出微笑，往後仰輕輕撞擊背後少年的腦袋。

「你沒忘記我減輕的份會落到托爾威身上吧？」

「盡量轉移到他身上也沒關係啊。如果是妳承擔的份，那傢伙想必會開心接受吧。而且看樣子，促使他能擔起這些責任的器量也很順利地成長中。」

「這不是培育他的當事者該說的話吧……你自從軍之初就開始在各方面對托爾威伸出援手的原因，該不會也是把膛線風槍將普及作為前提的打底行動吧？」

「這個嘛……雖然有類似構想的點子，但畢竟我的動機很薄弱，所以也覺得到頭來是迫於必要所導致的後果。包括北域動亂的爆發和我以『阿納萊的弟子』這身分被託付的報信者立場在內，有許多元素促成在這個時間點導入膛線風槍的行動。所以我想那也只不過是這些事的最後結果。」

「說得也對，你只是讓時鐘的針走得更快而已嗎……」

雅特麗嘆了口氣。這時少年很難得地猶豫了一會才繼續發言：

「那……假設——如果我說一切全都是源自於想減輕妳負荷的念頭，妳會生氣嗎？」

「雖然我沒拜託你，但也不會生氣。因為我自己也有預感……總有一天時代將會超越伊格塞姆。」

炎髮少女帶著感慨說道，將視線投向遠處，仰望群星閃爍的夜空。

「——有時候會聽說那種主人過世後仍然繼續守著家的忠狗故事吧。」

「…………」

「不過，那種故事的真相又是什麼呢？說不定那隻狗單純只是不懂主人已經死去的事實。又說不定牠只是想要相信，只要繼續守護，即使是屍骨腐爛開始冒出蛆蟲的屍骸，也有一天會再度爬起來。」

詢問這是在比喻什麼的行為很蠢。伊庫塔一想到對方的心情，忍不住咬住嘴唇。

「即使同為『忠義御三家』，人們常說伊格塞姆是保守，雷米翁是革新，尤爾古斯則是中庸。因為『軍人不過問政治』是伊格塞姆的信條，所以保守這種評價其實並不正確……不過既然伊格塞姆的存在已經成了持續守護帝國現有體制的看門狗，那麼事實上就是那麼一回事吧。」

「……伊格塞姆和雷米翁保持的立場態度並不同。在歷史上，也曾經發生過好幾次以此為原因的對立。」

「嗯。不過即使如此，總算還是撐到了現在。因為不容他者仿效的戰場活躍表現，還有在過去時代擁立皇帝並主導亂世平定的始末，讓御三家之首是伊格塞姆成了共通的認知……不過，在戰場表現這方面逐漸只能步雷米翁後塵的今後，光靠歷史來賦予權威，應該無法保住舊軍閥名家之首的立場吧。」

這同時也會帶來帝國內部勢力平衡的變化，伊格塞姆的衰退會召來保守派的沒落，雷米翁的興隆會讓革新派增加力量——在討論革新的是非之前，最大的問題會是到達革新前的對立時期吧。因為那將會成為齊歐卡最渴望獲得的侵略機會。

不久之後皇帝就會駕崩——伊庫塔回想起從夏米優殿下那裡獲得的這個消息，他已經被告知在此同時，宮中應該也會發生腐敗貴族們之間的對立。而伊格塞姆與雷米翁的對立，恐怕也會和這時期重疊。帝國的政治和軍事將會同時分裂。

「我現在真的在守護帝國嗎？往後也能繼續守護嗎——就連看門狗，也無法不去思考這些事情。」

依然看著夜空的雅特麗說道——她還不知道皇帝已經沒有多少日子可活。然而在帝國北方和東方都暴露在他國威脅的現狀下，光是軍方分裂的可能性就足以讓人憂心。沒有多少時間可以猶豫。要和什麼對戰，又要保護什麼？一旦那個時刻來臨，她必定會被迫做出抉擇。

「父親說過，伊格塞姆的存在意義是『即使時代變遷也不會改變』。既然是這樣，其實也沒有什麼好煩惱。或許現在托爾威正在磨利的尖牙，不久之後將會成為討伐我的武器。」

「我不會讓那種結果成真，所以妳可以花費很多時間慢慢煩惱。」

伊庫塔帶著決心如此回答。這強而有力的聲調讓雅特麗感到很開心，她閉上雙眼彷彿置身夢中。

「如果不變是伊格塞姆的意義，那麼持續改變就是雅特麗希諾的意義。我知道妳不會逃避任何一方。無論妳最後會做出什麼結論，我知道那會是崇高的決定。所以——」

伊庫塔靠理性拚命抑制住自顧自一股腦往前衝的情緒，講出後續的想法：

「——所以我會幫忙，讓妳得出的結論可以通往更美好的未來。我會待在妳的身邊，直到妳可以抬頭挺胸地做自己活下去的那一天到來為止。」

待在戰火中仰望星空的伊庫塔在這時，許下了人生中最崇高的諾言之一。而雅特麗什麼都沒說……只是把稍微更多一點的體重託付到少年背上。

到了隔日，隨著機動防禦作戰繼續順利進行，時間一點點過去。雖然喀喀爾卡沙岡大森林全體的火線破綻有逐漸增加的趨勢，但考慮到時間只剩下兩天，倒也沒有嚴重到會無法支撐到最後。

在這四天內，身為指揮官的伊庫塔做得很好。在人手沒有餘裕的狀況下，保持一定的進度並避免讓士兵過度操勞的用兵可以稱為出色的技術。至於沒有人可輪值的指揮官本身的疲勞，除了趁工作空檔打瞌睡和把古柯葉塞進嘴裡，別無其他辦法。

「可惡，光是從現在開始想像之後要怎麼偷懶才能把帳扯平，就覺得期待到不行……」

開始化膿的小指傷口火辣辣地不斷傳來痛感，為了讓痛苦不要表現在臉上，付出的努力也非比尋常。

「——呃？對不起，您剛剛對我說了什麼？」

「抱歉抱歉，我是在自言自語——嗯～你們的部隊要把十袋油和能搬多少就搬多少的乾草運去從這裡往東的第二區域，結束之後在原地砍伐樹木先確保柴薪。再來要……咳咳，等我一下，喉嚨太乾。」

在不知衰減為何物的陽光持續曝曬下，來到了下午兩點。當伊庫塔正喝水滋潤快要掛掉的喉嚨時，氣喘吁吁的傳令兵衝了過來。

「伊庫塔中尉！有報告！森林對面敵人的增援部隊到達了！」

才聽到這句話，少年嘴裡的水就一口氣噴了出來。運氣不好正待在他前方的蘇雅士官長雖然發出慘叫，但伊庫塔並無暇顧及，而是對著傳令兵仔細盤問。

「等一下，如果是增援逐漸接近也就算了，直接到達是怎麼回事？」

「關於這點，看樣子他們是往東邊走了繞很大一圈的路線過來，因此直到快抵達之前，山上的友軍都沒能掌握到他們的行蹤。」

「意思是他們特地繞遠路過來嗎？增援的規模是？」

「規模大約百人……只是，有拉著六輛馬車。」

伊庫塔列出兩個出乎預料的情報，開始思考——這裡即使出現百人程度的增援也不會對戰況造成什麼影響，但正因為這樣才看不出敵人的意圖。既然增援能在這個時間點到達，表示這應該是在出發時就按照指示去繞遠路過來的分遣隊。到底有什麼意義呢？

「……那支增援部隊到達後有立刻和敵軍本隊會合嗎？」

「不，抵達地點是森林的東側……差不多是那個氣球所在的那一帶。」

「最東邊的林道附近嗎……雖然氣球是只有那一顆在升升降降，但還有騎兵部隊在周圍晃來晃去吧。騎兵的情況如何？」

「還是一樣，毫無意義地在同樣地方來回奔跑。」

昨天心裡感到的疙瘩再度浮現，而且不對勁感變得更加強烈。伊庫塔以雙手抱胸陷入沉思。

＊

「Yah，辛苦了。各位能趕在今天日落前到達，真是做得太好了。」

同一時期，在喀喀爾卡沙岡大森林的東側。約翰對著耗盡力氣和六輛馬車一起到達這裡的增援士兵送上毫無保留的慰勞之意。

「雖然想讓你們慢慢休息，不過這件事有點緊急，再稍微配合我一下吧——天空兵哈桑塔中士，在嗎？」

約翰一指名，被點到的齊歐卡士兵立刻跑向他的眼前。和士兵面對面後，白髮軍官似乎很歉疚地把視線投往斜後方。那裡有一個氣囊已經灌飽瓦斯，利用重物固定在地面上的氣球。

「不好意思在你很累的時候還這樣要求，但我希望你的小隊搭上那氣球去進行炮擊觀測。如你所見，敵人待在森林的另一端，從地上沒辦法看到彈著點。」

「是！……也就是說，要立刻使用運來的貨物嗎？」

「Syah！沒錯，六門全部都要用到。我想觀測恐怕要費一番工夫，結果就利用光信號依序送回來吧，我會配合在地上移動士兵。」

士兵接下命令，跑回去召集同伴。這時驅馬前來的米雅拉中尉剛好目送士兵離開，她一到達長官面前，就踩著馬鐙翻身下馬。

「報告，騎兵已經準備完成。亞爾奇涅庫斯少校。」

「辛苦了。所有人都確實用身體記住那個路線了？」

「我想已經到達即使閉著眼睛也能通過的水準……那麼約翰，你真的也要參加嗎？」

「Hah，這還用說。我可不願意自己一個人留在這裡被亞庫嘉爾帕上將斥責。」

「……可是和我們相比，你在那個路線的練習時間只有一半以下。這樣去挑戰正式上陣，很難說會不會有萬一……」

「Nyatt！妳忘記你們的馬術教官是誰了嗎？而且我記得自己曾經多次實際表演過難度在那之上的障礙跨越。」

面對滿臉自信的長官，米雅拉嘆了口氣放棄說服。

「既然這樣，我不會再阻止你了。請千萬不要在途中落馬，因為就算是我，要在火焰中去救你也得費很大力氣。」

兩人談話的期間，士兵也在附近順利地把馬車上的貨物一一卸下。這些在六輛馬車上各載有一份的貨物，是只能用粗獷來形容的鐵製大炮。雖然和最大型的風臼炮類似，但尺寸比風臼炮還再大上一圈，炮身部分的鐵也更厚。另外還附有幾個金屬製配件和清掃用具，而且準備了有車輪的炮架。

「畢竟一陣子沒用，說不定讓人不安的反而是這邊——Mum，太陽快下山了所以快點進行吧！從準備好的大炮開始運往林道！」

「看這樣子應該很快，我也去讓騎兵部隊先準備吧。」

米雅拉說完後翻身上馬，回到留在後方的騎兵那邊。炮兵們的作業也進行得很順利，把巨大的大炮主體放到炮架上後，就利用馬來拖曳，開始在林道上前進。

也要歸功於阿爾德拉神軍當初才到達此地就採取以火攻火，位於喀喀爾卡沙岡大森林最東側的這條林道到今天為止，火牆的厚度已經變薄許多。不過即使如此，也還有一百公尺以上的道路仍冒著旺盛火勢，因此無法靠步兵突破，但已經到達炮擊能擊中對面的程度。

「——Yah，六門大炮完美地排成了一橫列。」

在林道中，和火焰與煙霧保持一段距離的地點，並排放著六門巨大的大炮。原本應該會超出道路的寬度，但設置所在的地面已經先進行過廣範圍的整頓。

「雖說是為了展示性能才帶去阿爾德拉本國，但這六門大炮卻受到預料以上的反彈，還被丟進倉庫裡積灰塵……就算今天還是無法公開使用，不過活躍的機會總算到來。」

讓三百名騎兵以縱隊跟在身後，在隊伍前方和米雅拉乘著馬並排的約翰以率真的態度這樣說道。在他的面前，炮兵們已經準備好風精靈和火精靈並等待命令。

「開始裝填！」

指令一下，士兵們終於開始準備炮擊。首先把刷子放入炮口清掃內部，完成之後，再把大到需要用兩臂抱起的橢圓炮彈塞進炮管裡。

「注入揚氣！」

擁有火精靈的炮兵先讓搭檔喝水，再把手放到火精靈雙手的「火孔」上，下達「點火」這個不可能達成的命令。無法傷害主人，也不能無視命令的火精靈們得出的奇妙妥協點，就是產生成為跳炎基礎的「揚氣」。士兵們立刻把噴嘴裝到精靈的雙手上，利用樹脂製的管線運送製造出的揚氣。

揚氣最後會沿著管線到達風精靈背後的排氣、吸氣兼用的洞口，再從風精靈身體的「風穴」被吹入炮身的底部，以高壓進行壓縮。

「瞄準！」

士兵看著畫有十字線的瞄準器，調整炮口攻擊的方向。由於目前無法直接以雙眼確認目標，因此以下一次射擊再進行調整為前提，想像林道的終點並固定當下的狙擊點。

「射擊！」

炮身內部放下厚重的隔板。這動作會截斷和風精靈的接觸，同時造成的摩擦會基於和打火石相同的原理來產生火花，對已經灌飽到上限的燃性瓦斯給予決定性的刺激。

*

明明待在晴空下，但大部分的帝國士兵都誤以為那是落雷造成的轟隆聲響。

「…………嗚！」

伊庫塔異乎尋常地察覺到真相，臉色也因此瞬間發青。不該發生的狀況發生了。沒有必要把理由化為具體語言，只有事實顯而易見。

「……後方應該可以看到東側的狀況！還沒有聯絡嗎！」

伊庫塔把視線轉向背後尋找傳令身影，發現抱著報告的士兵正以全速衝來。在到達指揮官面前

後，連調整呼吸的時間都不願浪費的士兵直接開口：

「報……報告……！在最東邊的林道開始出現越過火線的炮擊……！」

那聲響再度從東方傳來，就像是要掩蓋傳令的聲音。動搖也開始在士兵之間擴散。

「有幾門大炮？躲在戰壕裡的士兵沒事嗎？打從一開始就知道那裡的林道偏向直線所以較短，應該有針對炮擊做好準備！」

「炮……炮台數量和友軍的死傷者人數現在還不明。只是根據報告，戰壕……」

「戰壕……？」

伊庫塔重複對方的發言作為反問。士兵以彷彿要講出什麼禁忌詞彙的態度，帶著畏懼回答：

「為了因應炮擊而搭建的戰壕，據說只受到一擊就慘遭破壞……！」

*

另一方面，在阿爾德拉神軍本隊中，被轟隆聲響嚇到的亞庫嘉爾帕上將也衝到了帳篷外。

「這到底是什麼聲音……也是那毛頭小子在搗鬼嗎？」

和氣球那時不同，約翰實行炮擊時並沒有事先聯絡……由於讓氣球升空的行為導致許多軍官不滿，白髮軍官現在被賦予空有其名的監視任務，並且被隔離在森林東側。但，這只是表面上的說法。其實事情的真相，是亞庫嘉爾帕上將利用和本隊保持距離的形式，為想要不受宗教戒律束縛自由行動的約翰開了方便之門。

「若說是雷鳴，這連續的聲音感覺有規律性……上將，雖然我想應該不可能，但這個……」

預感讓米修里中校皺起眉頭，他的長官也聯想到那個「應該不可能」。

「……明明不是能混在其他行李裡一起搬運的大小，到底是用什麼方法帶來的？而且那玩意應該被丟進基地倉庫裡了，什麼時候又被拿了出來？」

「與其在這邊煩惱，應該去質詢本人吧。要移動嗎，上將？」

副官這樣說著並指著帳篷出口，但亞庫嘉爾帕上將先稍作思考才搖了搖頭，臉上掛著極為苦悶的表情。

「……現在去阻止也太慢了，就算再三斥責那傢伙，對我們來說也沒有任何益處。而且，這恐怕是毛頭小子的祕藏妙計吧。既然這裡和西方迂迴路線那邊都無法製造出突破口，乾脆隨便他怎麼做才是上策。」

「軍官們會願意接受嗎？或許會跟氣球那時一樣，有哪個人衝過來抱怨。」

「不必擔心，我軍裡沒有能斷言那是什麼聲音的人。連我們也只不過是靠著看過實際物體的記憶來想像，大部分士兵大概連發生什麼事都不明白吧。」

「就算是那樣，要是有哪個人推測出這是亞爾奇涅庫斯少校搞的把戲，或許會去直接質詢本人。例如基斯帕上校就有可能。」

「我哪有辦法照顧得那麼周到！……而且姑且不論其他問題，既然如此明目張膽地發出聲音，應該要判斷他們已經過了會在意旁人置喙的階段吧。那傢伙不是會犯下這種失誤的人。」

亞庫嘉爾帕上將決心採取放置不理的方針，彎下腰把身體固定在椅子上。米修里中校嘆著氣從長官手中拿起已經空了的杯子，沒說什麼就開始準備下一杯茶。

*

頭上應該沒有雷雲才對。躲在快崩壞的戰壕角落發抖的士兵心裡這樣想著。

不明就裡的強烈衝擊接二連三從天上落下，把蓋來抵禦炮擊的戰壕當作紙糊般地輕易毀壞，連躲在裡面的士兵們也一起慘遭殲滅。這種悲慘的時間到底持續了多久？士兵也不清楚正確答案。

「……停止了……嗎……？」

然而，這現象似乎總算告一段落。在頭上壓力減輕的陣地中，一名士兵戰戰兢兢地起身，環顧四周。

狀況非常悽慘。四個戰壕中有三個崩毀，可以聽到和屍體一起被活埋在裡面的士兵們發出呻吟。除此之外的場所也損害嚴重，似乎被類似雷擊的「某種物體」直接擊中的地面附近倒著失去腰部以下的三名同袍。

「……到底發生什麼事……這是……炮彈嗎……？」

那個「某種物體」不但造成同伴悽慘死亡，還打出一個深洞埋進地底。士兵靠近並探頭窺視洞內，雖然被土遮蓋所以只能看到一部分，但那種鐵的質感讓人只能聯想到炮彈。

然而，他無論如何都無法相信這慘狀是炮擊造成的結果。士兵知識裡的風臼炮，並不是能夠發揮出神罰般威力的兵器，也絕對不可能是那種能夠把用心搭建的戰壕連同士兵一起摧毀的兵器。

「得……得去救人……」

到處都有傷患發出痛苦呻吟的模樣實在慘不忍睹，和他一樣四肢健全幸運殘存的人開始聚集。其中一人提議——雖然不知道發生了什麼事，但總之先幫助負傷者，並向本隊報告損害以及狀況吧。

沒有任何人提出異議，這方針即將定案時，又有奇妙的聲音刺激著他們的鼓膜。不過那並不是會讓人誤以為是雷聲的巨大聲響，而是眾人也有聽過的聲音。

「……這是……馬蹄聲……？而且聲勢浩大……？」

士兵望向西方，期待是得知這慘狀的友軍趕來現場。但是眼前並沒有出現策馬奔馳的同伴，同時他也因此察覺聲音來向並不是西方。

「咦……？可是……那邊是……」

在聲音的引誘下，他把視線轉往北邊方位。接著他被迫察覺，蓋來堵住林道以作為最後防線的阻絕設施和三個戰壕相同，已經被打得粉碎。

和四散的殘骸隔著一段距離，現在仍舊籠罩在熊熊烈火中的林道狀況也映入他的眼裡。這方向和馬蹄聲的來源完全一致——當他注意到這一點的瞬間，「那些東西」從內側突破火牆，朝著這邊衝來。

「什麼——！」

那些東西是騎兵。包括人和馬匹，全身都覆蓋著浸過水的厚布，是一支奇裝異服的軍隊。他們正是利用厚布作為屏障保護自身不受熱氣侵襲，同時以疾馳的速度作為武器，穿過了烈焰形成的火牆。就連所有阻擋前進的灼熱倒木，也被他們像是在參加障礙馬術競技般一一跳過。

「大……大家……快逃啊——！」

這句話成為他生涯最後的叫喊。騎兵們脫下並丟棄已經利用完的厚布，保持速度並在馬上拔刀，猛然衝進滿是傷患的陣地中。

這並不是能夠稱為「戰鬥」的狀況。對於他們來說，戰鬥在驅使馬術通過被火焰包圍的林道後就結束了，接下來的作業只能算是附帶。歷經單方面的殺戮後，在場的帝國軍士兵沒有任何一個人獲得活下去的機會。

「沒有發現敵人蹤跡，似乎已經一掃而空，少校。」

米雅拉在馬上甩掉軍刀上的鮮血並如此說道。聽到她的報告，旁邊的約翰也掀開蓋住上半部臉孔的兜帽作為回應。

「Ｙａｈ，扣掉席納克族的協力者，在這邊的士兵大約有二十人吧。為了破壞阻絕設施的那個也成了炮火準備，幾乎沒有出現算得上是抵抗的抵抗。」

「除了有四人腳部受到輕微燒傷，我方皆無損害，可以立刻開始下一個行動。你要怎麼做呢？」

聽到這提問，白髮軍官毫不猶豫地把視線朝向西方。

「全速西進。擊破途中的敵人，並朝著敵方本陣前進吧。」

「這樣好嗎？也可以留在這裡進行林道的鎮火作業，消滅火勢後再把友軍叫來。」

「消滅火勢需耗費的時間，為了讓軍官們了解狀況需耗費的時間，還有本隊移動到這條林道上需耗費的時間。無論是哪個，都是目前狀況下不想承擔的損失——而且最重要的是，如果想達成目的，即使只有我們的戰力也過於充足。妳不認為嗎？」

以充滿自信的語氣這樣說完，約翰看向背後的部下。他們是在齊歐卡軍接受過萬全訓練的三百名騎兵。正如能突破烈焰中林道的本領所示，每一個都是同樣優秀的精兵。加上裝備是最精銳的膛線風槍，實際上的戰力並不會遜於一個營。

「Ｅｘｋｙａａｚｙ——好，走吧。是時候讓帝國軍因為長期阻擋我們而遭受報應了！」

在「不眠的輝將」的號令下，他們開始策馬往前疾馳，眼裡都洋溢著旺盛的戰意。

＊

當來自西方的炮擊聲沉靜下來的時候，帝國軍本陣裡的所有軍官已經在伊庫塔的指示下全數到齊。除了前往西側阻擋分遣隊的托爾威，雅特麗、馬修、哈洛和娜娜克四人都帶著僵硬表情站在擔任總指揮的少年面前。

「……後方剛剛送來聯絡。敵人的騎兵部隊似乎已經一口氣穿越東邊的林道強行闖入。人數大約是三百，正朝著這本陣急速接近。」

伊庫塔以沒有溫度的聲調如此宣布。無法接受的馬修發出尖銳的喊聲：

「這是怎麼回事！到底發生了什麼事！不管是那像是雷鳴的炮擊，還是闖越火牆衝過來的敵人！究竟要怎麼做才能辦到這種事情！」

「……應該是爆炮吧。」

雅特麗沒頭沒尾地說了這一句。聽到這名詞，伊庫塔靜靜點頭。

「沒錯，是爆炮。在炮身內部壓縮由火精靈產生的揚氣，並利用揚氣爆炸的衝擊來射出炮彈的齊歐卡軍新兵器……不過根據阿爾德拉教的戒律，這應該是比氣球更無法容忍的玩意才對。」

「戰壕居然完全沒有效果……這個爆炮真的是那麼壓倒性的武器嗎？」

哈洛以顫抖的聲音詢問，伊庫塔則毫不猶豫地點頭。

「很遺憾的確是那樣沒錯，只要想成是在大炮類中地位等同於膛線風槍的玩意即可。作為武器，那東西的水準和過往的風臼炮相去懸殊。面對大量的爆炮，目前帝國內的任何堡壘和要塞都會像紙糊般地不堪一擊。」

「利用爆炮來隔著火線造成我方嚴重損害，再進一步破壞阻絕設施。到此為止還是準備階段，最後的完工步驟則是靠騎兵部隊衝過熊熊燃燒的林道並攻入這一側吧。」

「直接上陣有可能辦到那麼亂來的事情嗎……？只要有任何失誤，就會在途中被燒死。」

「……是啊，如果推論不可能直接上陣，那麼敵人應該有練習吧。」

聽到這回答，馬修和娜娜克都繃緊臉部表情。伊庫塔也伸手重重拍打自己的額頭。

「……被擺了一道。多次在同一地點升空的氣球，還有一直跟在下面往前跑的騎兵。原來兩個現象背後的理由都是這個嗎？」

發現自己實在太晚察覺的少年不甘地咬牙——敵人是在製造練習路線。利用氣球從上空俯瞰林道，詳細記錄路面的狀況。接著選擇對山上帝國軍來說會是死角的森林邊緣，在地上搭建出參考實際狀況的障礙路線，讓騎兵用這個場地練習。為了讓馬習慣，說不定還在障礙放火……雖然這全部都要以馬匹和人都具備非凡熟練度作為前提。

「我不認為阿爾德拉神軍的騎兵有能力辦到這種簡直像是雜耍的動作，而且也和違反教義使用爆炮的判斷有矛盾之處……幾乎可以肯定，那些傢伙是齊歐卡派來的派遣部隊。」

尚未照面的「不眠的輝將」存在侵蝕著伊庫塔的精神。在露出走投無路表情的同伴包圍下，伊庫塔抬頭望向天空，像是一隻快窒息而不斷喘息的魚。

——好啦，該怎麼辦呢？

他先做了個深呼吸。利用這動作強迫焦躁的內心躺下後，少年整理起思緒……首先，必須再度確認目前自軍到底被逼上了什麼程度的絕境。

三百名敵方騎兵從東方接近中。途中沒有能妨礙行軍的地形，因此到達本陣的時間最快是四小時後。裝備雖然不明，然而對方既然是齊歐卡的部隊，那麼攜帶膛線風槍的可能性極高。也會造成戰力預測一口氣往上提昇。

相對之下，我方能夠參與戰鬥的人員包括輕傷者在內是三百二十二人。詳細構成是光照兵六十一人、燒擊兵六十三人（其中三十八人兼任騎兵）、風槍兵一百四十人、醫護兵四十人、席納克兵五十四人。然而，其中最少有一百六十人是為了繼續機動防禦作戰的必要人員，此外目前離東側太遠的四十人也不可能在戰鬥前會合。基於以上，能動員去迎擊敵人的兵力會被削減到一百二十二人。

裝備膛線風槍的精銳騎兵三百人，對上歷經長期戰鬥，已經精疲力竭的混編部隊一百二十二人……即使目前已經能看到結果，但基本上還是要進行戰力比較——把戰鬥狀況會造成的變化也考量進去後進行概算，加上附加條件是五對一。

得出結論。四小時後會出現的敵人，比我方還強五倍以上。

「……原來如此原來如此。啊～話說回來，造成這艱困處境的原因是什麼啊？」

指揮官在掌握戰況時失誤——理性立刻回答，讓伊庫塔沒有反駁的餘地。

「噢噢我明白了——換句話說，簡而言之，我有責任必須想辦法解決是吧。」

少年吐出一口長長的嘆息，清空肺裡的空氣後，他下定一切決心。

「……呼～好，我了解狀況了——所以呢，雅特麗，和我一起去玩玩吧。」

這是他第一句發言，迅速理解他意思的炎髮少女也點點頭回應。這隨即做出反應的乾脆態度讓伊庫塔面露苦笑，接著把視線移往下一個對象。

「馬修少尉，從現在起，我要把這裡的指揮權移交給你。」

「啥？」

「我和雅特麗要率領士兵迎擊敵方的騎兵部隊。所以你必須留在這裡，代替我負責指揮機動防禦作戰，請多幫忙啦。」

在目瞪口呆的馬修恢復說話能力前，伊庫塔已經把視線轉向旁邊的哈洛。

「哈洛瑪少尉，妳和馬修少尉將成為這陣地裡最後剩下的軍官。不好意思我必須要求妳把野戰醫院的管理交給副官，自己本身也指揮士兵行動。」

「啊……是……不過，伊庫塔先生……！」

伊庫塔沒有打算也沒有時間允許對方提出抗辯，他以能響遍陣地的音量大吼：

「光照兵第三訓練排和預備隊、輕裝騎兵第一訓練排，還有席納克士兵要派出二十三人！立刻在陣地東側集合並整列！」

聽到這個命令，原本屏息旁觀軍官開會的士兵們一口氣開始行動。伊庫塔以眼角餘光看了看逐漸成形的隊列，並繼續對留在這裡的同伴們說話：

「我這邊會帶走一百二十二名士兵，所以陣地裡會留下戰鬥可能人員一百六十人和非戰鬥人員五百多人。雖說人手會變得更少，但東側兩條林道和其間的火線修補，會由我們在迎擊敵人後負責處理所以不成問題。你們只要應付這裡和西側的作業就可以了。」

「就……就算你突然這樣要求……不，問題不是修補吧！你說要用少少一百二十二人，而且是不包括風槍兵的混編部隊去迎擊敵人的騎兵部隊？這根本是自殺行為！如果要那樣做，還不如——」

由我率領部隊去迎擊還好一點。馬修正想這樣講，喉嚨卻整個卡住……他的生存本能正高聲訴說著：就算把在場的風槍兵全部投入，憑他也無法對付這次的敵人。

「沒關係，馬修。既然必須以舊裝備迎擊膛線風槍，一旦形成正式的射擊戰，那瞬間就註定我方會落敗。所以，就算部隊裡帶著風槍兵也同樣會處於劣勢。」

「所以說那樣做跟自殺沒兩樣啊！你有能推翻不利狀況的具體方案嗎！」

「我想應該有，接下來我會思考有什麼方案。」

馬修的下巴差點掉下來。強制對話到此告一段落的伊庫塔正打算把視線移向要留在此地的最後一人，對方卻已經來到他的身邊，伸手抓住伊庫塔的衣服下襬。

「我不要留下來，伊庫塔。帶我一起去。」

「……妳的心意讓我感到很高興。但是娜娜，妳留在這裡負責指揮火線修補會比較……」

「你說什麼蠢話！不管多少人活下來，萬一你死了，一切不就完了嗎！要是你死了，有誰會遵守要帝國為席納克族準備居住地的約定！」

這主張踩中了伊庫塔的痛腳。既然只有他能成為交涉的窗口，對於娜娜克來說，伊庫塔的生命就等於部族的生命，不可能隨隨便便就把他送往死地。

此外，這並不是娜娜克堅持主張的唯一理由。她用雙手抓住少年的手腕，橫著眼瞪向少年本身主動要求同行的唯一人物，開口說道：

「不要只靠那個紅色傢伙……伊庫塔，我會保護你！」

這份決心絕對無法撼動。領悟到這點後，伊庫塔也只能帶著苦悶表情點點頭。

「……我明白了，妳也來幫忙吧。但是對我的命令必須絕對服從，可以做到吧？」

絕對服從這句話或許帶來什麼感慨吧？頷首答應的娜娜克臉上微微泛紅。伊庫塔把視線從她身上收回，接著轉身直接走向在陣地東側完成整列的士兵，雅特麗和娜娜克也跟在他後面行動。

「等……等一下……你們幾個……！」

因為背影逐漸遠去而感到恐懼的馬修追上來糾纏，伊庫塔保持背對他的姿勢，伸出一隻手制止。

「你負責的地方是這裡，馬修。再繼續防守兩天後要立刻開始撤退，前往已經完成野戰工事的後方陣地。我們會走別條路線過去，三天後在山上會合吧。」

「哪邊都不可能辦到啊！你認為靠我的指揮，能夠再守住這裡兩天嗎！」

「噢，關於這點，老實說很危險。」

這毫不留情的回答貫穿馬修。當他還沒從畏懼中恢復時，伊庫塔繼續開口：

「如果能順利堅守到最後，這是最好的結果……但是，無論處於何種狀況，我絕對不會下達某個命令，那就是『死守』。即使會死也要守住，堅守到自己死去為止——我絕對不會命令部下要去做到這種連我自己都辦不到，而且還很不科學的行徑。如果覺得已經到達極限，就開始撤退不要猶豫。萬一連撤退都來不及，就豎起白旗投降吧。」

「嗚……就算你這樣說，要是沒有守住這裡，到頭來還是……」

「這是個好機會，我就先把順序講明吧。你們能平安並堅守這裡到最後，這是最好的結果。你們雖然平安，但是沒能完全守住，這是次好的結果。剩下兩個結果是並列最糟。聽得懂吧？如果你們沒有平安無事，那麼不管有沒有守住都同樣是最糟。」

所以……伊庫塔用強烈的語氣繼續發言，同時對友人送上最大的鼓勵。

「我只會下達一句命令——活下去，馬修。然後三天後再相會吧。」

伊庫塔以這句話作為最後的道別，再度邁步往前走。看到那彷彿拒絕目送的背影，不願意繼續表現出更丟臉模樣的馬修也咬著牙轉身。

「……混帳東西！我懂了，做就行了吧！我做就是了！」

「咦！請等一下馬修先生！我也要一起去……！」

哈洛和往前跑的馬修會合。他們必須挺身面對的現實，就在前方。

第四章
Alderamin on the Sky
對決

伊庫塔等人為了迎擊敵軍部隊而朝著東方趕去，然而才出發沒多久，太陽就開始西沉。少年喘著氣在夜晚的道路上奔馳，同時以跑步速度完全無法與之相比的高速讓思緒運轉。

彼此的戰力差距根本不需多提——然而，伊庫塔他們幸運獲得唯一一個優勢，是現在是傍晚。如果能在比薄暮更昏暗的環境中戰鬥，就能活用光照兵部隊的光線攻擊。作戰對策也該以此為主軸來思考吧。

「按照這種進度，會在兩小時後遭遇敵人。您應該能準備好對策吧，中尉？」

跑在他身邊的蘇雅士官長因為長官在出發之後幾乎沒有開口而感到焦躁，於是開口詢問。伊庫塔雖然還沒想到任何具體的方案，還是故意露出大膽的笑容。

「……爆炮那件事被對方贏了一局。大概是因為這樣吧，我很難得地產生了類似不服輸的情緒。遭到敵人痛擊卻不還手會讓人感到不愉快，妳不這麼覺得嗎？」

雖然沒有正面回答問題，但確認這樣說的少年眼裡還帶著活力後，蘇雅把視線轉回前方……她似乎看出，先不管接下來會如何演變，起碼不會被自暴自棄的指揮官強迫殉職。

「對已經把地圖記在腦子裡的中尉您來說或許沒有用，不過基本上我還是要先做報告。接下來會有幅度較寬的道路沿著森林直直往前，似乎勉強可以用來迎擊的隘路只有山脈岩壁往外突出的一個地方。如果想讓士兵埋伏在道路旁的森林裡是有可能辦到，但……」

「人數在敵人一半以下，而且不包括風槍兵的部隊那樣做也沒有意義。就算可以從側面給予敵人一擊，他們也會直接無視我們繼續往前衝吧。」

伊庫塔咂了咂嘴。循規蹈矩想到的戰法甚至連要阻止對方前進都辦不到。即使讓士兵堵在隘路上埋伏，這種方式也只會演變成必須從正面接下兩倍人數的騎兵衝鋒攻擊。就算靠光擊短暫嚇到他們，對方也是能徹底駕馭膽小的馬匹甚至還闖過火焰的精兵，肯定會立刻恢復統制對我方進攻。

此外，如果敵人事先預測出我方的迎擊地點，也很有可能會訴諸讓騎兵從遠方射擊的方式。這正是最糟的情況。自軍將隔著光擊和十字弓都無法發揮意義的距離持續受到射擊，當隊列崩壞時再遭受騎兵的突擊，前途也只會剩下全滅這個命運吧。

「沒錯，問題是馬和膛線風槍……如果沒先想好方法對付這兩個壓倒性的攻擊力，我們甚至無法站上和敵人對等的立場。」

該怎麼做才能達成？正當伊庫塔遷思迴慮尋求解決的對策時，前方傳來馬蹄踩踏地面的聲音。他心臟猛然一跳，但那並不是敵人，而是活用移動速度先往前去偵查的雅特麗騎兵部隊。

「我去確認過前方的情況了。雖然也有負責修補火線的友軍，但大部分都是無法戰鬥的席納克族。反正戰力似乎無法來得及會合，所以我讓他們去山上避難了。」

「那樣做沒問題。話說回來，雅特麗，實際上看過地形的妳覺得如何？有辦法在前方迎擊敵人嗎？」

「……很難。我去看過形成隘路的路段，但那裡還不足以確保我方的優勢。雖然也有想到乾脆建立起新的火線來封鎖道路，但……」

雅特麗最後沒把話說清——沒錯，那樣做並沒有意義。被擋下的敵人或許會放棄攻擊西邊的本陣，但遇到那種情況時，他們應該會等東邊林道的火勢熄滅後再叫來阿爾德拉神軍主力吧。那樣一來，敵人只要無視這邊的本陣直接攻入山裡就可以了。

換句話說，光是阻止敵人前進並沒有用。必須在這裡擊敗敵人，再進一步趕往火線即將中斷的東邊林道，修補火牆以防禦阿爾德拉神軍的侵略。

「……我需要突發的點子。抱歉，雅特麗，隨便什麼都好，告訴我前方地形的情報。我想好好運作一下自己的腦袋。」

伊庫塔跟在掉頭轉換前進方向的騎兵隊旁邊往前跑，同時這樣拜託。雅特麗稍微思索後開口說道：

「……之前為了修補火線的作業，有設置給士兵使用的作業區，從這裡到隘路有兩處，從隘路到東邊林道則有三處。因為我要求留下的我方人員迅速逃走，現場依舊到處是散亂的大量木材和乾草梗。雖然沒有搭建出阻絕設施的時間，但如果能妥善運用那些東西，或許可以在碰上敵軍前先製造出騎兵討厭的惡劣路況。」

伊庫塔覺得這是很棒的著眼點。利用殘留在現場的物資——他發揮想像力，思索這樣做有沒有活路。自軍能不能靠這些東西，來想辦法填補因為馬和膛線風槍造成的絕望戰力差距——

「——啊。」

他的思考原本重複著假設、檢討、捨棄等步驟，然而這迴圈卻突然停止。

「——這樣……說行是行得通……嗎……？用我方的騎兵阻止對方往後逃離，並事先準備好旗幟……的確，至少這樣可以站上對等立場……」

看到伊庫塔露出想到什麼的表情，周圍的士兵們把期待的視線都集中在他身上。然而，這樣反而讓他本人猶豫著沒有講出想法。因為如果要問這是不是能回應期待的內容，實際上非常難以斷定。

「……雖然想是想到了，不過這個……再怎麼說也不能算是良策。該說是愚策，要不然就是狂策之流。屬於要不是碰上這種狀況，我絕對不會採用的類型……」

伊庫塔帶著苦悶表情喃喃自語……不過，他內心角落其實很清楚，現在的苦境並不是靠區區良策就能打破的等級，而是只能靠那種似乎隱約透露出某種瘋狂的點子來撬開突破口。

「……迅速趕往隘路吧，只有那裡可以實行。」

語畢，伊庫塔強迫已經因為疲勞而成為鐵腿的雙腳加快速度。士兵們慌忙跟上，所有人的一切希望和不安，現在依然沉重地壓在年輕的指揮官背上。

「……無論結果如何，對於想出這作戰並實行的自己，我永遠都會感到羞愧吧。」

只在他口中沉吟的這句獨白，並沒有傳進部下們的耳裡。

*

在橙色殘照的祝福中，約翰率領的騎兵部隊持續在暮色下急行軍。

他們在途中只碰到一次戰鬥，而且是要稱為戰鬥都顯得太狂妄的單方面殺戮。之後經過地點的敵人都已經逃走，在放置著木材和乾草梗的陣地上，沒有任何東西能阻擋他們前進。

「若有迎擊，應該會在前方碰上。約翰，提高警覺吧。」

「是之前從氣球上俯瞰時，看到形成隘路的地方吧。敵方會如何準備好等待我們呢？」

白髮將領的嘴角綻放出笑容，這份天真來自於無可動搖的自信。

當一行人迫近問題地點時，最前方的士兵們察覺到異變。與此同時，部隊全體也開始降低速度。

「……Mum？那是……」

約翰立刻拿出望遠鏡觀察。

在距離約兩百公尺的前方，可以看到岩壁從正面左手邊往外突出的地形。在岩壁和森林樹木一起形成隘路的這個地點，堆著阻擋約翰等人前進的沙包。而繼續往前的另一側，則是一整排舉著十字弓的帝國兵。

到隘路前的路段似乎之前被當成火線防禦的作業區，和至今經過的幾個陣地相同，地面上四處丟著木材和乾草梗。正當約翰覺得這景象要稱之為散亂卻顯示出某種讓人感到不對勁的秩序時，他的鼻子突然聞到奇妙的臭味。

「約翰，有油臭味。」

「我也注意到了，Ham，這是怎麼一回事？」

他放慢進軍速度讓馬往前踱步，同時分析起用五官獲得的情報。

「前進路線上有乾草梗和木材，正面有舉著十字弓的士兵，空氣裡有油臭味……噢，原來如此，我懂了。這是火攻的伏筆吧。先讓那些乾草梗和木材充分染上油料，再趁著發動衝鋒的我們腳下打滑時，迅速擊出著火的箭。對方打算用這種方式將我們一網打盡。」

約翰只花了不到五秒就得出這推論，在馬上聳了聳肩。

「Mum……作為臨時想出的點子是不錯，但認為我方會忽略這臭味的想法太天真了。既然已經察覺對方的企圖，可沒辦法順著他們的心意衝鋒。」

判斷這作戰行不通後，白髮將領對著周圍部下宣布：

「準備在馬上射擊，舉起風槍。」

接下命令的士兵們以整齊劃一的動作從馬匹側腹拔出槍管，和從腰包裡拿出的風精靈組合。除了沒有風槍的約翰與米雅拉，所有人都擺出射擊姿勢。

「以慢步接近距離目標一百五十公尺的地點。騎兵部隊，往前。」

舉起風槍的騎兵形成一堵牆開始靜靜前進。由於是不容易穩定的馬上射擊，就算使用膛線風槍，必中射程也縮短到只有一百五十公尺，但現在光是這樣已經十分足夠。只要拉開這麼遠的距離，無論是意圖點火還是試圖攻擊，敵人的十字弓都沒有意義。

「——排成橫列準備開火。」

原本是四縱列的騎兵隊列從前排變成八列，再分成十六列。和往左錯開的後排同伴相加，總共有三十二個槍口將沙包對面能看到的帝國兵納入射程。

「……好，開——不，等一下！」

約翰正要下令，不知為何卻臨時制止部下。在部下困惑視線的注視下，他開始分析造成自己喊停的原因……是來自直覺的警告，還有沿著背脊往上爬的不對勁感。

「……油臭味變淡了……？」

瞬間察覺到這點的洞察力值得特別一提——如果能再有三秒，他應該可以讓這個發現轉換為具體的行動，也應該可以察覺出陷阱並對士兵們發出警告。

僅僅只有三秒的差距決定了上天國還是下地獄。騎兵們都把注意力放在前方，而命運正是從位於死角的位置，也就是他們騎乘的馬匹腳邊，接二連三地推開用來掩蓋蹤影的乾草桿，發出降生後的第一次哭聲。

在齊歐卡騎兵排列出的整齊隊伍中，一口氣從各處冒出閃光。

被聚焦到極限而顯得又細又尖銳的七十多道遠光燈並沒有照亮黑暗，而是化為白色尖矛刺進馬匹的眼中。

「「「「「「嘶嘶嘶嘶嘶嘶嘶嘶嘶嘶嘶嘶——！」」」」」」

馬雖然不會說話，但這些嘶鳴聲毫無疑問是慘叫。在昏暗環境中擴張的瞳孔受到極亮光線照射，讓馬匹們的視線範圍有一半泛白。面對這未知的衝擊，即使是在齊歐卡陸軍中受過萬全訓練的軍馬也免不了陷入恐慌。

「什麼——！喂！冷靜一點！嗚喔——！」

「是……是敵人！伏兵在下面——哇啊啊啊！」

齊歐卡士兵們雖然努力想讓馬匹冷靜，然而潛伏在地面的威脅卻不允許他們那樣做。伏兵們以裝在十字弓上的短矛刺向慌亂的馬匹腹部，讓激痛助長恐慌。對付完一匹後，接下來是附近的其他馬匹成為目標。

「哈……哈哈……哈哈哈哈哈哈……！」

伊庫塔懷著龐大的恐懼和壓力執行這個動作，同時嘴裡發出連他自身也無法控制的大笑聲。他穿過馬匹和馬匹之間，甚至被敵軍從頭上砍下的軍刀削去後方頭髮，不斷地瞄準一匹匹馬的圓滾滾雙眼照射遠光燈。這完全不是能以正常精神狀態持續做出的行為。

「哈哈哈！還不夠！鬧大一點啊！」

只要映入他的眼中，不管是附近的馬匹，還是無法控制馬匹所以落馬的敵人，伊庫塔都一一舉槍刺下。兩名各自拿著不同武器的女性拚命追著他的背影。

「伊庫塔，不要跑太前面……！那樣再怎麼說都無法好好保護你！」

「他大概沒有聽到……！」

一人雙手拿著廓爾喀刀，另一人握緊裝有短矛的十字弓，娜娜克和蘇雅也在敵方部隊正中央持續活躍著。她們兩人也很理解伊庫塔只能埋頭四處跑的心情，因為在這種情況下，最危險的行為就是呆站著不動。

如果想要活久一點，唯一的方法是躲在驚慌的人群裡行動，避免被複數敵人盯上。只有在混亂漩渦中才找得到生存之道。不過，被混亂的馬踢中而骨頭碎裂的可能性也差不多高。

伊庫塔將這個計策稱為狂策的理由就是這樣。這個作戰達成後帶來的意義並不是勝利也不是優勢，而是一旦開始，直到最後都沒有任何人能控制的混沌。

「動啊動啊動啊！喂！那邊那個傢伙！停下來就會死！」

伊庫塔發現因為過於害怕而站著發呆的同袍，從背後把對方踹飛。一瞬之後軍刀的刀刃掃過原先士兵腦袋所在的空間，少年則以報復的遠光燈招呼騎兵騎乘的馬匹。如此一來又製造出一匹瘋馬，不但把騎馬者甩落，還往完全不同的方向跑走。

「你給我冷靜一點啦！」

摔下馬的騎兵爬起來舉著軍刀砍向伊庫塔，這時娜娜克以宛如風車的迴轉劍舞介入他們兩人之間。臉部像西瓜般被剖開的騎兵倒了下去，隨後蘇雅也趕到長官身邊。

「還……還有幾秒？」

「我從一開始就沒在算！要是分心去在意剩下的時間會死啊……！」

三人形成一個集團邊跑邊對話——雖然馬的軀體形成障礙因此無法看清整個戰場，然而根據敵方士兵與馬匹的哀號，混亂似乎順利地愈來愈擴大。如果真是這樣，這場像是在鬼怪追趕下闖越活地獄的戰鬥也不會持續太久。

「對方順利地中了計！所以接下來只能相信雅特麗嗚哇啊！」

有匹猛衝的馬從側面逼近，伊庫塔等人滾向地面避開危險。在愈來愈混亂的戰場上，包括他們在內的所有人都抱著共同的想法——每一瞬每一瞬都必須盡全力活下去的時間，居然會讓人覺得如此漫長……！

「可惡！現在到底是發生什麼事！」

也有幾個騎兵待在隊列的角落，運氣好沒有被混亂波及。他們前往拉開一段距離的地點和沒事的同袍聚集成群，屏氣凝神地觀察著狀況。敵軍和自軍的混戰中還攙雜著化為猛獸的瘋馬，完全找不出收拾混亂的頭緒。

「總……總之，要聚集脫離的我軍並重新編組部隊！喂～到這裡集合！」

一名騎兵對著四散的同袍大喊。即使失去命令系統也能基於獨自判斷行動，正是他們身為優秀士兵的證據。呼應他的要求，同伴一個個聚集過來。

「好，這樣行得通！在邊緣的傢伙，離開本隊到這邊重新集合！」

只要能讓敵軍和自軍分離，就可以發動反擊。這樣判斷的士兵率先呼喚同袍，這時背後突然傳來一整群馬的踏地聲。

「喔喔，來了不少人！很好很好，這下人數會一口氣增加——」

欣喜的語氣在途中轉變成困惑。即使彼此間的距離已經縮短，從背後趕來的新騎兵們卻完全沒有放慢速度的意思，甚至更為加速。

「……不……不對，那是敵人！快準備對應襲擊，所有人拔刀——」

「喝啊啊啊啊啊啊啊啊！」

在他們做好充分的迎擊態勢前，炎髮少女率領的騎馬隊搶先發動襲擊。靠著疾馳讓衝力化為助力的騎兵對上停在原地不動的騎兵，勝敗非常明顯。齊歐卡的騎兵們被雅特麗排的猛攻衝散，感到膽怯時再遭受毫不留情的軍刀砍殺。

「成功阻止這裡的集合了！好，前往下一個目標！」

雅特麗等人並沒有執著於讓敵人全滅，他們破壞正在恢復的集團秩序後，就為了尋找下一群敵人而再度開始策馬狂奔。

追擊逃離本隊混亂的敵方騎兵——這是為了讓戰場盡可能持續沸騰更久的任務。不能讓敵人有機會冷靜下來，為了進行下個步驟，必須有這種混亂作為基礎。雅特麗很清楚這一點。

「戰鬥開始後已經過了相當長的時間，差不多可以拿出旗幟了吧……！」

雅特麗喃喃說完，從還在往前奔馳的馬匹側邊拔出一支旗幟。她單手握著韁繩，用另一隻手把旗竿插進馬鞍後方的固定裝置裡。

事先就綁在旗竿底部的光精靈射出遠光燈，照亮翻飛的旗幟。

在混亂比較沒有那麼嚴重的隊列前方，約翰陷入沉默。到此，米雅拉才第一次目睹到他面對眼前狀況卻無法當場做出必要處置的模樣。

「上當了……不，單純只是我誤判了嗎……」

白髮將領以低沉聲音喃喃自語，用力握緊雙拳。現在這份怒氣的對象，與其說是敵方的智慧，反而更針對他自身的愚蠢。

「……Vankzyaal……嗚！這是什麼難看的樣子，約翰．亞爾奇涅庫斯！居然因為油料的臭味而單方面斷定是火攻，疏忽了該注意伏兵……！」

油臭味只不過是為了誘導他預測到火攻的假動作。趁著騎兵部隊通過的那瞬間，從隊伍正中央出現的伏兵才是真正攻勢……約翰察覺到，乍看之下這似乎是缺乏常識又野蠻的點子，但實際上反而是從理論性思考中導出的必然作戰。

和敵方相比，約翰的騎兵部隊一開始擁有三個優勢。其一是士兵的數量，其二是騎兵的攻擊力，其三是膛線風槍的射程。在這其中，只要用一個方法就可以同時消去第二項和第三項，那就是縮短間距。

騎兵的攻擊力要疾馳過長距離後才能產生，膛線風槍的優勢是能夠從遠處進行單方面的攻擊。兩者的共通之處，就是對於從一開始就處於近處的敵人來說並沒有什麼意義。因為開始行動前的騎兵和遲鈍的步兵沒什麼兩樣，而風槍在被迫展開接近戰的那一刻起就會派不上用場。這只是敵方對這些都一清二楚的狀況。

「再加上貼近距離後瞄準馬眼的集中光擊……就算有訓練過，但馬匹原本就是膽小的生物，一隻眼睛突然看不到當然免不了會陷入恐慌。在這場混亂中，有超過一半的士兵喪失戰力……換句話說，對方讓無法參加戰鬥的散兵變多，縮短了實質上的戰力差距。」

「約……約翰……」

「Ｎｙａｔｔ……Ｎｙａｔｔ！這才不是什麼光靠運氣的奇策，而是極為洗練的用兵技巧——不過，正因為如此，我才不能原諒想出這作戰的人……！

因為這不是很奇怪嗎！如此按照理論考量出的結果，居然是這種混沌狀態……！」

約翰的語氣就像是在吐出熔岩。他的視線前方，正在進行慘不忍睹的泥沼般混戰。指揮和戰術都沒有任何價值的原始人彼此殺戮持續進行，不知何時才能結束。最後到達的結果不會有勝利者和敗北者，只有屍體堆積如山。

「……已經到極限了，我實在看不下去……！走吧，米雅拉，突破前方的敵人！」

「請等一下，約翰！就算想從這裡行動，現狀卻連二十名騎兵都無法動員！就算真能突破，說

不定會在少數孤立時被對方各個擊破……！」

由於米雅拉以悲痛的聲調制止，約翰總算勉強取回自制心……身處這個窮途，指揮官不能貿然挑戰危險。因為一旦自己死亡，那麼一切全都會完蛋。

即便是這樣，他也必須想辦法處理眼前狀況。約翰的視線為了尋求解決策而在周遭徘徊移動，這時他突然發現一支奇妙的騎兵部隊正舉著被打光照亮的旗幟往前跑。

「那……不是友軍。是敵方的騎兵部隊嗎？前方士兵舉起的旗幟顏色是……」

「……紅白交錯的橫條。是意指『接受交涉』的紅白旗，約翰。」

白髮將領臉上的肌肉一陣陣抽動，原因是驚訝、羞恥，以及對不合道義之事的憤怒。

「妳說接受……？『提議交涉』會是直條，而且說到底只要發出聲音大喊要交涉不就得了嗎？對方故意不這麼做，反而像那樣持續舉著旗幟，意思是……」

「……應該是在等待我方示弱吧。」

米雅拉講出答案。這衝擊以及屈辱，讓約翰用力抓著胸口全身顫抖。

——無法忍受，你應該無法忍受才對。

伊庫塔和娜娜克與蘇雅一起在亂戰中求生，同時揣測著尚未相見的敵將內心。

——對戰至今讓我充分明白，叫做「不眠的輝將」的傢伙，你的確是名將。不會被情感或習慣牽著走，總是根據理論來追求最佳手段。真是個了不起的強敵。

他閃過從頭上揮下的軍刀倒向地面，馬蹄在臉旁重重落地。

——不過，自己和這種傢伙的思考容易取得一致。或許該說是彼此彼此，但既然交手過這麼多次，自然能夠看清對方在用兵上的價值觀。如果要用一句話來形容，你是「劇場監督型」的軍人。是屬於那種「只要情勢允許，就會想讓戰爭的發展置於自己一人控制下」這類型的貪心鬼。這種人有個傾向，會對戲劇裡的「登場人物」也特別關愛。例如在這次的案例中，你的部下士兵們就符合這個定位。

娜娜克舉起廓爾喀刀，勇猛地往橫砍向趁著伊庫塔倒地想再次踐踏他的馬。軍馬的前腳受到深及骨頭的刀傷，從喉嚨裡發出痛苦的嘶鳴。

——這種類型的對手最討厭的事情，就是戰場徹底失去秩序的狀況。還有耗費心血培育出的演員們，在連監督都無法著手的混亂中失去性命的狀況。只有對這種無益和不合理，你絕對無法忍受，也斷然無法放置不管。

有個騎兵以體力耗盡而停下腳步的蘇雅為目標，從背後逐漸接近。伊庫塔隨即放出遠光燈破壞敵人的視力，趁這空檔把副官拉過來，讓她躲進自己懷中。

——我不會「提議交涉」。在目前的狀況下，主動提議會成為事實上的投降宣言。然而「接受交涉」卻是把對方逼上絕路。因為那旗幟顯示的是「我方打算戰到最後一兵一卒，不過如果你們先屈服，那麼聽聽你們意見也未嘗不可」的強硬訊息。

刺進馬腹的短矛無法拔出。伊庫塔立刻放棄，只把庫斯連同拆下短矛的十字弓一起回收。這時，從三個方向出現敵方的騎兵，同時衝向失去武器的他。

——怎麼了？你快點屈服啊！然後移向下個舞台！對這種戰鬥感到厭煩是彼此共通的感受！

領悟到自己已經無路可逃的伊庫塔以手勢拒絕想要前來幫忙的娜娜克和蘇雅。面對來自左右和正面的大分量威脅，沒有辦法可抵抗的少年卻依然以強硬的眼神回瞪。

「「「「「停止戰鬥——！」」」」」

伊庫塔同時接受——來自敵人隊列的前方，像是慌亂傳話遊戲的命令；以及在即將出手攻擊前，還能緊急停止的優秀騎兵們身影。而他的嘴邊，浮現出悽慘的笑容。

看到敵人舉起意思是「提議交涉」的紅白直條旗幟，雅特麗的騎兵部隊也停下來不再往前奔馳。停止戰鬥的命令慢慢擴散到戰場全體，紛爭的聲音也一秒秒逐漸變小。

雖然到處都舉起紅白旗幟，但交涉必須由部隊指揮官來進行才有意義。雅特麗稍微思索了一下，然後選擇並前往士兵數量最多的地方。她本身率領的騎兵和對方的騎兵數量似乎幾近相同，這樣一來也不需要多餘的擔憂。

「我是帝國陸軍中尉，雅特麗希諾．伊格塞姆。能拜見貴部隊的指揮官嗎？」

她開口第一句話就報上名號，於是對方位於前列的騎兵們讓出一條路，有兩名貌似軍官的人物出現。一名是戴著眼鏡的黑髮女性，另外一名是滿頭白髮的年輕青年。這一眼就能看出的特徵，讓雅特麗不需要對方自我介紹就已經明白他的身分。

「我是齊歐卡陸軍少校，約翰·亞爾奇涅庫斯。目前在拉·賽亞·阿爾德拉民神聖軍中被賦予客座軍官的職責。她是我的副官，米雅拉·銀中尉。」

「如此詳盡的介紹實在讓我惶恐。能和聲名遠播的『不眠的輝將』在戰場上相見，這份幸運讓人感謝。」

「Hah，彼此彼此。對於在這局面遇上『白刃的伊格塞姆』的惡運，我就表示敬意吧。」

形式上的對答持續著。雖然保持著灑脫的講話方式，但可以從約翰的表情上看出負面情感帶來的動搖。彼此自我介紹完畢後，約翰立刻切入本題。

「那麼開始交涉吧。提議交涉的我方想提出要求，沒問題吧？」

「當然沒有問題，但請等一下。」

「……Mum？都已經這樣面對面交談了，還要等什麼？」

「當然是等交涉對象。因為要由我方的指揮官，來擔任亞爾奇涅庫斯少校你的對手。」

雅特麗環視周遭的視線突然固定在某一點上，約翰與米雅拉也看往同一方向。在齊歐卡的騎兵們帶著困惑讓開的通道上，有一名全身沾滿鮮血和泥土，手上抱著搭檔光精靈的黑髮黑眼少年，和皮膚顏色不同的兩名女性士兵一起走了出來。

「不好意思遲了一步，我是帝國陸軍中尉伊庫塔·索羅克，這支部隊的指揮官。」

「什麼——」

聽到對方口中講出來的發言，讓約翰在兩方面感到出乎意料。第一，是眼前的伊格塞姆成員竟然不是指揮官；第二，是指揮官本人居然直到剛才都在混戰中心參與戰鬥。

「在開始交涉之前，我要提出一個要求。希望你對士兵發出『待在原地不要動』的指示。」

「你說什麼……？」

「在彼此談話的期間，萬一對方做出什麼奇妙的行動那可很困擾。你們應該也一樣吧，所以我會對自己的部下發出同樣的命令。」

由於約翰在亂戰結束後原本想儘快恢復部隊的秩序，因此對這個提案表現出不快的反應。然而，站在敵人一旦恢復隊形就會直接帶來不利情勢的對方立場來看，這也可以說是當然的要求。

「……對傷患的救助行動呢？」

「可以接受，但必須先解除武裝並下馬。」

伊庫塔立刻回答。約翰考慮幾秒鐘後，決定老實地接受要求。

「Ｙａｈ，我就接受吧——部隊所有人，集中！除非我遭受襲擊，否則在收到其他命令前都待在原地不准動！只允許對傷患的救助行為，但必須先解除武裝並下馬後再執行！」

「在我指揮下的部隊所有人聽令，除了救助同袍，在收到其他命令之前都必須留在原地不動。」

和約翰年輕又響亮有力的聲音完全相反，喉嚨已經啞掉的伊庫塔發出低沉沙啞的聲音。士兵們遵守命令只專心救助傷患，到此進行交涉的環境總算準備妥當。

「那麼開始交涉吧，首先由提議方提出要求。」

「明白。關於要求——我要你們全面投降。即使再繼續戰鬥下去你們也沒有勝算，我方也不希望造成無謂的犧牲。我可以承諾在你們投降後，會被視為俘虜給予適當的對待。以上就是我方的要求。」

「我已經了解你的要求，而且要進一步全盤拒絕。」

雖然約翰抱著總之先試著漫天討價的念頭，但伊庫塔也沒有示弱，拒絕得毫不猶豫。兩者之間的空氣溫度一口氣往下掉。

「我認為這個判斷很愚蠢，索羅克中尉。讓士兵白白喪失生命的行徑實在讓人難以苟同。」

「不需要你掛心，我並不打算繼續讓任何一個人失去生命。」

「要是你真那樣想，該選擇的路只有一條，那就是投降。雖然視野仍舊受到阻礙，但根據戰鬥時的反應已經足以明白，你們的兵力還不到我方的一半。利用嶄新的伏兵策略讓騎兵和風槍失去功效的手段雖然值得給予正面評價，但也只能到此為止。一旦演變成數量和數量彼此消磨，確實會由我方獲勝。你們只剩下全滅和投降這兩個選項。」

「如果你真心那樣認為，那麼交涉也只是浪費時間。要不要現在立刻再次開始戰鬥呢？」

伊庫塔以冰冷的語調反駁，讓約翰的臉部肌肉有點抽動。少年針對白髮軍官不想繼續無益爛仗的心理，毫不留情地表現出強硬態度。

「我方也提出要求吧。我要你們在這裡結束戰鬥，按照過去那樣退回喀喀爾卡沙岡大森林的另一端。反正我方預定只要再過兩天就會從這裡撤退，就算你們現在往後撤，也只是損失短短兩天的時間而已。」

「……看來已經被看穿，那麼我乾脆老實招了吧，我連一秒也不願意繼續戰鬥。不過就算是這樣，我方也不能如此乾脆地撤退。因為畢竟我是以客座軍官的身分，為了讓阿爾德拉神軍獲勝才會待在這裡。」

「如果你不願意用這個條件妥協，現在是彼此都拿刀抵著對方的狀況。畢竟先退讓那方會落敗，所以萬一雙方都不肯退讓，那麼無論願不願意，都會演變成彼此互砍。」

「我再重講一次，如果演變成互砍，最後活下來的會是我們。雖然對我來說消耗戰是最糟的結果，不過如果只能選擇最糟，那麼沒辦法，我會做好心理準備……不過，有這樣做的必要嗎？我倒是認為你們赴死的決心並不如嘴巴上講得那麼堅決。」

約翰反擊一招後，窺探著對方的反應。伊庫塔的嘴角露出諷刺的笑容。

「你這番話裡有一個正確答案和一個錯誤答案。」

「什麼……？」

「首先是正確答案。我並沒有下定赴死的決心，這是事實。至於錯誤答案是——萬一演變成彼此互砍，最後活下來的不會是你們。」

「Ｄｙｃｕｌｏｕｓ！受不了，要虛張聲勢也該適可而止。你沒有注意到至今為止氣球曾經升空多少次嗎？我從靠那樣確認到的總兵力中，扣除為了管理火線防禦必須用到的人員，所以基本上已經看穿目前你們在場的士兵數量。」

「看來彼此的觀點有落差。雖然我說過最後活下來的不會是你們，但也沒有主張我方能夠存活下來吧？」

「……Mum？你想表達什麼……？」

「這是單純的措詞問題。你剛剛說過『最後活下來的會是我們』，但『我們』這種表現方式中包括了『我』——換句話說，必須包含『你本身』才得以成立吧？」

伊庫塔帶著狂妄笑容這樣說完的瞬間，原本在少年懷中點著周照燈的光精靈庫斯突然從自身的光洞射出一道刺眼的遠光燈，照向騎在馬上的約翰。這突如其來的行為讓約翰周圍的部下們臉色大變。

「等一下，這是什麼意思——」「別動，指揮官會死。」

聽到伊庫塔的制止，打算怒吼抗議的米雅拉全身僵硬。然而，光是這樣並沒有讓約翰感到畏懼。

「……Hah，傷腦筋。在你眼中，認為我的體質虛弱到只不過被光線照到就會死掉嗎？」

「看起來完全不像是那樣呢。好啦，總之你看看照向你胸前的光吧……這種圓圈是不是很像射擊的標靶？或者該說，實際上的確是標靶。」

這句發言這次真的讓約翰的笑容結凍。看到下一秒他的雙眼開始忙碌窺探周遭，伊庫塔吊起嘴角。

「不在從這裡能看到的位置。這並不值得驚訝，你應該也隱約有察覺到，膛線風槍並不是你們的專利吧？」

伊庫塔裝模作樣地聳聳肩。「不眠的輝將」臉上浮現出明顯的戰慄神色。

手持膛線風槍，靜靜隱藏在黑暗中瞄準敵軍將領的風槍兵。是否真的存在於現場——無論怎麼思考，約翰都沒有辦法得知真相。即使他能夠大致推算出敵軍部隊的人數，也無法進一步判斷出其中是否包括裝備膛線風槍的士兵。只要真的配置有任何一名，這個威脅就能夠毫無問題地實現。

——我要借用你的亡靈，托爾威。

少年在內心喃喃自語。他本人在過去曾形容那是「或許存在於那裡的恐怖」。這手段正是在利用人類會對不可知領域感到畏懼的本能。

「別試圖下馬，因為這動作會直接成為暗號，就算周圍的人想擋住彈道也是一樣。而且，我方原本就已經預料到這種行為所以是從相當高的位置狙擊，就算是有哪個人想挺身幫忙擋下子彈大概也很難成功吧。」

「交涉中應該不允許攻擊行為！你想違反戰時條約嗎！」

「的確，在交涉中發動攻擊會違反條約。但，在你下馬或是讓部下行動的那瞬間，交涉就會結束。因為交涉必須在雙方達成共識後才能成立，所以彼此也有決定結束時機的自由。當然在自軍舉起交涉旗幟的期間內不能出手攻擊——不過正如你所見，我方豎起的旗幟打從一開始就只有這一面，不管是要抬起還是要放下都不費力氣。我們也已經做好準備，隨時可以根據你的行動把旗幟放下。」

伊庫塔斜著眼望向把「接受交涉」的旗幟從固定裝置上拔出，用雙手拿著旗竿旁觀狀況的雅特麗，同時以更加不懷好意的語氣這樣說道。雖然他的態度看起來很自然，然而畢竟這關係到自己和所有部下的生命，因此實際上是使出全心全力的虛張聲勢。軍服背後已經被冷汗染濕了一大片。

「……Ｎｙａｔｔ！這根本不是交涉，只是單純的威脅！就算沒有違反條約，但參照戰時條約的理念後，不可能會被接受！」

「喔？這真是有趣的意見。那我反過來問你，在戰爭中進行的交涉和威脅到底有什麼不同？無論是哪一邊，頂多都只是暗暗炫耀彼此武力的威勢，試圖挖出有利條件的企圖罷了。所以你只是把對自己顯著不利的交涉稱作威脅吧。」

「嗚……！」

「既然對方不願意接受條件那就換成行使實力，這是彼此共通的態度。唯一不同之處，是我在能直接狙擊你的有利位置安排了士兵，而你忽略了必須針對這個事態做好準備，就只有這一點吧？」

對方以冷靜的語調來封住異議。面對生涯第一次遭受的屈辱，白髮軍官狠狠地抓著自己的頭髮。

「……你意思是伏兵的奇襲，還有想辦法形成交涉的安排，全是為了威脅我的伏筆……？」

「這種事情根本不重要，你只要理解現狀。如果你無論如何都不打算退讓，那麼我會在那時判斷交涉決裂並放下旗幟，首先靠狙擊取你性命。再趁著指揮系統陷入混亂時，所有人散開各自逃往遠方。雖然這完全不是聰明的做法，不過一步爛棋依然也算是一步，我已經做好下出這步棋的準備──那麼，你又如何？」

約翰拚命分析伊庫塔的提問──他也很清楚這只是對方在信口開河。如果真的動員了裝備膛線風槍的士兵，應該會為了讓這段發言具備現實性而把幾名士兵也一起帶來現場。之所以沒有看到這樣的士兵，是因為從一開始這一切就是沒有實體的幻想。

根據這類間接的狀況證據，約翰可以斷定伊庫塔的發言約有九成是虛張聲勢——然而，九成並不是全部，只有一成的不安無論如何都無法拋開，繼續糾纏著他。

或許有人會將無視這一成的行為叫做有勇氣吧？但是，約翰的想法卻不同。應該要盡可能減少在戰場上丟骰子下賭注的次數——這是他的理念。明明是這樣，這種會有一成機率抽中落空結果的死亡骰子，他連一次都不可能丟出。

「……如果我宣稱自己在此不惜一死呢？」

約翰竭盡全力裝出威嚴態度，這是他最後的虛張聲勢。伊庫塔默默地搖了搖頭。

「如果那是你的結論倒也無所謂，不過真不符合你的風格。對你來說，不會讓部下和自己白白喪命的判斷才是正確答案吧？算了，人類是有時候甚至連自己都可以背叛的生物，要在之後留下後悔的種子也是你自己的選擇——不過話又說回來，一旦掛了，就算想後悔也辦不到啦。」

「……和我第一次見面的你，居然可以用那麼清楚的態度來談論我的風格嗎……」

「第一次見面？別講這麼冷淡的話。從開始火線防禦作戰到今天為止的六天之間，我一直覺得自己和你是隔著同一張桌子在下將棋。看不到的只有那張優秀的嘴臉。」

無論受到對方什麼樣的威嚇，伊庫塔都保持強硬態度毫不動搖。他以紙老虎的來襲作為威脅，誇口要揮下螳螂之斧。大搖大擺地主張著完完全全只是幻影的優勢。

然而，約翰實在過於聰明，到了無法把這些當成虛構駁回的地步——正因為他如此聰明，在此才不得不選擇正確的結論。

「……我接受要求，來討論我軍撤退的步驟吧。」

白髮軍官口中說出這句話的那瞬間，以米雅拉為首的周圍部下們紛紛懷疑起自己的耳朵，動搖甚至擴散到發現這氣氛的其他騎兵身上。黑髮少年鄭重地點點頭。

「——沒有什麼好感到羞恥，這是你該做出的決斷，約翰·亞爾奇涅庫斯少校。」

他們的撤退，首先從半解除武裝開始。齊歐卡軍被要求必須丟棄風槍的子彈，連騎兵部隊保有的馬匹也有將近八成被繫在附近的樹上。戰力被削減到「萬一在此遭到帝國軍襲擊還能抵抗，但無法做出任何更進一步動作」的程度。

「按照你們的希望，我們不會捕捉也不會殺害這些馬匹。會把牠們綁在這邊留下水和飼料後放置不理，等你們在兩天後突破森林時，隨便你們回收。不必擔心，我方會確實遵守這個約定。或者該說這是你們接受撤退的條件，不遵守的話會違反戰時條約。」

伊庫塔這樣保證後，被迫和愛馬分離的齊歐卡騎兵們也露出稍微放心的表情。等馬匹綁好，風槍子彈都被丟進森林裡，彼此戰力差距已經縮小後，伊庫塔也總算讓庫斯闔閉一直照在約翰身上的遠光燈。

「好啦，既然已經拿走馬匹，就算要求你們用同樣方法回去也是辦不到的事情。總之你們就扛起傷患，跟著我們走吧。稍微往東後，有個火線差不多要熄滅中斷的場所。我就帶領你們前往那裡吧。」

少年這樣說完，聚集自軍殘活的士兵讓他們排成隊列。至此敵我雙方混在這麼久時間的狀況終於得以解除，然而隨之能開始看清的帝國軍現狀，卻讓每一個齊歐卡士兵都瞪大眼睛。

「喂，怎麼了，快起來啊！明明好不容易結束了啊……！」

「眼睛……我的眼睛看不見……大家……在哪……」

「血……這個人的血流個不停啊……！哪個人身上還有多的繃帶……！」

痛苦的呻吟形成合唱。這些士兵以敵方數量一半以下的人數進行泥沼般的近身戰，這是當然的末路。有人是被來自馬上的軍刀斬裂臉孔；有人是被瘋馬踩到而骨頭碎裂；還有人已經無法發出聲音，像塊破布般地倒在地上。比起計算死傷者人數，去數平安者有多少人反而快得多。包括重傷者在內的存活人數，已經不到總數的一半。

「……Vankzyaal……你是在這種情況下，堅稱你們要繼續戰鬥嗎？」

「我有說過那種話嗎？我怎麼不記得？」

看到伊庫塔裝蒜的態度，確定果然一切主張都只是虛張聲勢的約翰感到內心裡的憤怒和悔恨一整個湧上。然而，既然交涉已經結束，武裝也已經解除，以現實來考量，要從現在再重新來過是不可能辦到的事情。

「你們要好好跟上別落後，畢竟我們也想要早點專心救助傷患。」

「……Syah，明白了。你就帶路吧。」

伊庫塔留下傷患和負責照顧他們的人員，從還能動的士兵中調集四十人再加上雅特麗的騎馬部隊，最後在不足八十人的情況下出發。齊歐卡的士兵跟在他們後方，但約翰把部隊指揮交給米雅拉負責，現在則是和伊庫塔一起待在隊伍前方。

「……我可以問一件事嗎，索羅克中尉。」

沉默的行軍持續約十分鐘後，約翰突然開口。伊庫塔輕輕點了點頭。

「雖然我能不能回答要看問題的內容，但你有提問的自由。」

「我們也有把分遣隊調往西方的迂迴路線，那邊的戰況如何？」

在聽到問題後的數秒鐘內，伊庫塔區分出該講明的事情和該隱瞞的情報。

「還在途中的堡壘繼續進行防禦戰鬥，那邊也預定會在這幾天就撤退。」

「……Yah……」

約翰雖然露出不像是獲得充分情報的表情，但他並沒有繼續追問。伊庫塔也有察覺出約翰應該是想知道企圖奇襲堡壘的亡靈部隊有何結果，不過在這狀況下並沒有告訴他事實的義務。彼此依然保持距離的對話結束後，再度陷入沉默。

繼續步行行二十分鐘左右後，他們的部隊離開道路轉向左邊，開始在森林中前進。一開始因為路況很差而相當辛苦，但很快就來到草木都已經燒盡的地方，月光也再度撒下因此變得好走很多。

之後沒有花費太多時間，一行人在逐漸變濃的煙霧和熱氣中前進不久，就到達了目的地的場所。

「太好了，正如預料，這裡的火勢變得相當弱。我要撒土加快滅火的速度，你們的士兵也來幫忙。」

聽到協力的要求，約翰並沒有明顯不願而是讓部下也參加了滅火作業。也因為有這麼多人手，不到十分鐘作業就已結束。猛烈燃燒的火牆上出現了一道短暫的縫隙。

「好了，你們趕快過去吧。只要你們一通過，我們就會動手修補這裡的火線。」

伊庫塔以平淡的語氣催趕不請自來的客人。白髮軍官也點點頭回應，指示排成兩列縱隊的部下士兵們前進並一一通過火牆的縫隙。他本身也加入最後的一群人，前往火牆的另一側。

「所有人都過去了吧？那麼，我們要立刻點火。」

排好現場事先準備的木材並撒上油之後，燒擊兵動手點火。火焰隨即竄起，在兩個勢力間劃出灼熱的境界線。

伊庫塔認為這下所有事情都已做完，正打算乾脆地轉身離開。這時，從火牆對面卻傳來了叫喊聲：

「——Sydbeah！等一下！索羅克中尉！你為什麼要守護帝國！」

少年停下腳步。他透過赤紅火焰的帷幔，和白髮軍官的視線正面相對。

「我出生的國家是名叫帕猶希耶的小國！過去位於大陸的東北方，但是和鄰國拉歐的戰爭導致兩國同歸於盡，現在已經不存在了！在戰火中失去所有親友的我，只剩下以戰爭孤兒這身分活下去的路可走！而撿起我的就是齊歐卡共和國！」

「…………」

「現在的我是齊歐卡的孩子！無論是技術立國的理念，還是緊鄰大帝國卻能繼續保有共和制的立場，全都是讓我引以為豪的事物！總有一天所有國家會以齊歐卡為模範而重生！腐敗的制度會毀滅，只是自我本位的想法在互相衝突的無益戰爭會沉寂，世界會在和平中歌頌繁榮！為了實現這個目標，我有義務讓自己的生涯不浪費任何一秒！我相信不需要睡眠的體質，是現在已經往生的人們為了這目的而賜給我的東西！」

約翰毫無猶豫地如此斷言，並以強烈的視線凝視對方。為了知道對方存在形式的真正想法。

「但是這次，你讓我原地踏步！因為這樣，能讓世界應有姿態化為現實的時間應該也稍微延後！正因為如此我才要提問——你是基於什麼想法才要守護帝國！你真的相信自己的行為會把世界導往更美好的方向嗎！」

這是年輕又坦率的提問，然而卻偏離重點到了讓人哀嘆的地步。伊庫塔哼了一聲後回答：

「……很不巧，我從出生至今，從來不曾想過要守護國家。我想要守護或是沒能確實守護的對象，一直都不是國家，而是人。」

「Ｎｙａｔｔ！Ｄｅ……Ｎｙａｔｔ！像那種守護人們的行動，應該正是國家有義務擔起的職責！正因為如此，人們才必須追求更美好的國家！難道不是這樣嗎！」

「……原來如此。那麼，為了創造還有守護那樣的國家，像你這樣的英雄就得從頭頂到腳尖都被徹底剝削榨乾，最後還被捨棄吧？還真是個優秀的構造制度啊。」

約翰只能露出訝異的表情，他完全無法理解對方到底在說什麼。伊庫塔察覺到他的困惑，嘆了口氣說道：

「雖然我覺得講了也只是白講，但我還是給你一個忠告吧——你二十四小時都不眠不休工作的原因，並不是因為實現理想需要你這樣做，而是因為有其他哪個人偷懶沒做那些事。」

「——嗚！」

「因為欠缺自覺，現在的你比奴隸還可憐。一廂情願地認定自己有義務要去做，直到最後都不會察覺那是被哪個人硬推給你的事情。由於你採用錯誤的勞動方式，因此你以外的所有人都用了錯誤的偷懶方式。就像是把世界放在托盤上，然後試圖靠自己孤身一人去支撐的巨人。」

伊庫塔以憐憫的視線看了他一眼，並以此為最後的動作，真的轉身離開。

「我送你一句金玉良言吧，不眠的輝將——所有的英雄都會因為過勞而死。」

「……Hazgaze（講什麼鬼話）！」

對著逐漸遠去的背影，約翰像是要刺傷對方般地大叫。那對白銀雙眼中蘊含著憎惡的光芒，這是他出生至今，第一次把這種感情放到單一個人身上。

伊庫塔等人雖然推翻戰略上的壓倒性不利並且擊退敵人，然而作為代價付出的人命卻超過六十人，而且這數字還因為瀕死的重傷者停止呼吸而隨著時間持續增加。

動員前來迎擊的一百二十二人中，傷勢還不到輕傷的人僅有四十一名，無傷的人將近完全沒有。正如這數字所示，他們打了一場悽慘至此的戰爭。而負責指揮的伊庫塔本身，比任何人都對這個事實感到羞愧。

完成大略的傷患回收工作後，他們召回在戰鬥前先要求他們逃往山裡的同伴，繼續負起修補火線的任務。之後到期限為止的兩天內只發生過兩次小規模的遭遇戰，這點對一行人來說，可以算是小小的幸運。只是在這段期間內，背後的帳篷裡依然有一名又一名的重傷者嚥下最後一口氣。

「各位表現得很好，我們堅守這裡到了最後——從現在這一刻起，開始撤退行動。」

火線防禦作戰開始後第八天的夜晚，伊庫塔在排好隊列的部下們面前如此宣布。哭到崩潰的士兵們彼此互相扶持，一行人開始登上山脈。這裡到進行任務交接的後方陣地還有徒步約需走一日的距離，在路程走完一半前，又有兩名重傷者死去。伊庫塔本身也因為小指傷口化膿而發起高燒，途中好幾次差點倒下都是由娜娜克或蘇雅幫忙撐住。

與此同時，西邊堡壘的薩扎路夫上尉和托爾威的部隊，以及中央陣地的馬修和哈洛的本隊也順利堅守住各自負責的戰場，已經開始和部下一起撤退。伊庫塔這邊也在出發前收到用光信號送來的聯絡，為必須拖著受傷又筋疲力竭的身體翻山越嶺的士兵們帶來強烈的希望。要和同伴們會合並平安回去——靠著這唯一的想法，士兵們讓雙腳持續往前移動。

「大概還要再一小時吧。伊庫塔，你可以更靠過來一點。」

「啊……嗯……謝謝妳，娜娜……」

伊庫塔已經無法自己一個人走路，必須一直借用同伴的肩膀，但娜娜克頑固地不肯讓出這個職務。不過，如果只有極為嬌小的她幫忙支撐，伊庫塔也必須擺出很辛苦的姿勢，因此另一邊是由副官蘇雅和其他男性士兵輪流扶著。就只有在雅特麗想來接下這個工作時，娜娜克卻以強烈的語氣威嚇她。

「紅色傢伙別過來！妳去照顧馬啦！」

「……唉，我真是被徹底討厭了呢。」

在即將到達目的地的傍晚時分，也發生了同樣的對話。雅特麗嘆了口氣離開——然而在娜娜克對著她的背影吐舌的那瞬間，卻有個影子無聲無息地落到娜娜克的眼前。

「——什麼！你……你是——」

在娜娜克做出反應前，那影子已經把她踢飛。支撐另一邊肩膀的蘇雅也因為衝擊力而倒下，至於發高燒而意識朦朧的伊庫塔則是一屁股坐倒在地，表現出無防備的模樣。

「……所有人都不准動。」

察覺異變的雅特麗試圖跑回來，冰冷的聲音卻制止了她的行動。伊庫塔的脖子上已經被人用反手握住的小刀刀刃抵住。

「你是亡靈部隊的……！」

雅特麗咬牙反省自己居然怠於警戒，並狠狠瞪著對方——他似乎已經沒有必要偽裝成席納克族，一身打扮和之前遭遇時不同，是綁著腰帶的黑衣。臉孔雖然被面罩遮住了下半部，但根據全身散發的氣勢類型，雅特麗不可能認錯人。

「我判斷你是亡靈之長——這是我們第二次見面吧。」

「…………」

「雖然聽起來像是在潑你的執念冷水，不過我們已經結束任務正在撤退。接下來只要把任務交接給同袍，就能撤回北域。事到如今還出手襲擊，你不覺得自己很明顯地迷失了目的嗎？」

影子繼續拿刀抵著腳邊的伊庫塔，同時舉起另一隻手，拿下蓋住半張臉的面罩。從下方出現的面孔出乎意料的年輕，是可以形容為精悍的青年風貌。

「——我是尼路瓦．銀，出身於亞波尼克西領三千石的武門——銀一族的嫡子。」

雅特麗瞪大雙眼。有誰能夠預料到亡靈會光明正大地公布自己的來歷呢？

「亡靈已經死了，被你們殺死。在這裡的人並不是率領亡靈部隊的影子頭目，僅僅只是一介武士。」

亞波尼克分立國。這是在一百多年以前，被後世英雄伊爾思希姆．鳩爾格上尉也有參加的帝國軍親征所滅的極東封建國家。國內並存著名為「大名」的複數君主，靠著手下那些具備絕對忠誠心又能幹的武士們，長期經營自身獨特的文化。

原本在滅亡後直接被收為帝國的領土，之後經歷曲折複雜的過程而成為齊歐卡共和國的一州，看起來民族和文化已逐漸融入共和國的生活……不過，將起源引以為傲的觀念至今仍未褪色，據說擁有亞波尼克民族血緣的人們直到現在，還是會依循祖先的出身，自稱是當時某個武門的後裔。

「領教過劍鋒，是『雙劍』且『無雙之劍』——妳是繼承伊格塞姆名號之人，沒錯嗎？」

「沒有錯。我是雅特麗希諾·伊格塞姆，是能以此身攜帶雙刀，不折不扣的伊格塞姆。」

雅特麗毅然地回報自身名號，尼路瓦重重點頭對她宣告：

「我要求進行對決——我是為奪走『最強』之稱號而來。」

他全身迸發出純粹的戰意，雅特麗也毫不畏懼地正面迎敵。

「在下接受——但是，在對決前先放開人質。不必擔心，伊格塞姆絕不會逃避收到的決鬥挑戰，你的行徑只是在污辱武人的名譽。」

聽到她打包票的發言，尼路瓦也視為武人之間的約定。雖然架在伊庫塔脖子上的小刀已被移開，他也平安獲得解放，卻因為高燒過於虛弱無法移動。

「哪個人來把伊庫塔帶走，其他人也往後退。」

雅特麗下令後，士兵們退潮般地整波往後拉。伊庫塔也被半拉半拖地帶離現場，卻只有一人，也就是方才腹部被踢一腳，正用手按著那部位的娜娜克還留在兩人的攻擊範圍內。

「……等等！不要只有你們兩個自己講自己的！我也有事要找這傢伙！」

席納克的族長以銳利的眼神望著尼路瓦，開口說道：

「好久不見了，影子們的頭目。雖然你在戰爭即將開始之前，就已經完全不再從事表面活動。」

「因為我等已經達成煽動你們以促進內亂爆發的任務。如果想活久一點，就給我乖乖退下，席納克的小姑娘。亡靈已死，原本扮演的角色跟指揮這角色的人都已經不存在了。」

尼路瓦本人應該沒有挑釁的意思吧？但是娜娜克卻拔出了武器。她有充分的理由這樣做。

「我們並不覺得自己被騙。從一開始就有發現你們是齊歐卡派來的手下，而且動員部族反抗帝國也是我們本身的意志——但是，我絕對不能原諒你們找來阿爾德拉神軍，以髒腳踐踏阿拉法特拉群山的行為！」

「我已經說過要妳退下，不能原諒又要如何？」

「當然是這樣做！」

兩手抓著長刀的娜娜克往前衝。尼路瓦改以正手握住小刀，準備迎戰。然而，在雙方即將進入彼此的攻擊範圍之前，從旁介入的雅特麗抓住了揮動廓爾喀刀的手臂。

「——咦——？」

在娜娜克發現自己的視線轉了一圈時，她的身體已經被直接砸向地面。

雅特麗溫柔地抱起因為衝擊而失去意識的娜娜克，把她送往其他同伴身邊。

「唉～……等到她醒來之後又要更討厭我了。」

「放著別管不就得了。」

已經把小刀準備好卻無處發揮的尼路瓦這樣說。把娜娜克託付給同伴並回來後，雅特麗帶著認真表情搖了搖頭。

「她是我的同胞，不能見死不救……尤其對手又是你，之前已經有一人遭了毒手。」

回想起丁昆豪爽笑容的雅特麗咬了咬唇，重新面對敵人。

「好了，雖然我想立刻開始——不過重譽自豪的亞波尼克武人最擅長的武器，應該不可能是小刀吧？」

聽到這個指責，原本如同能劇面具般面無表情的尼路瓦微微揚起了嘴角。

「這還用說。」

他拋開小刀，把雙手插入黑衣的後方。等到他把手拔出時，左右手上已經分別握著一把收在黑色刀鞘裡的小太刀，長度則同樣都約是二尺。

「就是要這樣才對。」

看到從刀鞘中出現帶有弧度的單刃刀，讓雅特麗做出不知道是她人生中第幾次的興奮發抖反應——亞波尼克和刀。以軟鐵構成中心，硬鐵形成外殼，並藉由這種雙層構造，讓令人畏懼的鋒利和堅固性得以並立的刀鍛造藝術品。只要是志在劍術之路的人，無論是誰都希望能夠有機會入手一次，是這世上最棒的武器之一。

「我要對先賢的技術表示敬意。伊格塞姆使用的刀劍，也是參考那個鍛造出來的東西。」

「這是從九代前的祖先傳承下來的武器，就是為了要讓妳成為刀下亡魂，才流傳到今日。」

一想到伊格塞姆擁有的「最強」歷史，就能明白這句話並不誇張。面對跨越世代承襲至今的戰士們殺意，雅特麗以彷彿在品嘗陳年果實酒的心態來對應。

「……喂～雅特麗……」

當彼此的戰意到達頂點，炎髮少女正打算把手伸向雙刀刀柄的那瞬間，外圍卻突然傳來光是聽到似乎就會讓人洩氣的微弱聲音。兩人的視線同時轉向聲音的來源方位。

「……打完以後叫我起來……」

維持靠著樹木根部的姿勢這樣說完後，伊庫塔再度閉上眼睛恢復沉默。雖然這次的插嘴行為比平常更加不懂得顧慮周遭，但雅特麗很清楚這種行為是信賴的證據。對於這名少年來說，好運是躺著等遲早就會到來的事物。

「居然被當成鬧鐘——這個侮辱，你可以聽而不聞嗎？」

雅特麗難得做出這麼不成熟的挑釁，但這也是因為伊庫塔潑了冷水，她為了讓對方能恢復熱意才做出的貼心舉動。正如她的企圖，受到刺激的尼路瓦將雙手的小太刀分別舉到中、上段的位置。

「——拔刀吧，我要讓以最強立場揚威的伊格塞姆之劍在此成為最後。」

「至今應該有許多武人講過同樣的台詞吧。雖然我總是覺得拿這種話當辭世之言實在粗陋也很不以為然，不過看來只有這次情況不同。」

雅特麗從腰間拔出武器，以自然的動作擺出右手拿著軍刀，左手握著短劍的姿勢。她的表情不帶多餘的自負，握住刀柄的手沒有施力，全身上下也找不出一絲一毫破綻。

「為眼前的光景感到自豪吧，亞波尼克的武人。原本面對單一對手，要用一刀來解決是伊格塞姆的基本理念——但是我現在承認你是例外。」

她舉起雙刀的身影，顯現出王者的意志——我就以全副精神來回應你的挑戰吧。

「在此領教！」

發出開戰宣言的同時，尼路瓦舉腳蹬地。他剛踏入迎擊方的雅特麗攻擊範圍，彼此的武器立刻就開始讓人眼花撩亂的對擊。

第一擊。面對瞄準自己臉部使出的和刀突刺，雅特麗讓軍刀緊貼著敵方刀身往前刺出。雖然這次交叉將近完美，但在事先預測到這反應而把上半身往下壓的尼路瓦動作下，並沒有帶來任何意義。在雙方的一刀和一刀彼此糾纏互相爭奪的那一瞬，競爭就集中到剩下的左手短劍和右手小太刀上。

刀身長度對尼路瓦有利，然而護拳這設計則是對雅特麗有利。在這個條件下，最佳對策並不是先發制人，而是後攻的對應攻擊。瞬間做出判斷的炎髮劍士等了零點一秒。受到先使出兩次假動作才真正刺來的劍擊時，她並沒有被迷惑，而是把護拳往前推來打落對方的攻勢。

「呼……！」

尼路瓦的攻擊遭到全面防禦，然而他依舊不後退。在皮膚被護拳削落的同時他把身體往下沉以閃避突刺，再以膝蓋幾乎要碰地的低姿勢潛入對方懷中。接著舉起擺脫軍刀糾纏的左手小太刀使出橫砍大腿的斬擊，雅特麗卻更加近逼並閃躲進斬擊的內側，同時瞄準敵人臉孔賞了一記使出全力的膝擊。

「嗚……！」

雖然尼路瓦以右手腕當盾避免臉部直接受到攻擊，然而身體卻因為衝擊力而被迫後退。在膝蓋尚未伸直，姿勢也不穩的情況下，雅特麗以毫不留情的追擊迫近。尼路瓦將兩把小太刀組合成十字，擋住從上方將重力化為助力往下揮砍的軍刀。

「嗚哦！」

然而，這並不是單純的接招動作。當組合成十字的二刀擋下軍刀的那一瞬，他先以橫線來承受這一擊，再靠著把縱線往前推，精彩地讓斬擊的軌道和威力都因此偏移。接著他舉起避開攻擊的同時也恢復自由的右手小太刀往橫向砍去，在千鈞一髮之際擋下短劍的劍刃。這剎那，他和被左手小太刀打偏而往下掉的軍刀之間，出現了一條能使出攻擊的通路。

「喝啊！」

尼路瓦毫不猶豫地使出以左腳瞄準敵人臉孔的前踢。這是萬一遭受直擊可不是鼻骨碎裂就能了事的腳尖一擊，而雅特麗則把身體順勢滑向軍刀揮往的右側位置，藉此閃避。同時拉回的左手短劍雖然接觸到敵人的腳踝，然而結果並不是切開肌肉的感覺，只有鋼鐵的堅硬觸感傳回她的手上。

「喝……！」「呼——」

經歷過沒有呼吸空檔的攻防後，兩人之間再度拉開距離。雅特麗看向應該確實被自己刀刃刺中的敵人左腳踝，忍不住嘆了口氣。

「不只腳不安分，準備還很周到。那是護腿的一種？」

「在銀一門的教誨中，有一條是『使劍時要以手操控，以腳活用』，所以保護肌腱的防禦用鐵板是理所當然的裝備。還有，妳沒資格指責我的腳不安分。」

這種和他擔任亡靈頭目時根本無法聯想在一起的饒舌態度，或許是興奮和緊張的表現吧？不，其中還混著歡喜。證據就是尼路瓦的嘴角浮現出無意識的微笑。

「不過，妳的確很強……比想像中更不合常理，為什麼妳能夠再三避開第一次見識到的劍技？」

「劍術這種概念自勃興後，到現在至少已經過了千年以上，你認為還隨隨便便就會出現真正的新技嗎？無論是多麼優秀的劍技，到頭來也只不過是依循著劍理之必然的技巧，雖然會感到佩服，但是並不值得驚訝。」

聽到雅特麗毫不猶豫地如此斷言，尼路瓦露出僵硬的笑容，心想這或許就是最強者的自負吧？對於伊格塞姆來說，就連數不清的先人們歷經嘔心瀝血的修行，最後才能到達的巧妙劍技，也只不過是寫在第一本教科書裡的劍理基礎知識。

「我先把話講白，靠劍技無法贏過我。如果想讓伊格塞姆跌下最強寶座，就讓我看看更上一層樓的表現。」

炎髮劍士用軍刀的刀鋒指向敵人，如此宣告。聽完這番話，尼路瓦笑得更深。

「我正想要那樣做——」

他大膽地這樣說完，先調整幾次呼吸後，才以刀尖微微往下的下段姿勢重新握好二刀。注意到氣勢變化的雅特麗換上嚴厲的表情。性質和剛才充滿戰意的姿勢顯然不同，現在是放掉力氣的極自然姿勢，簡直無法相提並論。

「……意思是隨我高興怎麼進攻吧？這不是很有趣嗎？」

和前一次相反，這次是雅特麗擺出進攻態勢。她側身面對敵人，把右手的軍刀往前舉在中段位置。要適當地活用間隔的優勢，發動攻擊斬斷改為採取守勢的對方手腕。

和彼此鬥志激烈衝突的第一波對決狀況不同，這次從縮短間距的階段就展開讓人窒息的攻防。面對以刀鋒逐步進逼的雅特麗，尼路瓦仍舊繼續維持自然的安定姿勢。這份冷靜顯得很奇妙。明明再這樣下去，會進入只有雅特麗能單方面攻擊的距離。

「……嘶……呼……」

「…………？」

雅特麗感到一絲絲的不對勁而放慢腳步。雖然她不明白原因，但就是有哪裡不對。像是不小心誤闖進和自己房間裝潢類似的其他房間，或是穿衣服時不小心前後穿反時的感覺，有一種無法用言語表達，隱約朦朧的奇妙感。

雖然無法瞬間究明這個感覺到底是什麼，然而對雅特麗來說，這甚至是可以帶來期待的要素。她一邊享受著和未知狀況相對的緊張，同時激勵剛才放慢的腳步再度往前移動。

「……嘶……呼……嘶……」

時間的流逝如蝸牛行進般又沉重又漫長。然而依舊確實前進，從靜轉動的瞬間很快就要到來。只要再短短數公分，雅特麗的腳尖只要再逼近那麼一點點距離，就能進入斬擊的範圍內。

「……嘶、呼、嘶、呼、嘶……」

到達境界的腳尖位置通知先發制人的機會到來。然而在雅特麗即將把右手軍刀往前刺之前，在這個肌肉已經開始運作，無法回頭的時間點，她卻察覺到不對勁的理由——因為自己和對方的呼吸頻率一模一樣！

「呼……！」

在她使出突刺的同一瞬間，絕對不可能是靠視覺確認後再反應的完全一致時機，尼路瓦把右腳往前踏了一步，甩動身體往橫向閃躲。即使刀鋒掃過胸前也毫不在意，原本無力朝下的小太刀瞬間被注入生命，瞄準敵人喉嚨直直迸流而去。

「——嗚！」

刀鋒傳來反應，是斬裂脖子皮膚，刺入肉裡的觸感。但察覺到即使如此還是沒能深及血管和骨頭後，尼路瓦毫不猶豫地往後跳開。下一剎那，軍刀從他身體原本所在的位置一閃而過。

「居然連這招也……！」

重新拉開距離後，尼路瓦開口第一句話是表示自己的畏懼。而他的眼前，脖子上出現淺淺傷痕的伊格塞姆劍士也還佇立於毫無保留的感動中。

「……和我同調，看穿徵兆……不，是看穿了徵兆之前的氣吧？」

她講出了非常抽象的發言，然而對面的武人卻正確理解這意義並露出笑容。

「『鏡穿』——這是我等流派最後尋求到的答案。就是妳剛剛要求的，比劍技更上一層樓的表現。」

只說完這些，尼路瓦就恢復成先前那種自然的姿勢。伴隨著全身都冒起雞皮疙瘩的感覺，雅特麗重新拿好武器，回想起掃過自己脖子那一擊的記憶。

「鏡穿」——根據狀況，這肯定是反擊技的一種。然而，這技巧和先看到敵人動作再反應的還擊處於不同的次元水平。若不是知道對手會在哪個瞬間行動，根本無法辦到幾乎能讓先攻後攻這概念崩壞的一致時機。

那麼，讓這個簡直是預知未來的攻擊預測化為現實的要素是什麼？如果把受到經驗後援的洞察力算是前提，那麼最重要的要素之一是呼吸吧？例如吸氣、吐氣、屏息的時機，可以觀察這些動作本身並視為各式行動的準備步驟。所以更徹底一點，只要能完全掌握對手的呼吸，或許有可能連下一步的動作都能事先理解。雖然這是粗略的推測，但剛才尼路瓦展現出的行動應該就是這類技巧。

「……我要說的確精彩，要是再晚一瞬察覺，我已經死了。」

「這個奧義並不是針對第一次交手者能夠必殺的奇襲。放馬過來，下一次我會確實了結妳。」

和一決勝負的宣言相反，尼路瓦以非常澄澈的表情凝視雅特麗。這也當然，先和對手完全同步後再使出的反擊，並不是抱有殺意這種不純情緒還能順利達成的劍技。他現在的心境，應該很類似被稱為心如止水的狀態。

這無疑是高手的境地。是渴望最強的一門執念孕育出的同機必殺行動，也是為了尋求「最強」這答案的思索得出的唯一一種結論。雅特麗感覺自己受到銀這個武門耗費數百年的款待，對於這點，她只有愉悅和感謝。

「——那麼，我也以伊格塞姆之技來對應銀一門的技吧。」

宣言後，雅特麗再度以側身面對敵人的姿勢拿好雙刀。無法使出有效攻擊而陷入膠著狀態的醜態是不被允許的行為。要以攻擊的奧義來回應防守的奧義，這才是身為最強者的禮儀。

「──呼～～……」

雅特麗整理精神準備使出奧義，並有一瞬把視線瞥向躺在外圍的黑髮少年──看到他的身影，她露出苦笑，心想只有害怕雙手和刀柄又無法分離的擔憂是白費力氣。

「……消融內心，境界消失……」

一步，她縮短彼此間距。接著又大步跨出第二、第三步。要說是蠻幹，這的的確確是蠻幹無誤。原因就是她腦中沒有任何圖謀，已經沒有以人的身分思考任何事情。

「只化為一對雙劍──」

「……嗚！」

攻擊範圍相疊，劍光閃過。看穿機前之氣的尼路瓦打算對應雅特麗的攻擊，卻在剎那間察覺到這行動已經失敗，隨即切換成防守的態勢。鋼鐵激烈衝突迸發出火花──以此為開幕的暗號，伊格塞姆的時間開始了。

從肩口往下橫砍、橫掃、狙擊對方手腕、從下方往上斬殺──連續的斬擊毫無間斷，持續承受的尼路瓦感覺自己像是受到瀑布擊打。完全找不到能夠出手反擊的時間空檔。受到一擊的身體還在因為衝擊晃動時，下一擊已經逼近。除了咬牙承受以外，還能夠做什麼呢？

想用投入武門歷史修正改善的終極一技──「鏡穿」來迎擊的內心想法，從最初那一擊就已經被破壞──就算想讓呼吸和對方一致，敵人也沒有在呼吸。不，如果光是那樣並不會有問題。除了呼吸，其他還有無數能用來看穿機前之氣的材料；如有必要，先改為防守，等待無呼吸帶來的不良影響製造出破綻後再動手也行——不過，實際上卻不同。在尼路瓦眼前發生的現象，並不是那種水準的狀況。

——沒有氣！沒有機前！這個女人身上只剩下行動！

尼路瓦在刀刃製造出的怒濤中拚命地維繫生命，並對這種異常狀況感到戰慄——他獲得的「鏡穿」，講得極端一點就是預測對方想法並配合出手的技巧。因為對方這樣來襲所以我方這樣斬擊，那樣攻擊所以那樣防守，如此出招所以如此對應。利用化身為敵方立場，複製對方這些想法，正是「鏡穿」能必殺的理由。

然而，眼前敵人的劍根本不包含應該要複製的思緒。是一種非意志性的連擊，彷彿持劍的人類已經消失，只有雙刀存在於此。在持續承受這種攻擊的過程中，尼路瓦察覺到——換句話說，這就是「規範」。並不是確認對手如何接招後再使出下一擊，而是連「一次一次的斬擊會讓對方做出什麼樣的防禦動作」這部分都考量進去，串連起事先建立的規範式攻擊。講得極端一點，敵人連我方的反應都沒有認真在注意。

「呼——」

連呼吸的時機都被編排為連擊的中途一部分。當然就算看穿也沒有意義，因為這動作除了補給氧氣，沒有包含其他意圖。對於伊格塞姆之劍來說，追求到最後連機前的思考也只不過是該排除的雜音，換句話說僅限於這個對手，銀一門窮究所得的答案並沒有任何意義。

「喔……喔……嗚喔喔……！」

恐怖、感動、絕望都化為叫聲從武人嘴裡湧出，兩手的痲痺感提醒他防禦動作已經到達極限。這剎那，無數的光景在他腦中浮現後又消失。和自己這哥哥很像，冷淡妹妹的沒好氣表情；白髮軍官的天真笑容；第一次拿起劍的那天，自豪高舉的小太刀刀鋒——

鋼鐵的烈風吹過，斬斷了這一切。

「——」

兩把小太刀掉到地上發出清脆聲響。晚了一拍，尼路瓦的喉嚨深處湧上鮮血。接著連痛覺也終於跟上，但屈膝跪地的動作卻不被允許。因為軍刀的刀刃刺穿胸口直達後背，貼近身前的對手從下方把他的身體往上撐起。

「——二刀勢法皆傳之嘗試，『無想劍』。這就是伊格塞姆的答案。」

隔著幾乎可以感覺彼此呼吸的極近距離，雅特麗對著自己打倒的武人如此說道：

「我自認自己是應勝而勝——不過，你又是如何？對於沒能以萬全狀態來挑戰一事，是否有留下悔恨？」

聽到以體貼語氣講出的這句話，尼路瓦這次真的體會到對方的真意而感到敬佩——在西邊堡壘試圖奇襲卻遭到反擊時，被子彈擊中的側腹傷口。雖然因為黑衣而不顯眼，然而這部位卻從一開始就一直在滲出鮮血。這是深及內臟的重傷，只要看到傷口和出血量，可以很明確得知他只是在等死。

所以尼路瓦才會前來這裡。為了尋求身為武人的終點，還有身為戰士的適當死亡場所。他希望

自己不是以無名亡靈的身分，而是作為挑戰最強夢想的一名劍士走向盡頭。而炎髮的少女從開戰之前，就已經這察覺到這份心情──

「……我沒有留下悔恨，已經竭盡一己所能。」

仔細聆聽並確認這個回答後，雅特麗靜靜點頭。

「……是嗎，這場決鬥也是在為丁昆・哈爾群斯卡准尉復仇。如果你認為我的勝利沒有瑕疵，那麼我會找一天去墓前向他報告。」

尼路瓦不需要點頭回應。對於接受敗北的武人，已經沒有任何該說的話。

「再見了，尼路瓦・銀。重譽高潔的亞波尼克武士──你就把以自身劍技讓伊格塞姆的劍士感到戰慄的事實，代替最強的稱號作為前往黃泉的土產吧。」

講出悼辭的那瞬間，雅特麗也一口氣拔出刺進對方胸膛的軍刀。因為這動作讓原本已經止住的鮮血從傷口整個噴出，尼路瓦的身體失去支撐，緩緩地癱倒在血泊裡。

在周遭士兵們無聲的旁觀下，被敵人鮮血染紅的雅特麗直接走向躺在樹根上的舊識少年。即使對方看起來與其說是熟睡，還不如說是面無血色地昏睡，但炎髮少女依舊毫不客氣地叫醒他。

「──結束了。快點起來，伊庫塔。」

「…………唔唔……」

雖然聽到毅然的說話聲催促自己清醒，伊庫塔依然擠不出撐起身子的力氣，因此保持躺著的姿勢張開眼。在往旁邊看的視線範圍中，確認兩手依舊拿著雙刀，全身染上鮮紅的雅特麗身影後──

他的嘴邊只浮現出柔和的微笑。

「呼啊……早啊，雅特麗。妳今天又特別紅，正好適合用來叫醒人。」

第一句講出的發言，又是這一類的玩笑話。雅特麗帶著苦笑移動雙手，把軍刀和短劍都收入劍鞘。在一連串動作中，她的手很自然地放開了刀柄。

終章

北域動亂突然爆發後過了四個月又兩星期。隨著戰況惡化而不得已再度移動的夏米優殿下，目前來到帝國中央偏北的第四軍事基地，比任何人都確實體認到什麼叫做度日如年。

她一個人待在被分配到的房間中，抱著膝蓋坐在床上。之所以願意忍受這種只會讓人痛苦的無所事事狀態，全都是因為她已經把自己能辦到的事情全都做完了。

公主動用所有想到的人脈做好了安排。也以皇室的名義向北域鎮台下令，只要前線的任務一結束，就要讓騎士團的眾成員撤退……然而，這命令真的能傳達到據說待在最前線的伊庫塔他們那邊嗎？會不會因為企圖對他們見死不救的哪個人的陰謀，使得這命令在途中就被蓄意擱置呢──一考慮到這些可能性，不安的情緒就再也無法停止。

「──抱歉打擾了！夏米優殿下！」

當公主幾乎要被精神壓力壓垮時，來自門口的呼喚聲和敲門聲響遍室內。現在還不是通知她去用餐的時間──少女把這個事實當成唯一倚靠，將希望寄託在接下來的報告上。

「從北域回來的士兵們到達了！如果您希望的話會安排晉見──嗚！」

夏米優殿下在士兵說完前就跳向門口，甚至沒察覺到自己害無辜士兵流出鼻血，直接衝往走廊。

在門口待機的護衛兵們一驚之下也跟著往前跑，每一個和他們擦身而過的軍人們都投以好奇的視線，卻沒有任何事情能引起公主的注意。雖然多次腳步踉蹌差點往前跌倒也繼續奔跑，最後通過玄關來到戶外。

「呼……呼……呼——！騎士團……騎士團的成員們在哪裡……？」

公主以充血的雙眼張望四周後，在約一百公尺外的廣場上發現了一群顯然是歸鄉士兵的集團。她朝著那群人再度開始奔跑。隨著公主逐漸靠近，注意到她身影的士兵們也投以訝異的視線。

「索羅克！雅特麗！托爾威、馬修、哈洛……！我在這裡！要是聽到了就快點回答……！」

她發出近乎慘叫的呼喚聲後，第一個聽到這叫聲並現身的人果然是擁有響亮忠臣美譽的雅特麗希諾．伊格塞姆。她穿過士兵之間以最短距離跑來，接下氣喘吁吁搖搖欲倒的嬌小身體。

「——這麼慢才來向您致意真是非常抱歉。我回來了。夏米優殿下。」

「啊……雅特麗，幸好妳沒事……！不……不過，其他人呢？」

等待到心焦的臉孔接二連三在因為負面想像而陷入輕微恐慌狀態的公主面前出現。托爾威屈膝跪地擺出臣下之禮，馬修和哈洛也效法他低下頭。

「讓您擔心了，殿下。」

「哦哦，托爾威和馬修還有哈洛……！可以不必行禮，抬起頭來讓我看看吧……啊……果然是一場艱苦的戰役吧，每個人都瘦了……」

公主先環視三人並這樣說完之後，又再次猛然把頭往上抬。

「索羅克呢……？索羅克在哪？」

「噢，是是是。我在這裡啦公主，不必那麼大聲也聽得到。」

這時響起悠哉的聲音，黑髮少年從士兵之間現身——看到那張臉孔的瞬間，公主內心有什麼崩壞了。她連緊跟在伊庫塔身邊一起登場的席納克族女性也沒有注意到，在說出任何一句話之前，就先衝進伊庫塔懷中。

「嗚喔！」

由於伊庫塔才大病一場下半身沒什麼力氣，受到幾乎等於衝撞攻擊的公主擁抱後，他毫無抵抗力地往後坐倒。然而，主動抱住他的人物並不在意這種事情。

「……索羅克……！索羅克……索羅克……索羅克……！」

夏米優殿下繼續以雙手緊抱住眼前的身體，忘我地呼喚著對方的名字。然而心窩受到衝擊的伊庫塔陷入呼吸困難，無法做出任何回應。

「妳……妳是什麼人！快點放開伊庫塔——唔唔！」

一看到娜娜克反射性地想要抗議，雅特麗隨即從後方扣住她的雙臂予以壓制。身為忠臣的少女一方面確實地以手壓住嘴巴封鎖各式痛罵怒吼，同時悄悄地嘆了口氣。

「退下吧，再怎麼說也不能讓妳去妨礙到他們……話說回來，為什麼總是只有這種似乎會讓我更被妳討厭的任務落到我身上呢？」

「嗯——！唔——！唔唔——！」

雅特麗依舊壓制著掙扎的娜娜克，若無其事地遠離現場。公主完全沒注意到上演了這樣一齣退場戲碼，只是繼續抱住伊庫塔。

「幸好你沒事……真的太好了……！」

「……我剛剛差點就要有事了，一見面就給予衝撞攻擊實在太過分了吧？」

伊庫塔以不以為然的表情這樣說道，並抓住公主的肩膀把她推開。在這段動作中，夏米優殿下的視線突然注意到少了一根應有手指的少年左手。

「……你……你的小指怎麼了……！怎麼會這樣？是在戰爭中失去的嗎？」

「嗯？……噢，不不，這只是基於某種情況而切成了三段送給女孩子當禮物——這不重要，公主，妳稍微冷靜一點看看周遭。現在妳必須慰勞的對象不是只有我們吧？」

忠告刺進耳裡，讓公主殿下猛然回神看向周圍。接著她察覺到——一根小指根本不算什麼。和朝著北域出發那時相比，無論哪個部隊的士兵數量都明顯減少。漫長的戰事到底造成多少犧牲者呢？剩下的人中沒幾個能夠無傷，還有許多似乎必須借用同袍肩膀才能勉強站著的士兵。

「…………對不起，在最大的功勞者們面前，我居然暴露出如此難看的模樣。」

領悟到自己過失的公主立刻放開伊庫塔，起身後對著受傷又筋疲力竭的歸鄉士兵們誠摯地低下頭。

「——各位真的很英勇。到現在帝國之所以還能保有北域這塊領土，全都是因為你們在危及之際擋下了阿爾德拉神軍的侵略——對奮戰獻上感謝，對犧牲致上哀悼。以卡托瓦納皇室之名，我發誓會以具體事物報答你等的辛勞。」

公主直直望著士兵們並敬禮。下一瞬間，他們也回以同樣的動作。以隱約帶著微笑的表情望向夏米優殿下的士兵也不少。對於這位從平常就有許多機會可以接近的皇族少女，他們也同樣把她視為該尊敬愛戴的公主。

「……啊——那個，我差不多可以出來了嗎……」

在恢復緊張的空氣中，沒能掌握出場機會的薩扎路夫上尉從士兵後方伸手戳了戳托爾威的後背。注意到他的伊庫塔拍拍褲子上的灰塵站了起來，很故意地咳了一聲。

「嗯哼！——啊～公主。雖然突然，不過我有一件重大事情要向您報告。上尉也請不要躲在那種角落裡，過來這邊吧。」

夏米優殿下帶著詫異神情回頭，並注意到另一個自己有印象的軍官。雖然已經相隔四個月才像這樣再度相見，但她腦中立刻浮現出對方的名字。

「這不是暹帕．薩扎路夫中尉嗎？真是失禮，好久不見了。在沒見面的這段期間內你已經成了上尉呢。」

「在……在下……才深深覺得實在有夠睽違已久了！」

看到由於過度緊張而講話顛三倒四的薩扎路夫上尉，夏米優殿下不解地歪了歪頭。

「——可是，上尉應該是隸屬於北域鎮台的軍人吧？和索羅克等人一起回到中央似乎是個有點奇妙的狀況……」

「是我帶他回來的，公主。還有請更加正式地慰勞上尉吧，因為在這次的戰爭中立下第一等功動的人，毫無疑問正是眼前這位。」

伊庫塔以似乎有些裝模作樣的語氣說道。接著他轉向困惑的公主，進一步解釋：

「從北方大舉入侵的阿爾德拉神軍有一萬多人，相對之下，為了支援撤退行動而留在最前線的我方兵力只有一個營的六百人，被命令必須以這麼一點點人數去阻止敵軍前進。在不講理與絕望感侵襲士兵內心的狀況下，有個並沒有因此屈服，還將我等導向光明的人物——那就是這一位！」

伊庫塔以誇張的動作指向薩扎路夫上尉。本人雖然回以「這傢伙到底在胡扯個什麼鬼！」的視線，伊庫塔卻華麗地予以無視，為介紹做出總結：

「他就是我們的可靠長官，大家最喜歡的暹帕‧薩扎路夫上尉——擁有此等才能的人，怎麼可以待在邊境並屈居於低階軍官的位子呢！應該要盡早前來中央才對！所以啦，就是因為這樣，公主殿下也請和我們一起合力推舉他吧！」

在幾乎所有聽眾都詫異得目瞪口呆的狀況下，只有伊庫塔如魚得水般地從臉上散發出充滿活力的光彩。薩扎路夫上尉帶著僵硬的表情眺望少年的演說，同時開始注意到——自己是不是被牽連進非常不得了的事情裡了？

〈完〉

後記

逃跑不是壞事，無法徹底逃離才是壞事！午安，我是宇野朴人。

第一集是模擬戰，第二集是內戰，接下來系列第三集是撤退戰！講一下題外話，由於我在玩RPG遊戲時使用「逃跑」指令的頻率遠高於使用「戰鬥」指令的頻率，因此原本應該是拯救世界的奇幻故事，卻會突然呈現出「潛龍諜影」的狀態。

那麼，在這邊極為自然地轉換話題吧。各位喜歡壽司嗎？

我喜歡壽司。放上新鮮配料的亮晶晶醋飯顯得耀眼動人，而這樣的壽司們基於圓環法則的引導，在軌道上持續繞著圓圈的模樣也很華麗，甚至還表現出哲學性。反覆的輪迴，不可能逃離的人類因果報應……是會讓人思考到這些的光景。

老實說吧，我身為從少年時代就受到《將太的壽司》這漫畫鍛鍊至今的純粹壽司精英，直到現在仍舊遵從「從清淡口味開始吃，慢慢進入濃厚口味」的理論。例如從鯛魚↓磯魚↓烏賊↓比目魚鰭邊↓鰤魚↓幼鰤↓金槍魚肚肉↓海膽↓穴子這樣的順序。因為這樣做舌頭就不會麻痺，可以完美地品嚐到所有配料的味道。

然而，就在前陣子……我有機會造訪和平日常去的店相比，價位較高的壽司店。那家店有充實的白肉魚配料，除了鯛魚、鰈魚、磯魚、鰤魚等等，還有比目魚、鯒魚、鱸魚、紅甘這類具備高級感的陣容引起了我的注意。因此心情很好的我以像是在表示「今天是白肉魚祭典！」的態度來點了所有的口味。

雖然帶著愉悅情緒開始用餐，然而卻在第二盤時覺得「嗯？」，第三盤時感到有點焦慮，到了第四、第五、第六盤時，冷汗已經沿著背脊往下滑。

……我吃不出來……味道的差別……！

在這一瞬間，我自稱為壽司精英的尊嚴整個粉碎。我察覺到自己的舌頭甚至連白肉魚都無法順利區分。即使為了否定這個事實而繼續動口，然而我卻明白自己吃得愈多，腦裡浮現的將太笑容就伴隨著都卜勒效應一起愈為遠去……

在接下來的篇幅，要向這次出版時承蒙照顧的各位致意。

插畫家さんば挿老師，謝謝您這次也提供了高品質的插圖。我總是非常期待設計稿完成，今後還請您繼續多多關照。

責任編輯的黑崎編輯，您總是冷靜又沉穩地幫忙彌補我經常暴露出的不成熟，讓我不由得滿心敬佩。希望您以後也能繼續給予指導。

還有最後，要對拿起這本書的你獻上至高無上的感謝。

宇野 朴人

Kadokawa Light Novels

天使的3P！ 1 待續

Kadokawa Fantastic Novels

作者：蒼山サグ　插畫：てぃんくる

《蘿球社》作者＆插畫家共同合作的最新作！
為了報恩，盡心演唱的蘿莉＆流行音樂的合奏開演!!

因為國中時期的創傷而畏懼上學的貫井響，興趣是用歌唱軟體創作歌曲。某天他收到一封郵件，寄件人竟是一群小學五年級的少女。愛哭鬼五島潤、性格剛強的紅葉谷希美、呵欠不斷的金城空。親如姊妹的三人，將向響提出一個驚人的要求……

NT$180/HK$55

台灣角川

Kadokawa Light Novels

戰空的鳶尾花

Kadokawa Fantastic Novels

作者：駒月 插畫：Capura.L

2014角川華文輕小說大賞Boy's Side銅賞作品
籠罩在戰火中的無垠天幕，看起來是什麼樣子的呢？

為了親眼目睹父親眼中曾見的天空，隼進入空騎學校，卻在畢業之際誤打誤撞成為實驗中隊的駕駛員，並邂逅了夢想超越音速的少女，灰兒。就在此時，實驗中隊捲入了一場始料未及的紛爭。少年與少女駕駛戰機試圖打開局勢，不料到更大的黑幕即將襲來!?

NT$220/HK$68

台灣角川

Kadokawa Light Novels

情色漫畫老師 1 待續

Kadokawa Fantastic Novels

作者：伏見つかさ　插畫：かんざきひろ

《我的妹妹哪有這麼可愛！》黃金組合，
獻上全新的兄妹戀愛喜劇！

高中生兼輕小說作家的我的妹妹是個只在房間的家裡蹲，我得想個辦法讓她自己走出來！我的搭擋插畫家「情色漫畫老師」是個能畫出很棒的煽情圖的可靠夥伴。雖然他大概只是個噁心肥宅，不過我很感謝他！但是，我突然發現「情色漫畫老師」其實是我的妹妹!?

台灣角川

NT$250/HK$75

Kadokawa Light Novels

飛向仙女座

Kadokawa Fantastic Novels

作者：王乙荀　插畫：竹官@CIMIX

2014角川華文輕小說大賞Boy's Side銅賞作品。
野雞大學優等生（？）的星際首航吉凶未卜!?

羅伊即將自「銀河大學」畢業，卻臨時接到將一具冬眠古代地球人送往仙女座的任務，更在半路上遭遇敵襲，導致《奧德賽號》誤入一片詭異空間。表面上，敵人的目的似乎是船上的古代人，然而隨著雙方多番激戰，殘酷而出人意料的事實也漸漸浮上檯面──

NT$180/HK$55

台灣角川

Kadokawa Light Novels

帕納帝雅異譚 1 待續

Kadokawa Fantastic Novels

作者：竹岡葉月　插畫：屡那

英雄在異世界展開冒險，
劍與魔法的奇幻輪迴王道故事！

小學五年級的暑假，相川理人拯救了世界。借助聖劍的力量封印了魔神，被世人歌頌為英雄。回到原本的世界之後，時間飛快過了六年，理人卻再次被強行召喚至異世界展開第二輪的冒險，然而原本的世界與夥伴遠遠超出理人的想像——

NT$200/HK$60

台灣角川

國家圖書館出版品預行編目資料

發條精靈戰記 ： 天鏡的極北之星 / 宇野朴人作 ；
K.K.譯. -- 初版. -- 臺北市：臺灣角川, 2014.05-
　冊；　公分
譯自：ねじ巻き精霊戦記 天鏡のアルデラミン
ISBN 978-986-325-929-9(第1冊：平裝). --
ISBN 978-986-366-121-4(第2冊：平裝). --
ISBN 978-986-366-219-8(第3冊：平裝)

861.57　　　　103005981

Kadokawa
Fantastic
Novels

發條精靈戰記
天鏡的極北之星 3
（原著名：ねじ巻き精霊戦記 天鏡のアルデラミン Ⅲ）

2014年11月12日 初版第1刷發行
2016年8月12日 初版第3刷發行
作　　者：宇野朴人
插　　畫：さんば挿
日版設計：AFTERGLOW
譯　　者：K.K.
發 行 人：加藤寛之
總　　監：施性吉
總 編 輯：蔡佩芬
主　　編：吳欣怡
文字編輯：黎夢萍
資深設計指導：黃珮君
設計指導：許景舜
美術設計：胡芳銘
印　　務：李明修（主任）、張加恩、黎宇凡、張則蝶
發 行 所：台灣角川股份有限公司
地　　址：105台北市光復北路11巷44號5樓
電　　話：（02）2747-2433
傳　　真：（02）2747-2558
網　　址：http://www.kadokawa.com.tw
劃撥帳戶：台灣角川股份有限公司
劃撥帳號：19487412
法律顧問：寰瀛法律事務所
製　　版：巨茂科技印刷有限公司
ISBN：978-986-366-219-8
香港代理：香港角川有限公司
地　　址：香港新界葵涌興芳路223號
新都會廣場第2座17樓 1701-02A室
電　　話：（852）3653-2888